DROEMER

Über den Autor:

Prof. Dr. Veit Etzold, geboren 1973 in Bremen, ist Autor von neun SPIEGEL-Bestsellern und gefragter Keynote-Speaker. Veit Etzold versteht es, komplexe Themen unterhaltsam und spannend aufzubereiten und zu einzigartigen Thrillern zu verarbeiten. Als Experte für Strategie und Storytelling hat er bereits zahlreiche internationale Unternehmen beraten. Er ist u. a. Mitglied der Atlantikbrücke und Global Bridges und lehrt zudem seit 2018 als Professor für Wirtschaftswissenschaften.

VEIT ETZOLD

DER KONZERN

ALLEIN GEGEN DIE MACHT

THRILLER

DROEMER

Besuchen Sie uns im Internet:
www.droemer.de

Aus Verantwortung für die Umwelt hat sich die Verlagsgruppe Droemer Knaur zu einer nachhaltigen Buchproduktion verpflichtet. Der bewusste Umgang mit unseren Ressourcen, der Schutz unseres Klimas und der Natur gehören zu unseren obersten Unternehmenszielen. Gemeinsam mit unseren Partnern und Lieferanten setzen wir uns für eine klimaneutrale Buchproduktion ein, die den Erwerb von Klimazertifikaten zur Kompensation des CO_2-Ausstoßes einschließt. Weitere Informationen finden Sie unter: www.klimaneutralerverlag.de

FSC www.fsc.org MIX Papier | Fördert gute Waldnutzung FSC® C083411

Originalausgabe November 2023
Droemer Taschenbuch

Ein Imprint der Verlagsgruppe
Droemer Knaur GmbH & Co. KG, München

Ein Projekt der AVA international GmbH Autoren- und Verlagsagentur, München. www.ava-international.de
Redaktion: Antje Steinhäuser
Covergestaltung: SO YEAH DESIGN, Gabi Braun
Coverabbildung: © Abigail Miles / Arcangel Images
Satz: Adobe InDesign im Verlag
Druck und Bindung: CPI books GmbH, Leck
ISBN 978-3-426-30934-6

2 4 5 3 1

Für Saskia

PROLOG

Die junge Frau ging mit federnden Schritten die Treppe zum Eingang der Filiale hinauf. *Another day, another dollar.* Ein neuer Tag, ein neuer Dollar, sagten die Amerikaner. Der Spruch traf insofern auf sie zu, als sie heute mit Geld, mit viel Geld zu tun haben würde. Allerdings nicht, indem sie hohe Summen für vermögende Kunden anlegte, was eigentlich ihr Job war, sondern indem sie an der Kasse aushelfen musste, weil mal wieder die Hälfte der Belegschaft krank, schwanger, tot oder in Urlaub war.

Neben der Treppe hatte man eine Rampe für Rollstühle und Rollatoren angebracht, da Barrierefreiheit in dem ursprünglichen klassizistischen Gebäude nicht vorgesehen war. Barrierefreiheit war generell wichtig, aber für die BWG, deren Kunden immer älter wurden, war sie eine absolute Notwendigkeit. Böse Zungen in der Bank sprachen schon von einem Geschäftsmodell, bei dem die Filiale direkt im Erdgeschoss eines Altenheims untergebracht war. Die Bewohner kamen einmal die Woche herunter zum Berater, das Depot wurde auf links gedreht, die Bank kassierte fünf Prozent Provision, und wenn das Geld alle war, wurde der Stecker der Beatmungsmaschine gezogen. *Begleitung bis zum Tod* nannten einige dieses Geschäftsmodell.

Sie war gestern wieder einmal zu spät ins Bett gekommen, und die Müdigkeit lag schwer wie ein nasser Stein in ihrem Kopf. Zu spät rein und zu spät raus, dachte sie. Passt zusammen, ist aber trotzdem falsch. Da sie zu spät aus dem Bett gekommen war, musste sie die letzten Meter rennen, um pünktlich in die Filiale zu kommen. Sie atmete tief durch, bevor sie die Tür aufstieß. Im Inneren war es angenehm kühl, und die Frau seufzte erleichtert auf. Sie war noch erleichterter, als sie bemerkte, dass die Kunden noch nicht in die Filiale gekommen waren und dass ihre Kollegen noch mit der Vorbereitung ihrer Arbeitsplätze beschäftigt waren. Dennoch konnte sie spüren, wie ihre Wangen rot wurden.

Sie betrat die Filiale und zog ihre Karte durch. Ein Blick auf die Uhr. 8.15 Uhr . Noch gut in der Zeit. Die Bank hatte früher um 9 Uhr aufgemacht und dann plötzlich um 9.30 Uhr. Was dazu führte, dass sich die Bankmitarbeiter eine Zeit lang durch wartende und schimpfende Kunden drängen mussten, denen sie auch noch klarmachen durften, dass sie noch nicht in die Bank eingelassen wurden. Warum Menschen sich bereits morgens um kurz vor 9 Uhr vor die Tür einer Bank stellten, entzog sich allerdings ihrer Fantasie. Klar, manche wollten etwas erledigen, bevor sie selbst arbeiten mussten, aber ihr schien es plausibler, dass die typisch deutsche Untertanenhaltung dahintersteckte; einen Deutschen machte es besonders glücklich, wenn er als Bittsteller an einem Schalter stehen konnte – egal ob es eine Behörde oder eine Bank war. Wobei manche Kunden den Bankmitarbeiter ja auch als »Bankbeamten« bezeichneten, obwohl gar keine Beamten in den Banken arbeiteten. Es gab nur eine Sache, die den Deutschen noch glücklicher machte, als vor einem Schalter Schlange zu stehen – nämlich hinter dem Schalter zu sitzen.

Sie schaute nach oben, wo es über vier Treppenstufen zu den Beraterplätzen ging. Tom Harding, der Filialleiter, war bereits da und saß an seinem Pult ganz vorne. Der Platz sorgte dafür, dass er alles im Blick hatte und möglichst viele der Kunden, die gern um kurz vor 9 Uhr den Bankeingang belagerten, aber ohnehin kein Geld brachten, an die Kollegen weiterreichen konnte.

Sie ließ ihren Blick über die Filiale schweifen. *Lachen und Erträge machen,* dieser uralte Spruch, der immer wieder in der Bank kursierte, flackerte auf einem der Monitore, der nur von den Beratern gesehen werden konnte, den aber die Kunden trotzdem sahen, da er sich in einem der Fenster spiegelte.

Die Frau nickte den Kolleginnen, die schon an der Kasse waren, kurz zu. *Na dann mal los,* dachte sie.

Heute war sie mit der Post dran. Das hieß, am Abend die papiernen Überweisungsträger, die sehr viele Kunden noch immer in rauen Mengen in die Bank brachten, an die Regionalzentrale zu schicken und morgens auch den Briefkasten zu öffnen, wo viele Kunden abends oder nachts Briefe und weitere Überweisungsträger hineinwarfen.

Sie steckte den Messingschlüssel in das Schloss am Briefkasten. Hörte das Klicken.

Sie hörte einen furchtbaren Knall.

Ohne dass sie etwas spürte.

Sah ein grelles Leuchten.

Und dann gar nichts mehr.

KAPITEL 1

IN EINEM RIESIGEN BÜROGEBÄUDE

Die hohe Glastür öffnete sich mit einem Zischen. Endlich.

Sie hatten ihn lange warten lassen. Wahrscheinlich war es Absicht gewesen. Nein, es war ganz sicher Absicht gewesen. Erstens, um ihm zu zeigen, wer hier das Sagen hatte. Zweitens, weil sie nicht mit ihm zufrieden waren. Gar nicht zufrieden.

Der Mann hatte Zeit gehabt, sich umzusehen.

Er befand sich im soundsovielten Stock eines riesigen Gebäudes. Vor einer imposanten Wand stand ein überdimensionierter Schreibtisch. Daneben ein gigantischer, zwölf Quadratmeter großer Konferenztisch, der, wie es aussah, aus einer einzigen Steinplatte herausgesägt worden war.

Er hatte schon einige eindrucksvolle Arbeitsstätten gesehen, aber das hier war das größte und furchteinflößendste Büro, in dem er jemals gewesen war.

Er schaute nach draußen. Die Lichter Tausender Fenster blitzten in der Dunkelheit der Nacht, gemeinsam mit den Sternen am Abendhimmel, die hin und wieder verdeckt wurden von Wolkenfetzen, die, von einem kalten Ostwind getrieben, kamen und gingen.

Die Nacht war schon weit vorangeschritten. Irgendwo am Himmelsäquator entdeckte er das Sternbild des Orion mit seinen charakteristischen markanten Linien. Ansonsten war das meiste Licht von Menschen gemacht.

Die Lichter der Autos bewegten sich wie ein Strom, der durch die Straßen floss, und die Türme der anderen Wolkenkratzer ragten streng und rechtwinklig in den Himmel. Die Lichter in den Fenstern blinkten und warfen ein diffuses Licht auf die Straßen. Schwach hörte er das Rauschen der Stadt, die niemals schlief, das dumpfe Dröhnen der Subway, die Sirenen und das Hupen der Autos. Dann wandte er seinen Blick wieder auf das Innere des Raumes.

An einem Ende des riesigen und tonnenschweren Steintisches nahm der Seniorpartner der Kanzlei Platz. Am anderen Ende der Mann mit den ausdruckslosen Augen, dessen einzige Aufgabe es war, für Stille zu sorgen. Jedenfalls war das die Aufgabe, von der der Mann wusste. Ob dieser Mann mit den ausdruckslosen Augen noch einen anderen Job hatte, war ihm nicht bekannt.

Der Mann, der dauerhaft für Stille sorgte und deswegen Silence genannt wurde, schaute nach draußen, die beiden riesigen Hände vor sich gefaltet, sodass es aussah, als würde er um sich herum eine Mauer aus gewaltigen Fingern bauen.

Einen kurzen Moment fragte sich der Mann, ob die Statik in dieser Etage verstärkt worden war, um den protzigen Tisch zu tragen. Oder ob irgendwann alle mit einem lauten Krachen in die unteren Stockwerke stürzen würden. Dann verflüchtigte sich der Gedanke schon wieder.

Der Mann nahm all seinen Mut zusammen, um seine Stimme zu erheben. In irgendeinem Seminar hatte man ihm einmal gesagt, dass es immer besser war, die Initiative zu ergreifen, anstatt zu warten, bis die andere Person anfing. Besonders da er befürchtete, dass die Leute im Raum mit ihm nicht zufrieden waren, wollte er seine Position nicht allzu schwach und sich selbst so unzögerlich wie möglich erscheinen lassen.

Sein Kampfsporttrainer hatte ihm früher einmal gesagt: »Es ist völlig blödsinnig, in die Verteidigung zu gehen, wenn du auch angreifen kannst. Wenn du siehst, dass der andere dir eine reinhauen möchte, dann hau ihm vorher eine rein. Warte nicht lange, sondern schlag einfach zu.«

Schnell und unberechenbar sein und immer den ersten Ball spielen, das war es, was der Mann wollte. So wie es Mao über die Guerillakämpfer gesagt hatte. Der Guerilla greift an, wann er will. Er ist wie der Fisch im Wasser, während die feindlichen Landtiere in seinem Element ertrinken. Gleichzeitig merkte der Mann, dass er mehr an sich zweifelte, als es ihm in dieser Situation guttat.

Er musste an den Film *Im Auftrag des Teufels* denken, in dem Al Pacino den Teufel spielte, der Chef einer Anwaltskanzlei war. Sein Büro und seine Wohnung bestanden ebenfalls nur aus einem einzigen Raum. Kevin Lomax, der junge Anwalt, der vom Teufel eingestellt worden war, fragte sich dann auch:

Wo isst er?
Wer sagt, dass er isst?
Wo schläft er?
Wer sagt, dass er schläft?
Wo fickt er?
Überall!

Was für ein blöder Gedanke, dachte der Mann, gerade jetzt, wo er sich konzentrieren musste.

»Kommen wir zur Sache?«, hörte er seine eigene Stimme.

Der Seniorpartner hob eine Augenbraue und blickte den Mann halb abschätzig, halb amüsiert an. Dann schaute er zu Silence hinüber, der keine Miene verzog, und dann wieder zurück auf den Mann, der vor den beiden stand wie ein Schüler in der mündlichen Prüfung.

»Die Frage ist«, sagte der Seniorpartner, »*welche* Sache Sie meinen?«

Mit diesen Worten wies er auf den einzigen freien Stuhl, auf den sich der Mann setzen sollte. Genau zwischen Silence und dem Seniorpartner, tatsächlich wie bei einer Prüfung. Oder einem Tribunal.

Der Seniorpartner faltete ebenfalls die Hände. »Also, welche Sache? Die Sache, dass Laura Jacobs noch immer am Leben ist? Die Sache, dass die Bank gerettet wurde, und zwar mit viel mehr Kapital, als wir es vermutet hatten? Die Sache, dass wir dadurch mit unserem Leerverkauf, bei dem wir gegen die Bank gewettet hatten, viel weniger verdient haben als geplant und uns dieses Geld jetzt fehlt?«

»Hortinger ist tot«, sagte der Mann. »Und Laura Jacobs ist eine Weile abgelenkt.«

Der Seniorpartner nickte. »Hortinger ist tot. Und das ist gut. Und das«, er schaute ihn an, »ist der Grund, warum Sie hier noch stehen. Lebend.« Er lenkte seinen Blick auf Silence. Der nickte ebenfalls.

Der Mann schluckte. »Laura Jacobs, wie gesagt, ist erst einmal abgelenkt. Sie muss sich um ihren Mann kümmern, der derzeit in Untersuchungshaft sitzt.«

»Das ist auch gut«, sagte der Seniorpartner, »aber sie hat einen sehr guten Anwalt, der den ganzen Spuk ziemlich bald beenden könnte. Jedenfalls schneller, als es uns lieb ist. Zudem hat sie sehr gute Kontakte zu den Ermittlungsbehörden.«

Bevor der Mann etwas entgegnen konnte, sprach der Seniorpartner weiter. »Gleichzeitig …«, er schaute wieder zu Silence, »… gleichzeitig werden unsere Investoren unruhig.« Silence nickte wieder.

Der Mann musste zugeben, dass nicht annähernd alle seine Pläne aufgegangen waren. Es waren immer noch zu viele Leute am Leben, vor allem die falschen. Es waren noch lange nicht alle Ziele erreicht, und es war völlig unklar, in welche Richtung sich alles entwickeln würde.

Er musste zugeben, dass von seiner ursprünglichen Absicht, die Initiative zu ergreifen und dadurch die Situation zu steuern, nicht viel übrig geblieben war. Vielleicht war es diese Hilflosigkeit, die ihn dazu brachte, eine nicht sonderlich intelligente Frage zu stellen.

Er schaute Silence und den Seniorpartner an. »Was also sollen wir tun?«

War das schlau?, dachte er sofort. Wer fragte, was er tun sollte, der saß nicht auf dem Fahrersitz: hatte nicht den *driver seat*, wie man es so schön nannte.

Beifahrersitz, Rücksitz, Kindersitz.

Der Seniorpartner hob erneut die Augenbrauen, schaute wieder Silence an und blickte dann nach draußen über die unzähligen Lichter der riesigen Stadt.

»Was sollen wir tun?«, wiederholte der Seniorpartner. »Kennen Sie den Witz mit den zwei Fischen?«

Der Mann brauchte einen Moment, um zu begreifen, dass er selbst angesprochen war. Er wollte gerade den Kopf schütteln, da fing der Seniorpartner schon an zu erzählen: »Treffen sich ein Walfisch und ein Thunfisch. Fragt der Walfisch den Thunfisch: *Was sollen wir tun Fisch?* Da sagt der Thunfisch zum Walfisch: *Du hast die Wahl Fisch!*«

Er ließ seine Worte kurz nachklingen.

Der Mann war sichtlich irritiert. Was sollte dieses dumme Wortspiel?

»Auch Sie haben die Wahl. Sie haben die Wahl, Ihren Job nicht zu machen, mit allen Konsequenzen …« Der Seniorpartner machte eine Pause, ohne genauer auszuführen, was das für den Mann bedeuten würde, sondern klopfte nur auf sein Dreitausend-Euro-Jackett. »… Oder Sie machen Ihren Job. Sehen Sie zu, dass die Bank sturmreif geschossen wird und der Preis noch günstiger wird. Wir haben jemanden, der die Bank gern kaufen will. Aber nicht zu jedem Preis. Wenn Sie das schaffen, bekommen Sie das versprochene Geld und noch viel mehr.«

Der Mann hatte sich die ganze Zeit gefragt, was das Jackett des Seniorpartners mit dem Auftrag zu tun hatte.

»Wenn nicht …«, sagte der Seniorpartner. Er zögerte kurz, griff dann in die Innentasche seines Sakkos, so als wollte er aus dem Inneren eine Pistole hervorziehen. Es war aber keine Pistole, sondern ein Foto. »Wenn nicht, passiert Ihnen das hier«, vollendete er den Satz.

Der Mann blinzelte. Als er sah, was auf dem Bild zu sehen war, schluckte er.

»Sie«, stotterte er, »Sie können sich auf mich verlassen. Zu hundert Prozent. Dieses Mal wird alles klappen, das verspreche ich Ihnen.«

»Das tue ich«, sagte der Seniorpartner, »und hoffe, dass ich damit richtigliege.«

Der Mann verließ das riesige Büro mit dem monumentalen Steintisch.

Er wusste, was es bedeuten würde, den Seniorpartner zu enttäuschen.

Den Seniorpartner und vor allem Silence.

DIENSTAG

KAPITEL 2

LANDESKRIMINALAMT,
TEMPELHOFER DAMM, BERLIN

Laura hatte in der Nacht schlecht geschlafen und war viel früher aufgewacht als sonst. Nur der schwache Schein des Morgengrauens war durch die halb geschlossenen Vorhänge gedrungen. Laura hatte noch eine Zeit lang im Bett gelegen und gegrübelt, warum sie so lange vor dem Weckerklingeln aufgewacht war. Normalerweise schlief sie gut.

Sie hatte dann aufrecht im Bett gesessen und ihren Kopf in ihre Hände gestützt. Die Ereignisse der vergangenen Nacht waren wie Schatten durch ihren Geist getanzt, doch sie waren viel zu schnell vor ihrem inneren Auge vorbeigezuckt, als dass sie sie hätte greifen können. Sie hatte irgendetwas geträumt, aber sie wusste nicht mehr, was. Nur an eine Stimme, die von fern kam, und an einen riesigen Wasserfall erinnerte sie sich. Was sollte das bedeuten?

Das Bett neben ihr war leer gewesen. Im ersten Moment kam ihr das ganz normal vor. Denn ihr Mann stand als Handwerker normalerweise über eine Stunde vor ihr auf. Nur dass er im Moment gar nicht zu Hause war und deshalb auch nicht auf seiner Seite des Bettes schlafen konnte.

Im Spiegel hatte sie in ihre geröteten Augen geschaut und sich gefragt, warum sie nicht schlafen konnte. Die Zeiten waren noch immer turbulent, hatte sie gedacht, ihr Mann saß in Untersuchungshaft, aber diese Unruhe, die jetzt in ihr wütete, war etwas Neues. Was war passiert?, hatte sie gedacht. Sie erinnerte sich nur bruchstückhaft. Ein lautes Geräusch ... Schritte ... und dann ... Dunkelheit.

Sie hatte instinktiv eine Hand auf ihren Bauch gelegt. Ein Gefühl der Beklemmung hatte sie überkommen. Der Schlafmangel, hatte sie instinktiv zu sich selbst gesagt. Sie hatte das Badezimmerfenster geöffnet, um frische Luft zu atmen. Sie hatte den Garten draußen betrachtet, die frühherbstliche Natur und im Kontrast dazu ihr blasses Spiegelbild. Und sie hatte gemerkt, wie stark ihr Blick von einer unerklärlichen Müdigkeit gezeichnet war.

Jetzt stand sie mit ihrem Anwalt, Niels Frehse, genannt Freispruch Frehse, vor dem Eingang des LKA am Tempelhofer Damm. Gegenüber befand sich der frühere Flughafen Tempelhof, der mittlerweile ein riesiges Museum für was auch immer war, während sich das dahinterliegende Tempelhofer Feld zu einer Mischung aus Liegewiese, Drogenumschlagplatz und ungenutzter Fläche entwickelt hatte. Eine riesige Freifläche mitten in der Stadt, die sich Berlin trotz eklatanter Wohnungsnot nach wie vor leistete.

Zum Glück hatte Laura sich seit einiger Zeit vorgenommen, keine lokalen Nachrichten mehr über Berlin zu lesen, weil sie sich darüber sowieso immer nur ärgerte, ohne irgendetwas daran ändern zu können. *Mediendiät* oder *News Detox* nannte sie das, denn die meisten Nachrichten, die aus der Hauptstadt kamen, waren, wie fast alle anderen Nachrichten auch, ohnehin negativ und führten nur dazu, dass sie sich aufregte und sofort Mordfantasien gegenüber bestimmten Politikern entwickelte. Vor dem Hintergrund der letzten Nacht war es sicher eine gute Idee gewesen, dass sie nicht noch irgendwelche Horrornachrichten gesehen hatte. Sie hatte in irgendeinem Mindset-Kurs von dieser Mediendiät gelesen und musste zugeben, dass es ihr seitdem sehr viel besser ging.

Sie hatte ihren Social-Media-Konsum auf ihrem Smartphone und überhaupt auch ihren Internetkonsum stark gedrosselt. Hermann, der Coach der BWG, hatte in einem Seminar einmal eine Furcht einflößende Rechnung aufgemacht. »Rechnet einmal durch«, hatte er gesagt, »wie viele Stunden ihr pro Tag mit Medien, Facebook oder Fernsehen verwendet.« Bei den meisten waren es bestimmt drei Stunden pro Tag, und zwar dreihundertfünfundsechzig oder dreihundertsechsundsechzig Tage im Jahr, da die meisten am Wochenende oder im Urlaub keinesfalls weniger Medien, sondern eher noch mehr konsumierten. Pro Jahr waren das locker tausend Stunden. »Ein Arbeitstag hat acht Stunden«, hatte Hermann gesagt. »Jetzt teilt mal tausend Stunden durch acht.« Das waren dann sage und schreibe hundertfünfundzwanzig Tage! »Ihr habt«, hatte Hermann gesagt, »hundertfünfundzwanzig zusätzliche Arbeitstage, in denen ihr all das machen könnt, was ihr immer schon machen wolltet. Also kommt nicht mehr mit der Ausrede, ihr hättet nicht genug Zeit, um eure Ziele zu erreichen und eure Träume umzusetzen.« Die meisten in dem Seminar hatten schockiert und betreten dreingeschaut, würden aber wahrscheinlich nichts daran ändern. Das war halt das Problem der meisten Menschen: Sie waren Wissensgiganten, aber Umsetzungsdilettanten. Denn eigentlich wussten alle sehr gut, was zu tun war. Wie hatte es Jesus gesagt: *Herr, vergib ihnen, denn sie wissen nicht, was sie tun*, dachte Laura. Umgekehrt konnte man auch sagen: *Herr, vergib ihnen, denn sie tun nicht, was sie wissen.*

Wozu Laura aber bisher keinen Abstand hatte gewinnen können, das waren SMS und andere Nachrichten. Sie war noch immer so konditioniert, dass sie wie ein pawlowscher Hund auf das Handy schaute, sobald es piepte und vibrierte, und sie musste auf Teufel komm raus in jede Nachricht schauen. Das war kein Wunder, denn die Gehirnareale, die bei einer SMS aktiviert wurden, waren die gleichen wie damals in der Steinzeit, wenn vor der Höhle der Säbelzahntiger brüllte.

Meistens waren es irgendwelche irrelevanten Grüße oder Wünsche von irgendwelchen Freunden, Bilder von Pflanzen, Kindern, Besäufnissen, überflüssige Silvesternachrichten oder auch bescheuerte Videos und Kurzfilme von Katzen und Hunden von irgendwelchen Bekannten oder Kollegen aus der Bank.

Sie dachte wieder an den Traum.

Die Stimme, der Wasserfall.

Doch diesmal war es etwas anderes.

Komischerweise kamen jetzt, mit etwas Abstand, die Bilder aus ihrem Traum zurück. Sie konnte den Traum immer deutlicher sehen. Manche beauftragten Coaches, um ihr Leben besser zu verstehen, weil die meisten Menschen, was ihr eigenes Leben anging, betriebsblind waren. Gab es so etwas wie Traumblindheit?

Die Bilder wurden noch klarer: Eine düstere und neblige Traumlandschaft erstreckt sich vor ihr. Alte, verfallene Gebäude ragen wie Schatten in den Himmel. Die Luft ist mit einer geheimnisvollen Stille erfüllt.

Sie ist in ein altes, zerschlissenes Kleid gehüllt. Sie schreitet zögernd durch die verlassenen Straßen, deren Pflastersteine von Moos überwuchert sind. Eine unerklärliche Melancholie liegt in der Luft. Und dann das Rauschen des Wasserfalls, obwohl nirgends ein Wasserfall zu sehen ist. Wo sollte, in diesen Straßen, auch ein Wasserfall sein, der ein solches Getöse verursachen könnte?

Im Hintergrund hört sie entferntes Lachen und Flüstern, als ob die Geräusche aus einer anderen Zeit kämen.

Sie setzt ihren Weg fort und erreicht einen alten Park, in dem die Äste der Bäume sich krakenhaft in den Himmel strecken. Der Mond wirft unheimliche Schatten auf den Boden. War es nicht eben Tag gewesen? Ist jetzt Nacht? Aber im Traum fragt man nicht nach Logik.

Sie dachte plötzlich an den Satz aus dem Film *Matrix*, den Timo mehrfach rezitiert hatte: *Wenn du einen Traum hast, der dir vollkommen real erscheint, und du wachst aus diesem Traum nicht mehr auf – woher weißt du dann, ob es ein Traum ist oder Realität?*

Plötzlich taucht eine dunkle Silhouette in der Ferne auf. Ein Mensch mit einem Umhang, der sein Gesicht verbarg. Laura spürt eine unerklärliche Furcht, doch sie kann sich nicht abwenden.

Wer bist du?, fragt sie.

Die Silhouette kommt näher, und die Gestalt enthüllt langsam ihr Gesicht. Es ist …

Mehr kam nicht.

Ein seltsamer Traum. Und dann noch die seltsame SMS von der Bank. Der Tag, der noch gar nicht allzu alt war, war auch so schon furchtbar genug gewesen. Sie hatte ein langes Gespräch mit Frehse geführt. Timo war noch immer in der Untersuchungshaft, und der Staatsanwalt war nicht bestrebt, ihn frühzeitig zu entlassen. Seiner Ansicht nach sprachen einfach zu viele Beweise gegen ihn, und aufgrund der Tatsache, dass Laura derzeit beruflich viel unterwegs war, befürchtete man, dass Timo mit Laura zusammen fliehen konnte. Das konnte doch wirklich nicht wahr sein, dachte Laura, dass ihr der Bankjob schon wieder einen Strich durch die Rechnung machte und ihr Mann anstatt bei ihr zu Hause in einer Zelle in der Untersuchungshaft am LKA am Tempelhofer Damm versauerte.

»Wir kriegen ihn schon raus«, hatte Frehse auf sie eingeredet, »aber eben nicht heute und vielleicht nicht morgen, aber wir kriegen das auf alle Fälle hin. Ich werde die Typen schon weichkochen.« Laura bewunderte Frehses Optimismus, aber das war schließlich auch sein Job. »Und dann«, hatte Frehse gesagt, »werden wir die verklagen, das wird richtig teuer für die.«

»Wir werden *die* verklagen?«, hatte Laura gefragt.

»Ja, natürlich«, hatte Frehse geantwortet, »die wissen doch genau, dass Timo Jacobs die Straftat nicht begangen hat, für die er in U-Haft sitzt. Da werden wir uns noch schön Entschädigungszahlungen holen für die Zeit, die er in U-Haft gesessen hat. So etwas machen die mit uns nicht noch einmal!«

Laura war in diesem Moment wieder heilfroh gewesen, dass sie einen üblen Kettenhund von Anwalt hatte, der zwar knapp tausend Euro pro Stunde wollte, aber dafür auch nicht irgendein gutmenschenartiger Pflichtverteidiger war, der vom Staatsanwalt schon im ersten Plädoyer abgebügelt wurde, sondern einer, der gewinnen wollte. Und der, hoffentlich auch dieses Mal, regelmäßig gewann.

All das war ihr durch den Kopf gegangen, als die SMS kam.

Frehse lief neben ihr. Er trug einen dunkelblauen Anzug, ein blütenweißes Hemd, Manschettenknöpfe und eine rote Krawatte, die sicherlich aussagen sollte: *Nehmt euch in Acht, heute bin ich auf Krawall gebürstet.* Das war er ihrer Ansicht nach aber auch ohne rote Krawatte. Er hatte das Piepsen der SMS ebenfalls gehört, und ihm, der Gesichter sehr gut lesen konnte, war Lauras besorgter Blick nicht entgangen.

Er schaute sie an. »Ist alles okay?« Er hatte offenbar gleich erkannt, dass für Laura, als sie die SMS sah, gar nichts okay war. Denn es war ein ähnlicher Moment wie vor einigen Wochen, als sie diesen komischen Brief von der Bank bekommen hatte, in dem man ihr und Timo quasi nebenbei ganz lapidar mitteilte, dass sie ihr Haus verlieren würden. Auch wenn diese Kuh jetzt erst einmal vom Eis war, war auch das Thema Haus und Grundstücke in Blankenfelde-Mahlow noch längst nicht ausgestanden. Ihre Kollegin Sandra hatte sicher ein ähnliches Gesicht gemacht, als sie als Erste von allen die drei Bankräuber gesehen hatte, die die Filiale der BWG überfielen. Oft zeigte ein Gesicht schon das Grauen und den Schrecken, das es sah. Und gerade in den Augen reflektierte sich das Unheil, das sich die Seele des Betrachters schon in den grauenvollsten Farben ausmalte, selbst wenn noch gar nichts entschieden war.

»Ist alles okay?«, fragte Frehse erneut.

Auf Lauras Stirn war eine steile Falte, als sie auf die SMS starrte.

»Nein«, sagte sie, »wenn das hier so stimmt, dann ist gar nichts okay.«

»Was steht denn da? Wenn ich fragen darf?«

»Na ja«, sagte Laura, »was für Geheimnisse soll ich vor Ihnen noch haben. Ich hoffe nur, dass das ein blöder Scherz ist und nichts weiter. Obwohl ich das überhaupt nicht witzig finde.«

»Nun zeigen Sie schon her«, sagte Frehse. »Ich bin Ihr Anwalt, ich darf alles sehen, solange ich Ihnen helfen kann. Oder ist das zu privat?«

»Ich weiß ehrlich gesagt gar nicht«, sagte Laura, »was genau das ist.«

Sie zeigte ihm die Nachricht.

KAPITEL 3

LANDESKRIMINALAMT,
TEMPELHOFER DAMM, BERLIN

»Hier.« Sie schauten beide auf die SMS.

In der SMS war ein Screenshot eines Briefes abgebildet, darauf eine Renteninformation, wie sie Millionen von Menschen jährlich von der Rentenversicherung erhielten. Im Briefkopf ihr Name, Laura Jacobs, ihre Adresse, und darunter, wo normalerweise immer die Rentenschätzung stand, die natürlich viel zu hoch und unrealistisch war, stand hier nur eine einzige Zahl.

Ihre monatliche Rentenerwartung beträgt 0 €.

Sie merkte, wie ihr Herz einen Moment aus dem Tritt geriet.

Frehse verzog leicht das Gesicht. »Das soll doch wohl ein blöder Scherz sein«, sagte er. »Auch wenn ich vermute, dass das bei unserem windschiefen Rentensystem schon eher der Realität entspricht als das, was normalerweise auf den Bescheiden draufsteht.«

Laura schüttelte den Kopf. »Aber warum kriege ich das? Da hat sich doch scheinbar irgendeiner tatsächlich die Mühe gemacht, meine Adresse auf einen Rentenbescheid zu kleben und das Ganze abzufotografieren, oder was soll das sein?«

Sie klickte in die SMS hinein und versuchte, das Bild zu vergrößern. Dann sah sie, dass es sich um eine PowerPoint-Datei handelte. »Das scheint in einer Präsentation zu sein«, murmelte sie. Die Handynummer, von der die

SMS kam, kam ihr in irgendeiner Weise auch bekannt vor, sie hatte die Nummer nur noch nicht abgespeichert, aber schon mehrfach angerufen. Sie öffnete ihre vergangenen Anrufe und scrollte die Liste nach unten hindurch, bis sie die Nummer wiederfand.

»Das ist die Nummer von Sina«, sagte sie. Sina Ramirez war IT-Expertin in der BWG und arbeitete in der Abteilung für Informationssicherheit und Blockchain-Technologie. Früher war sie Hackerin gewesen und war dann, vom BKA, vor die Wahl gestellt worden, entweder in die Legalität oder in den Knast zu gehen. Die Wahl war ihr leichtgefallen.

Laura mochte Sina. Und fragte sich umso mehr, warum sie gerade von ihr diese blöde Panik-SMS bekam. Laura hatte nun wirklich genug Probleme, als dass sie noch so einen dämlichen Scherz brauchen konnte. Und ein Teil ihres Gehirns fragte sich, ob das tatsächlich nur ein dämlicher Scherz war oder etwas anderes? Vielleicht wollte Sina sie auch warnen, und das Ganze war tatsächlich um einiges ernster, als sie glaubte?

»Herr Frehse«, sagte sie, »wir sind hier doch durch?«

»Sind wir?«, fragte der. »Was hat es denn mit dieser SMS auf sich?«

»Von einer Kollegin. Das kläre ich. Sonst melde ich mich.« Sie schaute wieder auf die SMS. »Ich meine, mit der Sache hier am LKA sind wir erst mal durch?«

Frehse lächelte kurz. »Wir sind durch, wenn wir durch sind. Oder wie heißt es so schön bei Rocky: *It's not over til it's over.* Aber ja, für heute sind wir durch. Sagen Sie Bescheid, wenn ich in dieser SMS-Sache doch noch etwas für Sie tun kann.«

»Das mache ich«, sagte Laura, »als Erstes rufe ich die

Kollegin einfach an und frage, was es mit dieser komischen Nachricht auf sich hat.«

»Tun Sie das.« Frehse streckte seine Hand aus, und Laura ergriff sie. »Wenn das ein Scherz sein soll, dann ein relativ geschmackloser. Auch wenn ich die Rentenerwartungen, wie sie die Regierung verschickt, überhaupt nicht teile und eher denke, dass es in diese Richtung gehen wird.« Er machte mit dem Kinn eine Geste Richtung Lauras Handy. »Ich selbst traue den Analysen, die mein Vermögensberater mir schickt, deutlich mehr als den jährlichen Briefen, die das Anwalts-Versorgungswerk mir schickt. Nur leider bin ich dort Zwangsmitglied und kann nicht austreten.«

Okay, dachte Laura, *du wirst auch genug Geld haben, was du anlegen kannst, bei deinen Stundensätzen.* In dem Moment fand sie, dass das ein unnötig negativer Gedanke war. Frehse arbeitete hart, und dafür bekam er eben einiges. Sollte er das Geld doch kriegen, wenn er einen guten Job machte und Timo früher freikam und es ihnen vielleicht auch noch gelang, das LKA zu verklagen. Dann würde Laura ohnehin alles von der Rechtsschutzversicherung zurückbekommen, und die Welt war ein kleines bisschen besser geworden. Das hoffte sie jedenfalls.

»Wir telefonieren«, sagte Frehse. »Sie sind erreichbar heute?«

»Klar, ich kann hier ja nicht weg, solange Timo in U-Haft ist.«

»Und ich mach dem Staatsanwalt weiter Feuer unter dem Hintern. Bald ist das alles vorbei.« Mit diesen Worten war er schon auf der anderen Straßenseite und winkte sich ein heranfahrendes Taxi herbei. Frehse fuhr immer Taxi, da er die Parkplatzsuche zu zeitintensiv fand.

Ein Lächeln huschte über Lauras Gesicht. Es war schön, mal jemanden um sich zu haben, der bei positiven Dingen zuversichtlich war und kein Bedenkenträger, wie es so viele in der Bank waren.

Sie tippte auf Sinas Nummer.

Die ging nach dem zweiten Klingeln ans Telefon.

KAPITEL 4

LANDESKRIMINALAMT,
TEMPELHOFER DAMM, BERLIN

Sina«, schnappte Laura und fiel sofort mit der Tür ins Haus. »Soll das ein blöder Witz sein, oder was schickst du mir da ?«

»Ich wünsche dir auch einen guten Morgen«, sagte Sina stattdessen.

»Ich bin höflich«, sagte Laura, »wenn andere es auch sind. Was schickst du mir da für eine komische Panik-SMS, völlig ohne Zusammenhang? Meine Rente ist bei null Euro? Soll das ein blöder Witz sein?«

»Nein, deine Rente ist natürlich nicht bei null Euro«, sagte Sina, »aber Fink hat dich doch vorgewarnt.«

»Fink hat mich *was?*« Laura hatte von Fink seit gestern nichts mehr gehört.

»Dich vorgewarnt.«

»Dass meine Rente auf null Euro sinkt?«

»Nein, aber er wollte dich dazu anrufen.«

»Hat er nicht«, begann Laura. Sie schaute auf ihr Handy und sah, dass noch der *Nicht-stören*-Modus aktiviert war. Nur SMS wurden durchgelassen. Sie hatte mit Timo in der Besucherzelle des LKA gesessen. In diesem Moment war nur Timo wichtig, und sie wollte nicht durch irgendwelche Anrufe gestört werden. SMS gingen aber durch, weil Frehse ihr einige Zwischenstände der Verhandlungen geschickt hatte. Bei der *Nicht-stören*-Funktion gab es nur eine Person, die sie trotzdem anrufen konnte, und das war Timo.

Der aber hatte ihr gegenübergesessen, und sein Handy hatte man ihm abgenommen.

Dann sah sie es: zwei Anrufe in Abwesenheit. Eine 069-Nummer. Festnetzapparat von Sören Fink in der Zentrale der BWG. Auf der anderen Straßenseite sah sie das Taxi mit Frehse verschwinden. Sören Fink war zunächst Leiter der Konzernstrategie gewesen und seit Kurzem für den Übergang Vorstandschef der BWG, nachdem sein Vorgänger Heinrich Hortinger vergiftet worden war – was Laura fast ebenfalls ins Gefängnis gebracht hätte. Fink sollte die Stelle erst einmal übergangsweise übernehmen.

»Verdammt ja, er hat angerufen«, sagte Laura. »Ich war in dem Moment gerade bei Timo in der U-Haft. Weißt ja …«

»Üble Sache«, sagte Sina. »Dann hat Fink dich also gar nicht erreicht?«

»Nein, hat er offenbar nicht. Was wollte er mir denn sagen? Jetzt sag nicht, dass ich keine Rente kriege!«

»Du bekommst deine Rente. Und wenn nicht, na ja, bist du nicht die Einzige.«

»Jetzt verstehe ich gar nichts mehr.«

»Es geht um eine Sache, bei der dieses Szenario gar nicht so unwahrscheinlich sein könnte«, sagte Sina.

»Dass ich tatsächlich keine Rente kriege?« Offensichtlich war das Ganze doch mehr als ein dämlicher Scherz.

»Nicht nur, dass du keine Rente kriegst, sondern dass ein ganzer Haufen Angestellter und Leute, auch Mitarbeiter aus dem öffentlichen Dienst, keine Rente kriegen.«

Laura atmete genervt aus. »Ich bin es ja mittlerweile wirklich gewohnt, dass hier ständig neue Katastrophenszenarien über uns einbrechen, aber wie genau soll es denn bitte schön dazu kommen?«

»Zugegeben«, sagte Sina, »Das klingt auf den ersten Blick alles ziemlich absurd, ist aber leider plausibler, als man denken könnte.«

»Jetzt komm endlich zur Sache!« Laura verlor allmählich die Geduld.

Sina sprach weiter. »Wir haben in einer Stunde, also um 11 Uhr, einen Zoom-Call mit der Zentrale. Das wollte Fink dir auch sagen und fragen, ob du teilnehmen kannst.«

Laura schaute auf die Uhr. »Hat er nicht, aber …«

In dem Moment fiel Laura auf, dass Fink ihr offenbar eine Voicemail hinterlassen hatte. »Doch«, sagte sie, »hier ist eine Voicemail. Höre ich mir gleich mal an.«

»Genau darum geht es«, sagte Sina. »Judith, die Assistentin aus Finks Büro, schickt gleich einen Invite raus oder hat es schon getan. Wär super, wenn du dich auch einloggen könntest.«

»Und dann erfahre ich, warum unser aller Rente in Gefahr ist?«

»Das und noch einiges mehr«, sagte Sina. »Wann bist du überhaupt wieder in Frankfurt?«

»Tja«, sagte Laura, »erst mal würde ich gerne meinen Mann aus dem Knast holen, wenn es gestattet ist.«

»Klar, das geht vor.« Sina machte eine kurze Pause. »Wenn wir oder ich da irgendwie helfen können, sag Bescheid. Notfalls hacke ich mich in die LKA-Datenbank ein und lösche einige Beweise, die gegen deinen Mann sprechen. Dann haben die keine Grundlage für die U-Haft mehr.«

Laura zweifelte keine Sekunde daran, dass Sina das tatsächlich machen würde.

»Da spricht wieder die ehemalige Black-Hat-Hackerin.« Laura musste lächeln.

»White-Hat-Hackerin«, sagte Sina. »Das ist ja für die gute Sache. Soll ich?«

Laura stellte sich das Chaos vor, das Sina durch eine Aktion bei der Berliner Polizei verursachen würde.

»Vielen Dank«, sagte sie dann. »Ich habe einen ziemlich scharfen Kettenhund von Anwalt, der hoffentlich einige Wunder wirken kann. Außerdem bin ich mir sicher, dass es in der Digitalwüste Deutschland noch Papierakten gibt, die einfach nur neu eingescannt werden müssten. Wahrscheinlich würde das das Verfahren gegen Timo sogar noch verzögern.«

»Okay. Digitale Dritte Welt kann man nicht hacken«, sagte Sina. »Aber gib Bescheid, wenn ich irgendwas tun kann, ja?«

»Klar.«

»Gut, dann hören wir uns nachher im Zoom-Call um 11 Uhr?«

Laura nickte, obwohl Sina sie gar nicht sah. »Definitiv. Ich logge mich von zu Hause ein. Will ja schon wissen, was jetzt wieder für Bomben platzen. Mein Gott, wenn man euch in Frankfurt mal ein paar Tage allein lässt …«

»Noch platzen die Bomben nicht«, sagte Sina, »aber die Zünder ticken schon bedrohlich laut.«

»Okay«, sagte Laura, »das ist bei der BWG nicht unbedingt was Neues.«

KAPITEL 5

BLANKENFELDE-MAHLOW, BEI BERLIN

Laura hatte die Stille des Hauses erwartet. Aber nicht das.

Schon als sie heranfuhr, hatte sie kleine Busse und Autos gesehen, die Männer und wenigen Frauen mit den Kameras und Mikrofonen. Sie hatte überlegt, abzubiegen, aber wo hätte sie hinfahren wollen? Als sie aus ihrem Auto stieg, war vollkommen klar, wer da auf sie wartete. Es war die gleiche Szene wie letzten Freitag vor dem Berliner Hauptquartier der BWG.

»Frau Jacobs, können Sie uns ein paar Fragen beantworten?«, rief einer der Journalisten, während er mit einem Mikrofon auf sie zukam. »Wir haben gehört, dass Ihr Mann in Untersuchungshaft sitzt. Stimmt das?«

Laura fühlte, wie ihr Herzschlag beschleunigte. Sie wusste zwar, wovon die Journalisten sprachen, aber sie wusste nicht, woher sie das wussten. Sie wusste auch, dass sie jetzt nicht einfach weglaufen konnte. Sie entschied sich, ruhig zu bleiben und höflich zu antworten.

»Ich habe keine Ahnung, wovon Sie sprechen«, sagte sie ruhig. »Ich bitte Sie höflichst, mir etwas Platz zu lassen und meine Privatsphäre zu respektieren.« Diesen Satz hatte sie irgendwann in einem Medienseminar gelernt.

Doch der Unterschied zwischen Praxis und Theorie war halt, dass beide in der Theorie gleich waren, in der Praxis jedoch nicht. Denn der Mann ließ nicht locker. Auch eine Frau kam dazu und noch zwei weitere Männer. Sie drängten sich immer näher an Laura heran und feuerten eine Frage nach der anderen auf sie ab.

»Frau Jacobs, wir haben Informationen, die beweisen, dass Sie in einen Skandal verwickelt sind. Können Sie das kommentieren?«

»Und was ist mit Heinrich Hortinger? Sie waren eine der letzten Personen, die er gesehen hat. Können Sie diese Information bestätigen?«

Laura spürte, wie ihre Nerven langsam blank lagen. Sie wollte einfach nur ins Haus gehen und die Tür hinter sich schließen, aber die Journalisten liefen hinter ihr her wie ein Hund, dessen Herrchen oder Frauchen eine Wurst in der Hand hielt.

»Ich habe Ihnen bereits gesagt, dass ich keine Ahnung habe, wovon Sie sprechen«, sagte sie mit etwas mehr Nachdruck in der Stimme. »Ich bitte Sie noch einmal höflichst, mich in Ruhe zu lassen. Sie werden beizeiten eine offizielle Stellungnahme der Bank bekommen.«

Bumm, das hätte sie besser nicht gesagt. Denn damit hatte sie mehr oder weniger zugegeben, dass die Journalisten nicht ganz falschlagen.

So blieb die Medienmeute erst recht hartnäckig. Einige stellten sich ihr sogar in den Weg, besonders der Mann mit dem Bart.

»Kein Kommentar«, sagte sie noch einmal, bevor sie mit einem beherzten Schritt nach vorn spurtete und ins Haus flüchtete. Sie knallte die Tür zu und verriegelte das Schloss von innen.

Die Stille des Hauses umfing sie wie ein Maul, das zuschnappte und sie in seiner Stille gefangen hielt. Die Fragen waren weiterhin zu hören.

Das Schlafzimmer war sonnendurchflutet, die Vorhänge, die noch geschlossen waren, tauchten den Raum in einen warmen und beruhigenden Farbton, der komplett im Gegensatz zu dem Sturm stand, der in Lauras Innerem tobte. Gut, dass die Vorhänge zugezogen sind, dachte sie, während sie das Gemurmel und das Stimmengewirr von draußen hörte. Sie schaute in den antiken, mannshohen Spiegel, den Timo einmal für sechshundert Euro in einem Antiquitätenladen gekauft hatte – unter der Bedingung, dass er geliefert und montiert wurde. *So einen ähnlichen Spiegel gibt es auch in* Matrix, hatte Timo damals gesagt. Laura war der Preis damals sehr hoch vorgekommen, doch Lutz, ein befreundeter Kunstexperte, hatte ihnen gesagt, dass dieser Spiegel locker das zehnfache wert war. *Okay,* dachte Laura, *wenn alle Stricke reißen, können wir den Spiegel verkaufen.*

Laura hatte einmal gehört, dass die meisten Menschen es nicht schafften, allzu lange in einem Spiegel in ihre eigenen Augen zu sehen, weil sie sich dann mit ihrem wahren Selbst konfrontiert sahen. War das richtig? Sie wusste es nicht, aber sie schaffte es, sehr lange in den Spiegel zu blicken.

Die üblichen Fragen waren in ihrem Kopf: Wer bin ich wirklich? Wo führt mich mein Weg hin? Sie betrachtete ihr Spiegelbild, das zurückblickte. Die Spuren vergangener Kämpfe und verlorener Träume zeichneten sich auf ihrem Gesicht ab. Sie erinnerte sich an den Tag, an dem sie das erste Mal einen Kunden angerufen hatte, um ihn zu fragen, ob er nicht in seinem Depot etwas ändern wollte. Ihr Herz hatte geklopft. *Fremde Leute anzurufen,* hatte ihr ein Coach damals gesagt, *oder auch Kaltakquise, konfrontiert dich mehr als alles andere mit deinen eigenen Glaubenssät-*

zen. Wie nimmst du Ablehnung auf? Denn die meisten Kunden werden nicht fröhlich sagen: Ja klar will ich sofort etwas bei dir kaufen!

Ablehnung? Das war ihr geringstes Problem.

Wenn ich gewusst hätte, dachte sie, welche Entscheidungen mein Leben beeinflussen würden. Hätte ich etwas anders gemacht? Hätte ich den Job in der Zentrale angenommen? Hätte ich gekündigt und wäre Bäckerin geworden, wie es Timo immer vorschlug? *Verkaufe den Leuten etwas, das sie gern kaufen, und nicht so einen Bank-Beschiss, der eh nur Verluste macht.* Oder Buchhändlerin, wie ihre Freundin Heike?

Ein Flackern des Zweifels zog über ihre Augen. Dann atmete sie tief ein und wieder aus. *Ich werde mich doch nicht von diesem ganzen Scheiß fertigmachen lassen,* sagte sie zu sich selbst. Sie sagte es laut. Und wandte sich von dem Spiegel ab.

Ich habe nur mit Schurken zu tun, dachte Laura. *Da wird es Zeit für einen Helden. Oder eine Heldin! Und das bin ich!*

Die Stimmen der Reporter, die sie eben vor dem Spiegel gar nicht gehört hatte, waren wieder zu hören:

Wer wird der Nachfolger von Heinrich Hortinger?

Warum ist Ihr Mann in Untersuchungshaft?

Haben Sie die Informationen über den Bilanzbetrug an die Medien geschickt?

Wenn Sie das getan haben, warum sprechen Sie dann nicht mit uns?

Sie schluckte.

Eben war es ihr zu laut gewesen.

Jetzt war es, bis auf die gedämpften Stimmen, zu still.

Sie sah sich um.

Es war still, weil jemand fehlte.

Sie hätte nie gedacht, dass sie Timo derart vermissen würde. Sein emsiges Hantieren mit irgendwelchen neuen technischen Gimmicks, die Legoroboter, die er zusammenbaute, oder all die Sachen, die er immer irgendwo liegen ließ, vorzugsweise so, dass Laura darüberstolperte. Doch in Wahrheit vermisste sie ihn nach diesen nicht einmal drei Tagen bereits so sehr, dass sie Tränen in ihren Augen brennen spürte und ein drückendes Gefühl ihr die Kehle abschnürte.

Das Haus ohne Timo war eigentlich nicht vorstellbar, ein Leben ohne Timo war für sie nicht vorstellbar und sie war seit Tagen unfreiwillig allein in diesem Haus. Timo aber erging es noch schlimmer, der war seit fast drei Tagen unfreiwillig in einer Zelle in Untersuchungshaft.

Laura hatte oft von Menschen gehört, deren Angehörige abtransportiert worden waren. Im Dritten Reich, zu Zeiten Stalins oder wo auch sonst immer irgendwelche Herrscher mithilfe ihrer Geheimpolizei Andersdenkende ins Gefängnis brachten. Da waren die Leute oft wochenlang weg oder gar monate- und jahrelang, kamen gar nicht mehr frei, wurden gefoltert oder hingerichtet, und die Angehörigen bekamen am Ende sogar noch eine Rechnung für die Hinrichtung geschickt. Sie hatte das immer schon furchtbar gefunden, doch jetzt konnte sie diesen Schmerz noch viel deutlicher nachvollziehen als vorher.

Sie hatte einmal etwas über die Gefängnisinsel Alcatraz gelesen. Wer ganz schlimme Verbrechen beging, der kam nach Alcatraz. Und wer in Alcatraz gegen die Regeln verstieß, der kam in das Loch – *the hole.* Völlige Stille, völlige Einsamkeit, teilweise völlige Dunkelheit. Manche wurden dort wahnsinnig. Andere wurden von ihrem Gehirn gerettet. Sie stellten sich, in der völligen Abwesenheit von Bildern und äußeren Reizen, vor, wie sie Fernsehen schauten – und ihnen kam es so vor, als täten sie es wirklich. Wäre es bei Timo auch so? Würde er in seiner Fantasie den Executor, Darth Vaders Flaggschiff, aus Lego zusammenbauen? Mit seinem 3-D-Drucker irgendwelche Figuren erschaffen? Seine Warhammer-Panzer bemalen oder *Space Marine* auf dem Computer spielen? Sie spürte die Tränen in ihren Augen.

Sie schaute sich um. Hier hatte alles begonnen. Die Grundstücke, auf denen die Häuser standen, gehörten der Bank und sollten an die Hightechfirma Xenotech verkauft werden. Die wollte alles abreißen und dort riesige Serverfarmen bauen, damit die europäischen Kunden von Xenotech ihre Daten auch auf europäischen Cloud-Servern hatten. Dann hatte die Gemeinde unter Bürgermeister Wennig zunächst mit einigem Erfolg die Grundstücke zurückgekauft. Doch die Gemeinde hatte kein Geld, und der Kredit kam von einer Organisation, bei der Laura vermutete, dass sie hinter all den Intrigen stand. Laura und Linus vom BKA nannten die Organisation »Das Konsortium«, und der Kredit war auf eine Weise gestaltet, dass das Konsortium die Grundstücke bekam, wenn der Kredit nicht rechtzeitig bedient wurde. Wennig, der Bürgermeister, den Laura vor Kurzem in seinem Büro getroffen hatte, hatte einer Fristverkürzung zugestimmt. Sie wollte Wennig noch so vieles fragen, doch das klappte nicht mehr. Denn er hatte die Vereinbarung unterzeichnet. Interessanterweise genau einen Tag bevor man ihn von einem ICE überrollt in mehrere Teile zerstückelt in Spandau westlich von Berlin auf den Schienen gefunden hatte.

Sie streckte sich und atmete konzentriert ein und aus, um sich zu beruhigen. Schaute kurz aus dem Fenster. Die

Medienleute waren immer noch da. Sie ließ ihren Blick durch das Zimmer schweifen. Alles sah so aus, wie es gestern Abend ausgesehen hatte und auch heute Morgen. Früher hatte sie sich immer geärgert, wenn sie alles aufgeräumt und Timo dann alles wieder unordentlich gemacht hatte. Jetzt würde sie sich genau das wünschen, denn das würde bedeuten, dass Timo da war.

Jetzt war alles ordentlich. Und das war nicht gut. Dass alles genauso aussah, wie es auch heute Morgen ausgesehen hatte, war keine beruhigende Gewissheit. Es war eine Art Starre, fast eine Art … sie sträubte sich vergeblich dagegen, das Wort zu Ende zu denken … *Leichenstarre.*

Und all das zeigte, wie sehr sie Timo vermisste. Seufzend verließ sie das Zimmer. Es war Zeit, sich in die Konferenz einzuwählen und zu erfahren, was nun schon wieder in Frankfurt los war. Laura war die Einzige, die sich von extern zugeschaltet hatte.

Ihr Laptop stand nach wie vor auf dem Küchentisch. Homeoffice war in der Bank bisher überhaupt nicht vorgesehen gewesen und bei der Arbeit in der Filiale schon gar nicht. Auch wenn man Kunden natürlich über Videokonferenzen beraten konnte, gefiel sich die Bank in der Rolle, ihre Kunden wie ein launischer Herrscher in die Filiale zu beordern, und die Kunden kamen diesem Befehl gerne nach. Wo doch die Filiale eine starke Sogwirkung gerade auf die Leute ausübte, die unbedingt Geld an der Kasse abheben wollen und kaum jemals etwas von Geldautomaten geschweige denn Onlinebanking gehört hatten.

Sie setzte sich an den Küchentisch. Auch der war genauso ordentlich wie gestern Abend und heute Morgen. Keine Darth-Vader-Figuren, kein 3-D-Drucker, kein Verpackungskarton, der im Weg lag, oder irgendein anderes technisches Gimmick, das Timo sich irgendwo gekauft hatte. Dafür eine Menge Journalisten, die, sie musste es leider zugeben, berechtigte Fragen stellten, ein Mann, der in Untersuchungshaft saß, und ein Topanwalt, der einer der besten seines Fachs war und scheinbar trotzdem nicht weiterkam.

Sie blinzelte die Tränen weg und schaute auf die Uhr. 10.58. Noch zwei Minuten bis zur Zoom-Konferenz. Sie schaltete den Computer ein, öffnete Outlook und wählte sich in die Videokonferenz ein. Vielleicht würde sie der Inhalt der Konferenz ablenken.

KAPITEL 6

BLANKENFELDE-MAHLOW, BEI BERLIN

Laura war tatsächlich die Einzige, die von anderer Stelle zugeschaltet worden war. Sie kannte den Konferenzraum. Dort waren Sören Fink, dazu Linus vom BKA, Sina und eine gewisse Saskia Wendler, die ihr als die rechte Hand von Fink vorgestellt wurde. Sie war eine Art Vorstandsassistentin, jedenfalls solange Fink übergangsweise CEO war. Man erzählte sich, dass die Bank schon Headhunter beauftragt hatte, um nach einem neuen Vorstandschef zu suchen, aber klar war auch, dass Fink allen beweisen wollte, dass er die richtige Wahl war. Saskia, blond, Mitte dreißig, machte auf Laura mit ihrer norddeutsch-hamburgischen Art einen sympathischen Eindruck. Weiter entfernt am Tisch saßen einige junge Anzugträger, deren Blick an ihren Laptop-Monitoren klebte und bei denen es sich höchstwahrscheinlich um Berater von East Coast Consulting handelte, die mit Fink zusammenarbeiteten und mal wieder versuchten, die Bank vor dem Schlimmsten zu bewahren – und dafür natürlich eine fürstliche Gebühr verlangten.

Was Laura an Fink mochte, war, dass er, anders als Hortinger, auf allzu viel Schnickschnack verzichtete, keine Leibwächter wollte und ebenso mit dem eigenen Auto oder sogar mit dem Fahrrad in die Bank fuhr. Seinen Fahrer, so sagte er, brauchte er nur in Ausnahmefällen. Zu Mittag aß er in der bankeigenen Kantine und nicht im Vorstandscasino oder gar in der teuren Frankfurter Gesellschaft, wie es Hortinger fast immer getan hatte. Rotwein hatte man ihn mittags noch nie trinken gesehen, und Zigarren rauchte er auch keine. Dafür Zigaretten.

Ursprünglich hatte Laura mit Fink besprochen, dass sie ab Mitte der Woche in Frankfurt sein sollte, doch die Sache mit Timo war leider noch nicht weit genug fortgeschritten.

Fink kam gleich zur Sache: »Schön, dass Sie alle so kurzfristig zusammenkommen konnten«, sagte er. Instinktiv fingen die vier Berater im Hintergrund an, hektisch Notizen zu machen, so als wäre Fink ein Guru, von dem jedes Wort für die Nachwelt konserviert werden musste.

»Ruben«, sagte Fink in Richtung der Berater gewandt, »können wir den Bildschirm teilen, damit Laura auch sieht, worum es geht?«

Einer der Berater im Hintergrund klickte irgendetwas, und Laura sah das typische PowerPoint-Format der BWG.

»Okay, einen weiter«, sagte Fink ungeduldig und tippte auf den Tisch. Auf der nächsten Folie war ein Firmenlogo zu sehen mit dem Namen BCI.

Fink blickte in die Runde. »Schon mal gehört?«, fragte er.

Laura hasste es, wenn niemand etwas sagte. Also sagte sie etwas.

»Ja, aber wirklich nur gehört«, sagte sie. »Ist das nicht irgendeine französische Bank? Irgendwas mit Investissement?«

Fink nickte. »Ganz genau. Banque de Commerce et Investissement. Ist eine recht große französische Commercial-und-Investment-Bank aus Paris, die auch in Richtung

Mittlerer Osten und Nordafrika einiges macht. Und ...«, sagte Fink und machte eine kurze Pause, »... sie ist um einiges größer als die BWG.«

»Ist das ein Problem?«, fragte Laura.

Fink nickte. »Das ist ein Problem, wenn eine Bank die andere übernehmen will und wenn die eine Bank größer ist als die andere. Dann fressen die Großen die Kleinen.«

»Und die kleine ist leider die BWG«, sagte Linus.

»Machen wir uns nichts vor«, sagte nun Saskia, »aufgrund der tollen Kooperation von Ihnen, Frau Jacobs, haben wir bei Wilhelmi eine ordentliche Finanzspritze bekommen, ohne die wir jetzt wahrscheinlich insolvent wären, weil uns im Internbankenmarkt keiner mehr Geld geliehen hätte.« Kurt Wilhelmi war der deutsche Finanzminister. Er war vor Jahren wegen allzu günstiger Bankenrettungsprogramme in einer früheren Koalition von 2008, als er schon einmal Finanzminister gewesen war, in die Kritik geraten, weil er ohne Gegenbedingungen, so sagte es jedenfalls die Presse, allzu großzügig Steuergelder an die Großbanken verschleudert hatte. *Hier kommt Kurt, ohne Helm und ohne Gurt,* ein alter Song von Frank Zander, wurde damals häufig in Bezug auf Wilhelmi zitiert und fiel auch diesmal wieder in der Presse, als Wilhelmi letztes Wochenende auch die BWG scheinbar viel zu großzügig gerettet hatte.

Laura hatte mit Saskia vorher nicht allzu viel zu tun gehabt, aber natürlich im Intranet der Bank und zudem auf LinkedIn einiges über sie recherchiert. Sie hatte eine Bankausbildung bei der Hamburger Sparkasse, der Haspa, absolviert und dann in Mannheim und an der WHU bei Koblenz Betriebswirtschaft studiert. Danach hatte sie ein Fintech gegründet, das leider bei der zweiten Finanzierungsrunde nicht genug Geld bekam und pleiteging. Danach wechselte sie zur Unternehmensberatung East Coast Consulting, bei der sie zusammen mit Sören Fink gearbeitet hatte, der dann mit ihr gemeinsam zur BWG gewechselt war. Er als Leiter Konzernstrategie, sie als Abteilungsleiterin für Digitale Innovation. Mittlerweile war sie Bereichsleiterin geworden.

Laura hatte sich vor einigen Tagen in der Cafeteria der BWG mit Saskia unterhalten, als es um neuere Steuerungsmodelle für das Unternehmen ging. Eines davon war die sogenannte Matrix-Struktur. Die hatte allerdings nichts mit Kinovergnügen oder dem gleichnamigen Film zu tun, den Timo so sehr liebte, und war auch sonst nicht vergnügungssteuerpflichtig. Für alle, die es hassten, einen Boss zu haben: Es ging noch schlimmer! Denn in der Matrix-Struktur hatte man zwei Bosse. Es gab zum Beispiel eine Fachabteilung wie Personal oder Finanzen und dann noch eine Regionalabteilung wie zum Beispiel Europa oder USA. Die Frage, wer nun in dieser Matrix-Struktur wirklich das Sagen hat, war, so hatte es Saskia beschrieben, Gegenstand von unendlichen Streitereien zwischen Geschäftseinheiten und Region-Chefs, und auch in den Beratungen der ECC, die dem Unternehmen diese Matrix-Struktur vorgeschlagen hatte, war die Schnittstelle zwischen Geschäftsfeld und Region das am besten gehütete Geheimnis. Würde alles klar und transparent sein, würde ja auch im Unternehmen Frieden einkehren, und es wären keine neuen Beratungsprojekte mehr erforderlich.

Es ging, so hatte ihr Saskia gesagt, aber deutlich schlimmer als in der Matrix-Struktur: Bei der sogenannten Tensor-Struktur hatte man nicht nur zwei, sondern gleich drei

(!) Bosse; eigentlich vier, wenn man noch den Haupt-CEO dazuzählte. So zum Beispiel die Leiter der Geschäftseinheiten, die der Regionen und dann noch funktionale Abteilungen wie Forschung und Entwicklung oder Marketing und Vertrieb.

»Wenn sich jetzt einer fragt«, hatte Saskia gesagt, wie man bei drei Bossen noch sein Tagesgeschäft hinkriegen sollt, lautet die Antwort: gar nicht!«

»Und was dann?«, hatte Laura gefragt.

»Man wird für die wirkliche Arbeit, da der administrative Aufwand für Kommunikation mit den drei Bossen sicher an der Führungskraft selbst hängen bleibt, einen Stellvertreter benennen müssen, was dazu führt, dass die Mitarbeiter der Führungskraft ab da immerhin auch zwei Bosse haben. Und falls die Führungskraft noch einen zweiten Stellvertreter benennt, haben die Mitarbeiter auch drei Bosse, genau wie die Führungskraft selbst.«

Es überraschte Laura damals nicht, zu hören, dass die BWG, zusammen mit ECC, gerade eine Tensor-Struktur eingeführt hatte, auf dem Papier, um *dynamischer und agiler* zu sein. Das las sich in den Berater-PowerPoints zwar gut, doch klar war auch: Je komplexer die Struktur und je weniger Durchgriffsrecht der CEO hatte, desto größer war die Wahrscheinlichkeit, dass das Unternehmen sehr viel Zeit mit dem internen Hin-und-her-Schicken von PowerPoints und eben nicht mit dem Kunden verbringt. Denn 30-MB-PowerPoint-Dateien, die hin und her geschickt werden, bezahlten keine Rechnungen! Das tat nur der Kunde! Und die Kunden liefen der BWG in Scharen davon.

Saskia sprach weiter. »Dennoch ist es natürlich so, dass die deutsche Politik ein Interesse daran hat, dass die Konsolidierung des Bankensektors in Gang kommt und die BWG nicht ständig gerettet werden muss.«

»So ähnlich wie bei der Deutschen Bank, die ja dauernd an die Citigroup oder wen auch immer verkauft werden sollte.« Fink nickte zur Bestätigung. »Genau das haben uns Kahlert und Denning ebenfalls gesagt.« Laura hatte beide nie live gesehen, aber von ihnen gehört. Beide waren nach Stationen als Investmentbanker bei der Investmentbank Silverman & Cromwell Staatssekretäre im Finanzministerium geworden.

»Na klar«, sagte Laura, »Investmentbanker wollen immer Fusionen und Deals, das ist ja auch für ihren alten Arbeitgeber gut, denn je mehr fusioniert wird, desto mehr verdienen die Investmentbanker. Erst fusionieren sie etwas und verdienen Geld. Dann zerschlagen sie es wieder und verdienen wieder Geld. Sie verdienen eigentlich immer Geld.«

Anders als die Journalisten, dachte Laura, deren Stimmen sie noch immer gedämpft hörte, *die müssen sich schon richtig strecken, um neue Storys zu kriegen, damit Leute überhaupt noch Zeitungen kaufen.*

Fink lächelte gequält. »Leider nicht ganz falsch. Die gleichen Banken, die Firmen bei der Fusion helfen, helfen ihnen dann auch dabei, sie wieder auseinanderzureißen, weil doch das Ganze am Ende mehr wert ist als die Summe seiner Teile.« Laura sparte sich den Kommentar, dass es ja bei den Unternehmensberatungen nicht ganz anders war. Erst hieß es, alles zu zentralisieren und »top-down« zu organisieren, dann hieß es wieder regionalisieren, individuelle Profitcenter aufbauen, bis jeder nur noch macht, was er will, und alles wieder zentralisiert wird. So ähnlich wie beim Fusionieren und Zerschlagen.

»Geht alle fünf bis sieben Jahre so«, sagte Saskia, »und jetzt ist halt mal die BWG dran. Die Politik will die Konsolidierung, die EU will einen europäischen Bankenmarkt, und Frankreich ist sowieso immer daran interessiert, seine Wirtschaft größer zu machen.«

Fink nickte. »Wenn es auf Kosten deutscher Unternehmen geht, umso besser.«

»Sieben fette und sieben magere Jahre«, murmelte Sina. »So steht es doch in der Bibel. Die Frage ist, in welchem Zyklus wir gerade stecken.«

»Zur Sache«, sagte Fink. »Witzig ist das Ganze leider nicht. Diese Nullrente, die wir verschickt haben, ist eines der Szenarien, was passieren könnte, wenn die Fusion in eine falsche Richtung läuft.« Er wandte sich an Laura. »Ich hätte Ihnen das etwas besser erklären sollen und hätte mir denken können, dass Sie nicht durchgängig erreichbar waren, das tut mir leid.«

»Das heißt, das Szenario kann eintreffen? Wegen der Fusion?«, fragte Laura. »Ich fürchte, ich verstehe immer noch nicht, warum unsere Rente auf null geht, wenn die BWG mit der BCI fusioniert.«

»Das ist auch nicht auf den ersten Blick ersichtlich«, sagte Fink, »nur wenn die Fusion in die falsche Richtung läuft, kann es tatsächlich passieren, dass die Rente von einer Menge Leuten nicht mehr sicher ist.«

»Und das liegt an der BWG?«, fragte Laura.

Fink kniff den Mund zusammen. »Unter Umständen …«

»Und wird durch die Fusion verschärft?«

»Eventuell ja.«

»Aber Moment mal«, sagte Laura. Die SMS mit der Rente hatte sie genauso erschreckt wie damals der Brief, in dem stand, dass sie ihr Haus verlieren würde. »Ich denke, die BWG ist der schwache Part und die BCI ist der starke Part in der Fusion? Das Ganze soll doch die BWG stützen?«

»Soll es offiziell«, sagte Fink, »aber Sie kennen vielleicht alle den berühmten Spruch des Bankiers J. P. Morgan?«

Linus meldete sich zu Wort. »Der hat einiges gesagt, aber kommt von ihm nicht auch: *Es gibt für alles zwei Gründe, einen guten Grund und einen wahren Grund.*«

»Ganz genau«, sagte Fink, »der gute Grund ist der, dass die BCI größer ist als die BWG. Der wahre Grund ist aber, dass die BWG durch eine Sache, die wir alle lange Zeit übersehen haben, noch viel systemrelevanter ist, als man glauben sollte.«

»Moment«, sagte Laura, »heißt das, die BCI will sich dadurch mehr Systemrelevanz einkaufen, für die dann wieder der deutsche Steuerzahler zahlen muss?«

Fink nickte. »Und eventuell auch der deutsche Rentner. Es könnte sein, dass Wilhelmi bald wieder zur Tat schreitet, um sein Baby zu retten.«

»Warum wird dann so eine bescheuerte Fusion überhaupt gemacht?«, fragte Laura.

»Aus dem Grund, aus dem auch andere Fusionen gemacht werden. Wer schon eine große Bank hat, wie der Chef der BCI, will eine noch größere Bank. Die EU will eine Konsolidierung des Bankenmarktes, und in der EU hat Frankreich das Sagen. Ganz besonders aber deswegen, weil die Aktionäre das wollen.«

»Wie offiziell ist das?«, fragte Laura.

»Wie es aussieht, schon ziemlich offiziell«, sagte Saskia. »Der Aufsichtsrat hat schon eine Eventagentur beauftragt, um ein Zusammengehörigkeitsevent für die obersten Führungskräfte zurechtzubasteln.«

»Irgendwas mit Kletterübungen im Wald?«, fragte Laura. Sie kannte einige dieser Programme aus ihrer Zeit in der Filiale, auch wenn solche Programme eher den oberen Führungskräften vorbehalten waren.

»Ja, aber noch einen Schuss mehr«, sagte Saskia. »Namibia.«

»Namibia?«, fragte Laura. »Und dafür hat die BWG Geld? Das liegt ja nicht gerade im Nachbardorf.«

»Richtig«, antwortete Saskia, »aber wenn es der Aufsichtsrat nun mal will. Sie haben schon ein Programm. Das liest sich sogar ganz spannend. Soll ich mal teilen?«

Fink nickte missmutig. »Ja, aber nur kurz. Es geht hier nicht um Eventplanung.«

Saskia teilte ihren Bildschirm, auf dem eine kurze Eventbeschreibung zu lesen war.

Bonding Banks hieß das Programm. *As a T.E.A.M.* Und *T.E.A.M.* mit den blöden Punkten stand für: *together everyone achieves more.*

Laura hatte auch noch die *Team*-Abkürzung *Toll, ein anderer macht's* im Kopf, aber sie verkniff sich den Kommentar. »Das heißt, bei der angespannten Lage fällt dem Aufsichtsrat nichts Besseres ein, als eine Leadership-Reise nach Namibia zu machen? Das ist nicht gerade um die Ecke, was Flugkosten und dergleichen angeht.«

»Lies selbst«, sagte Saskia, »mehr dazu haben wir auch nicht.«

Laura überflog die Zeilen.

Herzlich willkommen zu unserem aufregenden Event in Namibia! Wir haben einen ganz besonderen Plan für Sie, der das Beste aus Natur und Abenteuer in sich vereint.
Tag 1: Wir beginnen mit einer Übernachtung in der Sa-

vanne, wo Sie die Gelegenheit haben, die afrikanische Wildnis hautnah zu erleben. Genießen Sie das Lagerfeuer und lauschen Sie den Klängen der Natur, während Sie den Sternenhimmel betrachten. Es wird eine unvergessliche Nacht unter dem afrikanischen Himmel.
Tag 2: Nach dem Frühstück brechen wir auf, um die berühmte Big-Daddy-Düne zu besteigen. Die Düne ist, je nachdem, wie viel Sand hinaufgeweht wurde, zwischen 350 und 400 Meter hoch und bietet eine atemberaubende Aussicht auf die umliegende Landschaft. Der Aufstieg mag anstrengend sein, aber die Belohnung ist ein unvergessliches Erlebnis, das Sie nie vergessen werden.
Tag 3: Heute Morgen werden wir früh aufstehen, um eine aufregende Ballonfahrt über die Wüste zu genießen. Während Sie durch die Luft gleiten, können Sie negative Glaubenssätze abwerfen und positive Energie in Ihr Leben einladen. Die Aussicht auf die Wüste und die umliegenden Berge ist atemberaubend, und Sie werden diese Erfahrung nie vergessen.
Tag 4: Zurück in der Savanne, unternehmen wir eine Mountainbike-Tour. Sie werden auf den abenteuerlichen Strecken und Pfaden durch die afrikanische Wildnis fahren und die Schönheit der Natur hautnah erleben. Sie werden die Gelegenheit haben, atemberaubende Landschaften zu genießen, seltene Tiere in freier Wildbahn zu bewundern und sich gleichzeitig sportlich zu betätigen.
Wir hoffen, dass Sie von diesem Plan begeistert sind und sich darauf freuen, Namibia auf eine besondere Art und Weise zu erleben. Wir garantieren Ihnen unvergessliche Erlebnisse und Momente. Seien Sie bereit, Ihre Komfortzone zu verlassen und das Abenteuer Ihres Lebens zu erleben!

»Gibt es da nicht Löwen und andere Raubtiere?«, fragte Linus.

»Ja«, sagte Saskia, »aber die finden genug zu fressen in den Ressorts und sind sehr menschenscheu. Man sieht dort wohl alle möglichen Tiere wie Springböcke, Strauße, Giraffen oder auch Oryx, aber Löwen oder Geparden und Leoparden so gut wie gar nicht.«

»Aha«, sagte Laura, als sie zu Ende gelesen hatte. »Das hört sich, zugegebenermaßen, wirklich gut an, aber ich spare mir den Kommentar, ob das nun genau das ist, was die BWG gerade braucht.«

»Oder die BCI.«

»Auch richtig. Aber der Aufsichtsrat will es.«

»Und die Aktionäre«, ergänzte Fink.

»Die Aktionäre der BCI?«, fragte Laura.

»Nein, die Aktionäre der BWG. Jedenfalls ein Teil davon.«

»Und wer ist das?«

»Ein Anteil von über dreiunddreißig Prozent der BWG-Aktien befindet sich im Besitz einer Anlegergruppe, die wir selbst gar nicht genau kennen.«

»Das hört sich schon mal toll an«, bemerkte Laura.

»Ja, leider.« Fink verzog das Gesicht. »Die haben ein sehr großes Interesse daran, die Fusion durchzuführen, und haben auch schon an staatlicher Stelle vorgefühlt. Die glauben natürlich, dass sie einen Klotz weniger am Bein haben, wenn sie die BWG-Braut schön machen und dann meistbietend verkaufen. Wir vermuten nur leider, dass es genau andersherum kommen könnte.«

»Die BCI nutzt die Systemrelevanz der BWG aus. Für was auch immer?«

Fink nickte. »Genau.«

»Eine Investorengruppe also?«, fragte Laura. »Und wie heißen die? Wer ist das?«

Fink zuckte die Schultern. »Das wissen wir nicht. Und da wir es leider noch nicht genau wissen, nennen wir sie einfach mal Konsortium.«

MITTWOCH

KAPITEL 7

BLANKENFELDE-MAHLOW, BEI BERLIN

Das Konsortium, hatte Fink gesagt.

War das ein Zufall, dass er gerade diesen Begriff genommen hatte, oder war es mehr als das?

Irgendetwas Großes und Unheimliches schien wieder im Gange zu sein.

Gestern, nach dem Gespräch mit Fink, hatte sich Laura in der Zentrale am Pariser Platz mit Vertretern von Xenotech getroffen, die sie gefragt hatten, ob sie von Zeit zu Zeit mit Laura Kontakt aufnehmen könnten. Ihnen gefalle einiges an ihren Eigentümern nicht, und möglicherweise hätten Laura und Xenotech dieselben Interessen. Das Ganze blieb vage.

Die Vertreter von Xenotech hatten es sehr eilig gehabt, wollten sich spätestens heute noch einmal bei Laura melden, doch bisher blieb das Telefon still. Auch in ihrem E-Mail-Postfach tat sich nichts. Sollte Laura proaktiv bei ihnen nachfragen? Aber das sah vielleicht so aus, als ob sie unbedingt darauf angewiesen war, den Kontakt zu suchen. Sie hatte die Stimme ihrer Mutter im Ohr: *Kind, bieder dich nicht so an.* Die Verkäuferin in ihr sagte aber: *Das ist Xenotech, die sind riesig groß und mächtig. Und sie sind scheinbar gegen das Konsortium. Also ein perfekter Verbündeter, nachdem sie vorher lange Zeit ein Feind gewesen waren.* Es waren die, die ihr erst ihr Haus hatten wegnehmen wollen und jetzt scheinbar auf ihrer Seite standen. Da war es doch gut, aktiv mit ihnen Kontakt zu halten. Hatte der Deutschlandchef von Xenotech ihr nicht im Adlon diese alte kämpferische Weisheit gesagt, die genauso alt war wie der Krieg selbst? *Der Feind meines Feindes ist mein Freund.*

Doch jetzt meldeten sie sich nicht mehr. Was steckte dahinter? Manchmal glaubte Laura, sie sei auf allen Ebenen von Feinden umgeben.

Sie atmete tief durch. Wenn alles gut ging, dachte sie, wäre sie ab spätestens übermorgen wieder in Frankfurt und könnte endlich erfahren, was nun genau hinter Xenotechs Kontaktaufnahme steckte. Dafür aber musste sie erst einmal Timo aus der U-Haft bringen, und dafür musste sie wissen, wie weit Freispruch Frehse mit den Behörden war. Am liebsten hätte sie Frehse gleich wieder angerufen, aber Laura war auch klar, dass Frehse kaum seinen Job machen konnte, wenn Laura im Fünfminutentakt bei ihm anrief. Trotzdem, da war dieses Gefühl, das sie schon oft hatte und das sie noch nie getäuscht hatte: Irgendetwas Großes war im Gange, und dieses Große könnte Laura entgleiten, wenn sie nicht aufpasste.

Sie hatte bei Marc bei ihrem letzten Treffen in Frankfurt dieses komische Gefühl gehabt. Danach hatte Marc über das Dark Web Lauras E-Mail-Postfach gehackt und hatte dafür gesorgt, dass in ihrem Namen die Bilanzmeldung der BWG an irgendwelche Finanzportale geschickt wurde. Am Ende sah es so aus, als habe Laura ihren alten Arbeitgeber verraten.

Fischer, ihr alter Förderer und späterer Feind, hatte sich umgebracht, Ehringer, der Leiter der BWG-Filiale in Vaduz, hatte sich selbst getötet oder war getötet worden. Sein Tod war mysteriös, während sein Weg ins Krematorium sehr schnell gewesen war. So schnell, dass keine Obduktion mehr gemacht werden konnte. Laura hatte die Wahrheit über Krematorien nicht erst von Sophie erfahren: Wenn man jemanden ins Krematorium bringt, war alles zu spät. 800 Grad Temperatur bei zwei Stunden vernichteten jedes Beweismittel. Wennig, der Bürgermeister der Gemeinde Blankenfelde-Mahlow, war tot, Marc war tot, und auch Hortinger, der frühere Chef der BWG, war tot. Und es hätte nicht viel gefehlt, und man hätte Laura diesen Tod als Mord in die Schuhe geschoben. Abgesehen davon, dass sie auch selbst hätte vergiftet werden können; dann hätte es in der Suite zwei Tote gegeben.

Sie schaute nach draußen auf das Grab von Morpheus. Morpheus war ihr Kater gewesen. Er hatte Laura und Timo vor vielen Jahren zusammengebracht, weil er die Angewohnheit hatte, alle möglichen Gegenstände in die Toilette zu werfen und dann mit der Pfote die Spülung zu betätigen. Laura hatte damals noch mit einer Freundin zusammengewohnt, und als aufgrund von Morpheus' Aktivität die Toilette verstopft war, musste Timo, der gerade Notbereitschaft hatte, bei den beiden Damen antanzen. So waren Laura und Timo durch eine Katze verkuppelt worden.

Timo hatte extra mit seinem 3-D-Drucker eine goldene Kloschüssel gefertigt und auf das Grab von Morpheus gestellt. Morpheus war bereits seit zwei Jahren tot, und manchmal ertappte sich Laura dabei, dass sie sich die ziemlich doofe Frage stellte, was Morpheus jetzt an ihrer Stelle tun würde.

Die Wahrheit war: Morpheus war tot, Timo war weg, und Lauras Schwierigkeiten waren nicht weniger geworden. Im Gegenteil.

In die Stille hinein hörte sie noch immer die Stimmen

der Journalisten. Wenn auch etwas leiser. Vielleicht hatten einige schon aufgegeben. *Hoffentlich,* dachte Laura.

In dem Moment, als sie diesen düsteren Gedanken nachhing, klingelte das Telefon.

Es war die Nummer der Filiale der BWG in der Koppenstraße.

KAPITEL 8

BLANKENFELDE-MAHLOW, BEI BERLIN

Was kommt jetzt?, dachte Laura. Wurde sie jetzt wieder in die Filiale zurückbeordert, da sie ohnehin nicht nach Frankfurt konnte? Das war hoffentlich nicht der Fall. Denn sie musste zugeben, dass sie sich an die großen Strategieplanungen in der Zentrale schnell gewöhnt hatte und die penetranten Verkaufsgespräche mit den Kunden keineswegs vermisste.

Sie nahm den Anruf an. »Jacobs.«

»Harding hier, Tom Harding«, sagte die Stimme am anderen Ende.

Tom Harding war Filialleiter der Filiale Koppenstraße und genau genommen weiterhin der direkte Vorgesetzte von Laura. Aufgrund seiner teuren Klamotten, die trotz ihres Preises an ihm billig aussahen, wurde er öfter *Tom Ford* genannt, auch wenn er mit diesem Modeguru nicht allzu viel gemein hatte. Sein Bild erschien vor Lauras innerem Auge, als würde er vor ihr stehen. Auf seiner Visitenkarte und auf dem Messingschild auf seinem Pult stand *Tom Harding, Filialleiter,* und darunter noch *Finanzwirt SOB.* Die SOB oder auch School of Business war im Jahrtausendtaumel eine bankeigene Universität gewesen, die spätestens zur Finanzkrise wieder zugemacht wurde. Dennoch hatte Tom diesen seltsamen Titel nach wie vor auf seiner Visitenkarte, einen Titel, der nur auf den ersten Blick so aussah, als wäre es ein MBA einer großen Wirtschaftsschule. SOB klang aber ein bisschen wie Snob und passte deshalb zu Tom.

»Wie geht es Ihnen?«, fragte er. Laura überraschte seine Fürsorge ein wenig.

»Es geht so«, sagte sie, »Sie haben ja wahrscheinlich die ganzen Verquickungen mitbekommen.« Laura war sich nicht ganz sicher, wie weit sie sich öffnen sollte, um Vertrauen aufzubauen, und wie viel sie von den haarsträubenden Storys der letzten Tage am besten für sich behielt, da Tom Harding davon eigentlich gar nicht wissen konnte. Und *durfte.*

»Ja, zum Teil«, sagte er. »Was Sie in ein paar Tagen erleben, erleben ja andere in einem ganzen Leben nicht. Sie müssen mir aber auch nicht alles erzählen, sehen Sie erst mal zu, dass sie die ganzen Dinge hinter sich lassen.«

Auch das, dachte Laura, war ungewöhnlich fürsorglich von Tom Harding, der sonst wenig Bedenken hatte, *Minderperformer,* wie er sie nannte, abzumahnen und rauszuschmeißen, wenn sie den Umsatz seiner Filiale nach unten zogen. Ebenso war er willig, einem unwilligen Kunden, der ohnehin schon in den roten Zahlen steckte, auch noch den Dispokredit zu kürzen, oder anderen Kunden, die ihm ausgeliefert waren, irgendwelche Versicherungen zu verkaufen, die die Kunden nicht brauchten, die aber Tom Harding möglichst hohe Provisionen brachten. Der alte Lebensversicherungsspruch *Wer leben will, muss leben schreiben,* der seit Monaten durch die BWG geisterte, war sicherlich direkt für Tom Harding geschrieben worden

»Ich will sie gar nicht lange stören, Frau Jacobs«, sagte er, »aber es gibt eine Sache, die ich Ihnen mitteilen möchte. Und keine Sorge, diesmal hat es tatsächlich überhaupt nichts mit Ihnen zu tun.«

»Vielen Dank für die Entwarnung«, sagte Laura und

musste lächeln. »Langsam werde ich wirklich paranoid. Dann schießen Sie mal los.«

»*Schießen* ist das richtige Wort«, sagte Harding. »Es gab in unserer Filiale«, er senkte die Stimme, »einen Briefbombenanschlag. Heute.«

Laura sagte erst einmal gar nichts. Hörte das denn nie auf?, dachte sie. »Heute? Einen Briefbombenanschlag?«, sagte sie. Etwas viel Besseres, als diese Aussage noch einmal zu wiederholen, fiel ihr nicht ein, wahrscheinlich auch, um diese unerfreuliche Information erst einmal mental sacken zu lassen. »Gab es Verletzte?«, fragte sie dann. *Oder gar Tote?,* dachte sie. Doch das traute sie sich nicht zu fragen.

»Vielleicht«, sagte Harding tonlos. »Frau Winkler. Sie ist schon im Krankenhaus. Ihr Zustand ist sehr kritisch. Die Ärzte glauben nicht …«

Tina Winkler, dachte Laura, und ihre Gedanken übertönten das, was Harding noch sagte. Sie war ungefähr in Lauras Alter und ebenfalls Finanzberaterin. Eigentlich sollte sie auch Wertpapierberaterin werden, doch das klappte wohl nicht mehr, da sie zweimal durch die Senior-Finanzberaterprüfung gefallen war. Und diese Prüfung war die Voraussetzung, um überhaupt für die Wertpapierberater-Schulung zugelassen zu werden. *Jetzt,* dachte ein zynischer Teil von Lauras Gehirn, *klappt es nie mehr.*

Harding sprach weiter. »Das Ding ist in dem Briefkasten hochgegangen, in den die Briefe reinkommen und die alten Tanten immer die Überweisungsträger reinschmeißen. Sie wissen schon.«

Laura kannte den Briefkasten. Er musste morgens und abends geleert werden und war immer proppenvoll, da so viele Kunden der Filiale Koppenstraße ja noch nie etwas von Onlinebanking gehört hatten.

»War vielleicht nicht so geplant, dass er in dem Kasten hochgeht. Vielleicht aber auch doch«, sagte Harding, »vielleicht war irgendeine lichtempfindliche Substanz drauf und hat auf Helligkeit reagiert, und das Ding ging hoch, als jemand den Schlitz aufmachte. Wie auch immer, aus dem Ding sind Splitter rausgeflogen. Frau Winkler hat einen Splitter … ins Auge bekommen. Er ist … bis in ihr Gehirn vorgedrungen.«

»Die Polizei …?«

»Ist noch da, die Spurensicherung ebenfalls.«

»Haben die schon etwas rausgefunden? Gibt es schon einen Verdacht, wer das gewesen ist?«

»Noch nicht. In der Bank ist die Unruhe sowieso gerade mit Händen zu greifen, da ist so was natürlich das Allerletzte, was die Kollegen brauchen.«

»Das kann ich mir vorstellen.« Sie wollte Harding nicht fragen, warum in der Bank mal wieder Unruhe herrschte, und sie wollte auch nichts von den Fusionsplänen sagen, weil sie nicht wusste, ob das überhaupt schon breit kommuniziert werden durfte. Wobei, dachte sie zynisch, eigentlich musste sie sich dabei keine Gedanken machen, denn die meisten Nachrichten, die normalerweise von der Unternehmenskommunikation kommen sollten, erfuhren die Mitarbeiter pünktlich zwei Tage vorher aus dem *Handelsblatt*.

»Wir haben die Filiale zugemacht«, sagte Harding. »Nach der Explosion war das ohnehin ein Tatort, und die Spurensicherung ist noch nicht durch.«

»In welchem Krankenhaus ist Frau Winkler?«, fragte Laura.

»Urban Krankenhaus«, sagte Harding. »Einige wollen gleich hinfahren.«

Harding antwortete sehr einsilbig, und Laura merkte, wie er sich wand, so als ob er eine Frage stellen wollte, sich aber nicht traute. Ein eher ungewöhnliches Verhalten für Harding, der sonst eigentlich wenig Hemmungen hatte.

Laura beschloss, ihm eine Brücke zu bauen und das Eis zu brechen.

»Herr Harding«, fragte sie, »was kann ich für Sie tun?« Was sollte sie hier zu Hause rumsitzen und warten, bis sich Freispruch Frehse meldete? Da konnte sie auch etwas unternehmen.

Harding räusperte sich. »Frau Jacobs, Sie sind doch immer so gut darin, Muster zu erkennen. Könnten Sie es irgendwie einrichten, dass Sie hier vorbeikommen und sich das Ganze einmal anschauen? Und dann auch bei der Kollegin im Krankenhaus vorbeischauen. Falls es nicht schon zu spät …« Er beendete den Satz nicht.

»Das hatte ich ohnehin vor«, sagte Laura. »Aber was kann ich in der Filiale noch tun?«

»Ich weiß, die Polizei hat sich schon alles angeschaut, aber Sie hatten das damals mit dem Banküberfall und auch die ganzen Bilanzskandale so gut gemanagt oder, man kann sagen, aufgedeckt und, na ja, es ist so, ich würde mich freuen, wenn Sie es kurz schaffen könnten?« Er schwieg eine Sekunde. »Nehmen Sie sich gerne ein Taxi, Rechnung können Sie sofort einreichen über die Spesenabrechnung.«

Laura überlegte nicht einmal eine Sekunde. »Klar, warum nicht?«, sagte sie. Hier fiel ihr ohnehin die Decke auf den Kopf. Sie hoffte nur, dass sie gut durch die Pressemeute kam. Sie würde sich ein Taxi bestellen, zwei Straßen weiter, und dafür durch die Terrassentür und die Pforte am

Ende des Gartens verschwinden. »Ich sollte in einer halben Stunde da sein. Passt das?«

»Passt wunderbar«, sagte Harding, und Laura hörte die Erleichterung in seiner Stimme. »Vielen Dank schon mal, bis gleich!«

KAPITEL 9

TAXIFAHRT ZUR KOPPENSTRASSE, BERLIN

Halten Sie kurz hier an«, sagte Laura, als eine Drogerie in Sicht kam.

»Kommen Se dann auch wieder?«, fragte der Taxifahrer. So eine Frage bekam man nur in Berlin gestellt.

»Ich lass die Handtasche hier«, sagte Laura. »Sehen Sie lieber zu, dass die nicht geklaut wird.«

Laura betrat die Drogerie und wurde von einer Fülle von Produkten und Regalen voller Farben und Düfte empfangen. Und dem üblichen Chaos, das immer in Drogerien herrschte und in dem das, was man suchte, niemals zu finden war. Dafür all das, was man nicht suchte, und zwar in rauen Mengen. Sie atmete den vertrauten Geruch von Parfüm und Hautpflegeprodukten ein und machte sich auf die Suche nach dem, was sie brauchte.

Sie schlenderte durch die Gänge, während sie ihren Blick über die Regale schweifen ließ. Sie wollte nicht nach dem fragen, was sie suchte, weil sie das als eine Art Eingeständnis von dem sah, was sie vielleicht erwartete. Oder auch fürchtete. Ihr Blick schweifte über die verschiedenen Marken und Verpackungen, die kreuz und quer in den Regalen platziert waren. Irgendwo hatte sie einmal von *Entscheidungslähmung* gelesen, auf Englisch auch *Decision Paralysis* genannt – je mehr Möglichkeiten es gab, sich zu entscheiden, desto seltener kam es zu einer Entscheidung, weil die schiere Anzahl der Möglichkeiten das Gehirn überforderte und sich das Gehirn dann, weil es Energie sparen wollte, für das Nichtstun entschied. Zehn Joghurtsorten führten nicht zum Kauf, drei Sorten bei Aldi schon. Als Laura das gerümpelhafte Chaos auf den Regalen sah, wurde ihr klar, dass der Inhaber dieser Drogeriekette von diesem Konzept der Entscheidungslähmung noch nie etwas gehört hatte. Der Laden schien aber trotzdem zu laufen.

Endlich hatte sie gefunden, was sie suchte. Ein Mann hätte wahrscheinlich sofort das Erstbeste gekauft. Sie kannte den alten Witz, dass man sich als Mann sehr gut in eine Frau versetzen konnte, die einkaufen ging, indem man ständig nach rechts und links schaute. Eine Frau hingegen konnte sich in einen Mann hineinversetzen, indem sie die Handflächen einfach wie Scheuklappen seitlich an die Augen legte und stur geradeaus ging. Nach einigen Minuten des Vergleichens und Abwägens entschied sie sich für ein Produkt und ging damit zur Kasse – mit einem Gefühl der Angst, aber auch der Erleichterung.

Im Taxi schaute sie auf das Produkt, das sie sofort in ihrer Handtasche hatte verschwinden lassen.

Es war ein Schwangerschaftstest.

KAPITEL 10

BWG FILIALE, KOPPENSTRASSE, BERLIN

Die meisten Menschen, dachte Laura, als sie im Taxi mit Kurs auf die Filiale Koppenstraße saß, hatten keine Vorstellung davon, was manche Leute an ihre Bank oder überhaupt an Banken schicken. Natürlich waren Briefbomben die extreme Variante, aber sie hatte es schon öfter erlebt, dass Kunden irgendwelche Polaroidbilder von ihrem Hinterteil oder ihren Geschlechtsorganen in einem Briefumschlag an die Bank adressiert oder im Metallkasten an der Tür eingeworfen hatten. Höchstwahrscheinlich hatten diese Kunden geglaubt, dass die steifen Banker unglaublich erschrocken und pikiert darüber waren. Die Wahrheit war allerdings, dass sich alle totgelacht hatten und die Bilder erst einmal die Runde machten.

Die Filiale sah aus wie immer. Fast.

Zwei Polizisten standen an Hardings Pult und machten Notizen. Ein Techniker der Spurensicherung wischte Spurenreste mit einem Wattestäbchen auf, das erst in einem Röhrchen und dann in einem Asservatenkoffer verschwand. Eine Kollegin steckte Papierbeutel auf Hände und Schuhe, ein Junge, der unter seinem weißen Papieranzug eher nach Streetball und Hip-Hop aussah, tupfte mit einem Grafitpinsel über die Möbel und Wände, kniff prüfend die Augen zusammen, schüttelte den Kopf hier, nickte da und zog nur manchmal die Klebefolienstreifen heraus, um einen Abdruck zu sichern. Ein weiterer Mann von der Spurensicherung entnahm Proben des Teppichs.

Sandra, die in Elternzeit war, saß auf einem der Wartesitze in der Mittelinsel. Der Schock war ihr deutlich anzumerken. Sie war offenbar zu Besuch gekommen, um ihren Kolleginnen ihr Neugeborenes zu zeigen und sich persönlich für die Geschenke zu bedanken, als es zu der Explosion kam. Sie nickte Laura kurz zu, doch Laura merkte, dass Sandra sie nicht mehr als eine der *Ihrigen* sah.

»Sechs Wochen ist sie jetzt schon«, sagte Sandra. »Die Zeit vergeht wie im Flug.«

»Ach wie schön«, sagte die Kollegin an der Kasse, wenn Laura sich richtig erinnerte, war es Sabine, eine Beraterin aus der sogenannten Betriebsreserve, die neuerdings »Vertriebsreserve« hieß. Diese Leute sollten Personalengpässe bei den Filialen ausgleichen und vor allem Bankprodukte verkaufen. Da aber der größte Engpass mal wieder an der Kasse war, saß Sabine dort und verkaufte – gar nichts. Es sei denn, es gelang einer Kassenkraft, einen Kunden zum Wertpapierberater oder zum Versicherungsfachmann *überzuleiten,* wie das im Bankenjargon genannt wurde. Der Erfolg war natürlich mehr als dürftig, denn einen Kunden souverän zu einem Experten weiterzuleiten funktionierte kaum, wenn schon zwanzig Leute in der Schlange ungeduldig warteten und vor sich hin schimpften.

Laura warf einen kurzen Blick auf Sandra. Sie fand es immer seltsam, wenn Kolleginnen, die gerade Mutter geworden waren, mit ihren Kindern in die Filiale kamen. Meist herrschte dann der absolute Ausnahmezustand. Alle weiblichen Kollegen versammelten sich um den Kinderwagen und schauten mit derart ehrfürchtigem Blick auf Kind und Mutter, als hätte die Kollegin gerade das Feuer entdeckt. Die männlichen Kollegen heuchelten Interesse, waren aber meist schnell wieder weg und im Stillen froh, dass sie die Nächte durchschlafen konnte.

Harding, der heute wieder die Manschettenknöpfe mit Uhren trug, Tokio-Zeit und New-York-Zeit, und an seiner Armbanduhr, die wie eine Patek Philippe aussah, aber wohl keine war, die Berliner Zeit. Er begrüßte Laura und führte sie zu dem Metallkasten, in den man von außen die Post einwerfen konnte. An einer Stelle war das Metall gewölbt, und die ganze Wand war schwarz verkohlt. Papierfetzen lagen noch immer auf dem Boden.

»Nicht zu nahe rangehen«, sagte Harding, »die Polizei ist zwar mit ihrer Arbeit so gut wie fertig, aber wer weiß, ob da nicht noch etwas ist.«

Laura betrachtete den Tatort . Der Kasten war an einer Stelle gewölbt und innen komplett verkohlt. Auf dem Boden einige Blutspritzer.

»Es kann sein«, sagte Harding, »dass Lena, die heute an der Kasse saß, ein Knalltrauma hat, sie hört nämlich auf einem Ohr nichts mehr. Sie saß ziemlich in der Nähe von dem Kasten, aber hoffen wir mal, dass alles gut geht. Ich habe sie eben zum Arzt geschickt. Mal schauen.« Am Gesicht von Harding konnte Laura erkennen, dass er das Kassenproblem trotz sogenannter *Vertriebsreserve* nicht in den Griff bekommen würde, da jetzt schon wieder eine Kassenkraft fehlte. Und je mehr Wertpapierberater er an die Kasse schickte, desto weniger Ertrag machte die Filiale. Er gab Herrn Bissier, der oben an seinem Beratertisch saß, ein Zeichen. »Herr Bissier«, sagte er, »Sie sorgen dafür, dass die Filiale geschlossen ist und geschlossen bleibt für heute? Alle Kunden, die noch drin sind, zu Ende bedienen und dann durch die andere Tür raus.« Harding zuckte die Schultern. »Wir machen zu für heute.«

»*Oui*«, sagte Bissier, der bankintern immer *der frische Franzose* genannt wurde, auch wenn er schon auf die sechzig zuging.

Laura nickte. »Klingt vernünftig.«

»Was denken Sie?«, fragte Harding und blickte auf den zerbeulten Metallkasten mit einem Gesicht, als hätte er gerade Sherlock Holmes in die Filiale bestellt.

»Gegenfrage«, sagte Laura. »Gibt es in der Bank irgendwelche Themen, die aktuell hochkochen? Sie hatten ja gesagt, dass wieder mal Unruhe herrscht? Vielleicht auch Themen, die Einfluss auf einige Kundenbeziehungen haben?«

»Na ja, das Übliche. Von Kunden, die uns gar nichts bringen und nur nerven, trennen wir uns. Einige kommen dann mit vorgefertigten Schreiben von der Verbraucherzentrale, aber da scheißen wir drauf. Wenn einer mit einem Anwalt kommt, reagieren wir. Vorher nicht.«

»Die mit Anwälten sind aber meist die, die auch Geld haben«, sagte Laura.

»Richtig. Und die will die Bank nicht verlieren.« Er schaute sich um. »Ansonsten läuft hier jede Woche gleich ab, abgesehen davon, dass heute Bausparen, morgen Haftpflicht und übermorgen BU-Aktion ist.«

»Apropos BU«, sagte Laura. *BU* war die Abkürzung für *Berufsunfähigkeitsversicherung.* Eine Versicherung, deren Name sehr sperrig klang, die aber tatsächlich einmal wirklich wichtig war. *Sie versichern Ihre Ertragskraft,* sagten die Berater den Kunden immer, *genau genommen ihre eigene Gelddruckmaschine. Was tun Sie, wenn Ihre Gelddruckmaschine ausfällt?* »Was ist mit Mitarbeitern?«, fragte Laura.

Harding hob die Augenbrauen. »Sie glauben, dass ein Mitarbeiter so einen Anschlag auf die Bank vornimmt?«

»Keine Ahnung, aber man kann ja heutzutage gar nicht mehr so blöd denken, um das zu antizipieren, was alles passieren könnte.«

»Da haben Sie allerdings mehr als recht, vor allem vor dem Hintergrund, was Sie alles erlebt haben. Habe schon überlegt, Sie müssten da mal einen Krimi drüber schreiben.«

»Das wird der Marketingabteilung aber nicht gefallen«, sagte Laura. »Irgendjemand, der gefeuert wurde?«

Harding schüttelte den Kopf. »Also soweit ich weiß, ist hier niemand gefeuert worden, und ich war die letzten Monate fast ununterbrochen hier. Abgesehen von dem Hin und Her und dem Bäumchen-wechsel-dich-Spiel mit der Betriebsreserve.«

»Auch kein Befehl von ganz oben?«

Harding schüttelte wieder den Kopf. »Nicht dass ich wüsste, abgesehen davon müssten Sie das doch sehr viel besser wissen, Sie sind ja jetzt praktisch immer ganz nahe der Macht.«

Da hast du nicht ganz unrecht, dachte Laura, *ein Grund mehr, die Sache mit der Fusion erst einmal für mich zu behalten.*

»Die Sache mit der Siedlung hat sich auch wieder beruhigt«, sagte sie dann. »Sonst wäre mir das noch als Grund eingefallen.«

»Stimmt«, sagte Harding, »die Gemeinde hat die Grundstücke von der Bank gekauft, richtig?«

»Richtig.« Laura nickte zur Bestätigung. Richtig war daran zwar gar nichts, aber sie hatte keine Lust, jetzt lange über die Winkelzüge des Bürgermeisters Wennig zu diskutieren, der obendrein seit ein paar Tagen tot war.

Dann klickte etwas in ihrem Kopf. Konnte es sein, fragte

sie sich, dass diese Information mit der Nullrente schon irgendwo aufgeploppt war? Und es Menschen gab, die sich nun an der Bank rächen wollten? Oder dachte Laura da wieder einmal viel zu paranoid?

Laura zuckte die Schultern. »Tut mir leid, auf die Schnelle fällt mir nichts ein. Vielleicht irgendwelche Linksradikalen? Für die sind Banken ja die perfekten Feindbilder.«

»Muss man in Berlin immer mit allem rechnen«, sagte Harding.

Laura dachte an den Spruch aus der Finanzkrise, der angeblich Angela Merkel zugesprochen wurde: *Im Sozialismus werden die Banken verstaatlicht und gehen dann pleite. Im Kapitalismus ist es umgekehrt.*

»Hören Sie«, sagte Laura, »wenn Sie es irgendwie schaffen, schicken Sie mir gern den Bericht der Polizei. Ansonsten hört sich das für mich hier eher nach einer Racheaktion an. Vielleicht tatsächlich ein Kunde, dem das Konto gesperrt wurde, oder was auch immer.«

»Das ist aber ein guter Punkt«, sagte Harding, »ich lass mal von unserer Azubine die Listen durchgehen, welche Kunden wir in letzter Zeit vor die Tür gesetzt haben. Wir schmeißen hier schließlich laufend Kunden raus. Müssen wir ja.«

Laura wusste nicht, was sie darauf entgegnen sollte, aber Harding sprach schon weiter.

»Wie sagte Thomas Fischer damals? Wenn du mit den guten Leuten Geld verdienen willst, das gilt für Kunden und Mitarbeiter, musst du erst mal den ganzen Dreck loswerden, das gilt auch für Kunden und Mitarbeiter.«

»Blöd, wenn sich der Dreck mit Briefbomben rächt«, sagte Laura, »aber das erscheint mir sehr unwahrscheinlich.«

»Hoffen wir mal, dass das eine Ausnahme bleibt«, sagte Harding. »Ich schicke Ihnen den Polizeibericht, lass die Listen der gefeuerten Kunden checken, und dann schauen Sie bei Gelegenheit drüber.«

Er fuhr mit der rechten Hand über seine Krawatte und stemmte die Hände in die Hüften. »Übrigens, falls Sie Hunger haben, heute hatte Frau Lienfeld Geburtstag. Der ist ihr natürlich ordentlich versaut worden durch den Anschlag.« Er rang seine Hände. »Es gibt noch Schrippen hinten im Pausenraum, es wollte aber keiner mehr was essen.«

Kein Wunder, dachte Laura.

Schrippen, in Berlin das, was man bundesweit als Brötchen bezeichnete, wurden bei Geburtstagen immer aufgetischt, zusammen mit Saft, Cola und einer Flasche warmem Sekt. Die beschenkte Person bekam im Gegenzug meist zwei Karten für irgendein nerviges Musical oder ein Helene-Fischer-Konzert – beides Dinge, die Laura sofort bei eBay verkaufen würde. Und Timo sowieso.

»Danke sehr«, sagte Laura, »ich hab heute tatsächlich noch nichts gegessen. Ich schau gleich mal rüber.« In dem Moment klingelte ihr Handy. Sie schaute auf das Display.

Frehse.

»Darf ich kurz?«, fragte Laura. »Ist leider wichtig.«

»Klar«, sagte Harding, »gehen Sie doch einfach nach hinten in den Pausenraum. Da haben Sie Ruhe.«

KAPITEL 11

BWG FILIALE, KOPPENSTRASSE, BERLIN

An dem Pausenraum hatte sich nicht sonderlich viel geändert. Auf einem silbernen Tablett, das in Wirklichkeit aus irgendeinem anderen günstigeren Metall bestand, lagen noch ein paar halbe Brötchen. Keine Vollkornbrötchen, sondern die hellen aus Weißmehl, die einem jeder Ernährungsberater ausreden würde und bei denen es Sodbrennen frei Haus gab. Auf dem einen eine glasige Salami, auf dem anderen glasiger Schinken und auf dem dritten glasiger Käse.

Laura hatte das Gespräch auf dem Weg in den Pausenraum angenommen.

»Was gibt's?«, fragte sie und hoffte inständig, dass Frehse gute Neuigkeiten hatte. Laura kam sich schlecht vor, dass sie nach einem Brötchen griff. Vor allem in so einer Situation, doch sie hatte heute noch keinen Bissen gegessen, da sie seit den frühen Morgenstunden mit Frehse auf Tour gewesen war. Gleichzeitig biss sie ein Stück von ihrem Brötchen ab. Sie hatte sich für glasigen Käse entschieden.

Aber Frehse sagte: »Leider schlechte Neuigkeiten!«

Laura blieb fast der Bissen im Halse stecken, und sie versuchte, einigermaßen artikuliert zu sprechen, obwohl sie den Mund voll hatte.

»Wie kann das sein?«, fragte sie.

»Das LKA ist nicht hundertprozentig überzeugt, dass Timo mit dem Mord an Juliane und Robert tatsächlich nichts zu tun hat.«

Laura merkte, wie ihr heiß und kalt wurde. Sie hatten alles getan, um Timo aus der Schusslinie zu nehmen. Sie war überzeugt, dass es Silence gewesen war, der Juliane und Robert auf dem Gewissen hatte. Und jetzt sollte das Ganze schon wieder aufgerollt werden?

Frehse sprach weiter: »Der Staatsanwalt ist ebenfalls nicht davon überzeugt, das macht schon mal zwei. Also zwei wichtige Instanzen, die nicht dafür sind, ihn sofort laufen zu lassen.«

»Wie ist das mit einer Kaution?«, fragt Laura.

»Kaution gibt es nur in den amerikanischen Filmen oder bei ganz großen Sachen, aber hier können wir leider nichts machen. Glauben Sie mir, sonst hätten wir das schon längst getan.«

»Das heißt, er könnte noch ewig in der Zelle hocken bleiben?« Laura fühlte wieder die Tränen in ihren Augen und dachte an den aufgeräumten Küchentisch zu Hause.

»Ewig nicht, aber vielleicht diese Woche noch«, sagte Frehse.

Laura atmete tief ein und aus. Das konnte doch nicht sein, dass ihr Timo in einer Zelle am LKA versauerte, ihr Timo, der überhaupt nichts verbrochen hatte!

»Vielleicht auch eher«, sagte Frehse. »Ich werde Antrag auf Akteneinsicht stellen und hoffe, dass wir der Behörde zusätzlich einige Verfahrensfehler unterjubeln können. Wenn alles gut geht, schmeißen wir sie mit so viel Papier zu, dass sie schließlich die Friedensfahne hissen. Damit ist Timo zwar noch nicht unschuldig, aber immerhin draußen.«

»Das ist ja schon mal was«, sagte Laura, »wann könnte das sein?«

»Leider nicht eher als Ende der Woche, so leid es mir tut«, sagte Frehse. Ein anderes Telefon klingelte in seinem Büro im Hintergrund. »Warten Sie«, sagte Frehse, »da ruft scheinbar gerade der Staatsanwalt an. Ich melde mich wieder!«

Dann war Stille.

KAPITEL 12

BWG FILIALE, KOPPENSTRASSE, BERLIN

Laura stand nervös vor dem Spiegel in der Damentoilette der Bank. Ihr Herz klopfte wild, während sie den Schwangerschaftstest in der Hand hielt. Sie atmete tief ein und versuchte, ihre aufgeregten Gedanken zu beruhigen. In der Toilette war es still, nur das leise Summen der Lüftung war zu hören. Was hat mich geritten, dass ich diesen Test gekauft habe ? Und warum gerade hier? Auf der Mitarbeitertoilette in der Filiale?

Immerhin war es eine Toilette mit Waschbecken und Spiegel in einem Raum, sodass es sie wenigstens ein wenig an zu Hause erinnerte und sie nicht in einem großen Vorraum mit mehreren Waschbecken jederzeit damit rechnen musste, dass eine Kollegin hereinkam. Wenn sie schon nicht mehr hatte warten können.

Sie legte den Test vorsichtig auf den Waschtisch und las noch einmal die Anweisungen auf der Verpackung durch. Ihre Hände zitterten leicht, als sie den Deckel des Tests abnahm und ihn sorgfältig beiseitelegte. Ihr Blick fiel auf den kleinen Plastikstreifen, der nun bereit war, ihr eine Antwort zu geben.

Laura schluckte schwer und spürte, wie sich ein Knoten in ihrem Magen bildete. Sie wusste, dass dieser Moment ihr Leben verändern könnte. Mit zittrigen Fingern griff sie nach dem Test und tat, was zu tun war. Sie wartete die vorgegebene Zeit ab, während ihr Puls immer schneller wurde und sie ein unangenehmes Pochen in ihren Schläfen spürte. Jetzt ein Migräneanfall, dachte sie, das fehlte gerade noch. Aber warum bin ich auch so blöd, diesen Test genau jetzt zu machen, und das zu allem Überfluss auf dem Klo der Bankfiliale?

Die Sekunden vergingen wie Stunden, während Laura den Test auf dem Waschtisch liegen ließ. Sie starrte gebannt auf das kleine Fenster, das ihre Zukunft offenbaren würde. Jeder Atemzug fiel ihr schwer, und ihre Gedanken schweiften zu all den möglichen Auswegen und Entscheidungen, die sie demnächst treffen könnte.

Sie merkte es jetzt deutlicher als vorher, und vielleicht hatte sie es sich niemals eingestehen wollen: Sie sollte sich freuen, doch sie hatte auch Angst vor Kindern. Vor eigenen Kindern! Sie kannte die Diskussionen: Wie konnte man in solch eine Welt überhaupt Kinder setzen? Wäre es nicht das Beste, wenn die Menschheit aussterben würde, damit das ganze Elend lieber früher als später zu Ende wäre? Eine Welt, die nur aus Betrug, Selbstsucht und zudem Mord bestand? Leistete man dieser furchtbaren, perversen Welt nicht noch Vorschub, wenn man Kinder in sie setzte? Damit das Elend weiterging? Immer und immer weiter?

All das, was da auf sie zukommen würde … All das, was sie selbst gehasst und endlich hinter sich gelassen hatte: der Kindergarten mit zickigen Spielkameraden, die Schule mit psychopathischen Lehrern, verhaltensauffälligen Kindern, bescheuerten Eltern, Helikoptermüttern, ewigen Elternabenden, Markenterror und Facebook-Hetze mit Entblößungen, Nacktfotos und Mobbing. Das alles würde von vorne losgehen wie in einer Endlosschleife des Schreckens.

Danach würde das Kind einen Job finden müssen.

Würde es studieren?

Oder würde es mit allem überfordert sein? So, wie sie es auch manchmal war?

Wenn es ein Junge wäre, was würde passieren?

Schulstatistiken zeigten, dass gerade Frauen sich in der Schule anstrengten, während Jungs sich Onlinepornos anschauten oder *Call of Duty* spielten, dann durch die Prüfungen rasselten, die Schule abbrachen, auf die schiefe Bahn gerieten und im Gefängnis landeten. Oder sich auf Dschihad-Seiten radikalisierten, heimlich mit einem Billigflieger in den Mittleren Osten flogen und dort als Selbstmordattentäter starben. Das, was sie in sich getragen, geliebt und aufgezogen hatte, endete als blutige Spritzer an einer Mauer irgendwo in Syrien oder Irak oder sonst wo.

Wenn es ein Junge wäre, landete er sicher mit sechzehn im Knast. Die Welt war so. Nicht immer, aber leider oft.

Und wenn es ein Mädchen wäre? Dann würde es sich vielleicht in der Schule anstrengen, aber durch all den Konsum-, Schlankheits- und Markenterror derart verunsichert sein, dass es gar nichts hinbekommen würde, außer sich hässlich zu fühlen und sich piercen zu lassen, sodass sie durch keine Flughafenkontrolle mehr gehen konnte, ohne dass es ein Piepkonzert gab. Oder sich gleich zu ritzen und sich parallel irgendwelche Suizidforen im Internet anzuschauen. Und dann wäre es wahrscheinlich schon mit dreizehn schwanger. Oder es würde sich das Leben nehmen. Sich im warmen Wasser der Badewanne die Pulsadern aufschneiden, während Laura nach einem harten Arbeitstag nach Hause kam und sich wunderte, warum der Wasserhahn im Bad lief, und aus den Augenwinkeln den hastig hingekritzelten Brief auf dem Sofa sah, den sie erst später entsetzt lesen würde. Später, wenn alles längst zu spät war. Denn es war immer alles zu spät. Und das, was da war, war immer zu wenig.

Sie zwang ihr Gehirn, mit diesem furchtbaren Horrorfilm, der gerade in ihrem Kopf lief, aufzuhören. Und sie war vor sich selbst erschrocken: Denn so kannte Laura sich selbst nicht. Lag das alles an den seltsamen Träumen, an der Tatsache, dass Timo in U-Haft war und dass Dinge real passierten, die sie in jedem Thriller für unrealistisch gehalten hätte?

Ihr Herz raste. Endlich war die vorgeschriebene Zeit abgelaufen. Laura wagte es kaum, den Test aufzuheben und das Ergebnis zu betrachten. Mit zittrigen Händen griff sie danach und schloss für einen Moment die Augen. Dann öffnete sie die Augen langsam und blickte auf den Test

KAPITEL 13

BWG FILIALE, KOPPENSTRASSE, BERLIN

Laura war verzweifelt. Timo konnte sie nicht anrufen, Harding konnte ihr nicht helfen, und mit Frehse hatte sie gerade gesprochen.

Es fehlte nur noch eine Person. Die Person, bei der sie glaubte, dass sie von ihr heute noch ein paar gute Informationen bekommen würde und die ihr vielleicht wirklich helfen konnte. Sie fragte sich, warum sie nicht gleich darauf gekommen war.

Laura wählte die Nummer von Linus.

Immerhin ging er sofort ans Telefon.

»Laura, wie geht es dir?«, fragte er.

»Wie es halt jemandem geht, dessen Ehemann unschuldig in U-Haft sitzt und die deswegen nicht aus Berlin wegkommt und eigentlich gerne wissen würde, was jetzt mit unserer Bank passiert«, sagte sie.

Linus schnaufte. »Bin gerade aus Meeting mit Fink und diesem Investor-Relations-Typen, diesem Walker, raus. Walker kennst du auch, der Mann, den wir in London getroffen haben. Der war zugeschaltet«, sagte er. »Denn genau das wollen die Aktionäre auch wissen. Die Presse zerreißt sich schon das Maul über mögliche Fusionspläne, auch wenn sie bisher eine britische Bank im Fokus haben.«

»Da liegen sie ja komplett daneben.«

»Gott sei Dank.«

»Aber wie kommt die Presse gerade darauf?«

»Wahrscheinlich, weil bei der deutschen Presse die Briten immer als böse Ultrakapitalisten gelten, die zu allem Überfluss aus der EU austreten. Aber du hast recht, eigentlich müssten sie von selbst auf eine französische Bank kommen, da die Franzosen in der Eurozone das Sagen haben und die EU unbedingt eine europaweite Bankenkonsolidierung will.«

»Dann könnte es eine italienische Bank sein. Die haben ja in Europa auch das Sagen.«

»Draghi ist nicht mehr Ministerpräsident von Italien. Das wird schwieriger.«

»Okay, und was ist mit diesem blöden Witz mit der Rente? Diesen Screenshot, den Sina mir geschickt hat?«, fragte Laura.

»Das scheint weniger ein Witz als vielmehr ein unausgesprochenes Geheimnis der BWG zu sein«, sagte Linus.

»Jetzt verstehe ich gar nichts mehr.«

»Offenbar verwaltet die BWG noch aus früheren Zeiten eine Menge künftiger Rentenansprüche von Angestellten des öffentlichen Dienstes und auch von Angestellten aus anderen Dienstleistungsbereichen.«

Laura hatte schon einmal davon gehört. Es gab nicht nur Pensionskassen oder Versicherungen, die Altersvorsorgekonten hatten, sondern teilweise war auch die Altersversorgung des öffentlichen Dienstes in halb privater Hand. Neu war für sie, dass auch hier die BWG ihre Finger im Spiel hatte.

»Zum Beispiel Banken?«

»Auch die. Eventuell auch von den Mitarbeitern der BWG selbst.«

»Keine betriebliche Altersversorgung?«, fragte Laura. »Sondern die typische, staatliche Rente, von der alle sagen, dass sie so sicher ist?«

»Genau die.«

Laura ließ die Information ein paar Sekunden sacken. »Wie bitte«, fragte sie dann, »und das erfährt man mal eben so nebenbei?«

»Gegenfrage«, sagte Linus, »würdest du der BWG im Moment in der derzeitigen Lage deine Rente anvertrauen?«

»Wenn das Sondervermögen wäre, vielleicht. Aber eigentlich nicht.«

»Es ist kein Sondervermögen.«

»Dann natürlich nicht! Ich habe schon genug Mitarbeiteraktien im Depot, die alle nur eine Richtung kennen. Nach unten!«

»Fast«, sagte Linus. »Nach unserem Gespräch mit Wilhelmi ging der Kurs ja immerhin wieder ein bisschen nach oben. Aber sonst hast du recht, niemand würde das machen. Und das ist dem Vorstand natürlich hundert Prozent klar. Daher wird das Ganze auch nicht groß rausposaunt.«

»Kriegt die Bank dann das Geld vom Staat?«

»Früher war das wohl so. Sie verwahrt die Gelder, die die Arbeitgeber als Lohnnebenkosten für die Altersversorgung der Arbeitnehmer zahlen.«

Laura überlegte. »Aber irgendjemand möchte diese Rentenzusage, die die Bank in ihren Büchern hat, nutzen, um die Systemrelevanz der BWG für seine Zwecke zu gebrauchen?«

»Ganz genau«, sagte Linus, »das hätte auch ein Anwalt nicht schöner kompliziert formulieren können. So scheint es zu sein, wobei noch überhaupt nichts bestätigt ist, aber wenn es eine Fusion gibt, dann wohl mit dieser, wie heißt sie gleich, BCI.«

»Unglaublich. Wo sitzen die eigentlich? Paris, oder?«

»Natürlich. Paris, Bankenviertel La Défense. In Frankreich ist alles, was wichtig ist, in Paris. Das ist komplett zentralisiert, nicht so wie Deutschland, wo alles über das ganze Land verstreut ist, als hätte es die Reichsgründung unter Bismarck niemals gegeben.« Er machte einen Moment Pause. »Wann bist du denn wieder in Frankfurt?«

»Das liegt leider nicht in meiner Hand. Ich werde mich hier nur bestimmt nicht wegbewegen, solange Timo in U-Haft ist. Das kann ich ihm nicht antun, und das würde ich selbst nicht überstehen. Aber interessant, dass du mich das fragst.«

Linus zögerte kurz. »Warum?« Entweder verstand Linus wirklich nicht, was sie wollte, oder er stellte sich dumm. In beiden Fällen erinnerte er sie an Timo.

»Na ja, wer ist denn beim BKA?«, fragte Laura. »Und weil du doch beim BKA bist, konntest du mir mit dieser Gridshark-Sache helfen, als auf mich der Verdacht fiel, Hortinger vergiftet zu haben. Dann hast du die Nummer von Fischers Sekretärin rausgefunden und noch einiges mehr. Du kannst doch eine ganze Menge Sachen, die normale Menschen normalerweise nicht können.«

»Danke für das Kompliment. Du meinst, ich könnte ein gutes Wort für dich einlegen, damit Timo schneller aus der Haft rauskommt?«

»Je eher er raus ist, desto eher helfe ich euch in Frankfurt direkt vor Ort. Timo sitzt in U-Haft beim LKA, und das BKA ist doch dem LKA weisungsberechtigt.«

»In gewisser Weise schon, wobei die sich auf ihre angebliche Autonomie als eigenständiges Landeskriminalamt auch immer einiges einbilden …«

»Einbildung hin oder her«, unterbrach ihn Laura. »Du kannst mir aber helfen … also Timo, oder?«

Linus antwortete vorsichtig. »Offiziell natürlich nicht, und ich gehe mal davon aus, dass dieses Gespräch nicht abgehört wird?«

»Wird es sicher nicht, aber ich kann dich gern noch über ein Festnetztelefon bei der Bank anrufen. Bin gerade in der Filiale.«

»Wie in alten Zeiten«, sagte Linus. »Ich schaue mir den Fall mal an. Hatte sowieso vor, mich heute bei dir zu melden, aber diese ganzen Fusionsgerüchte sind wie ein Riesenbrecher über uns hinweggerollt. Da mussten wir erst mal einige Brände löschen.«

»Brände löschen«, sagte Laura, »Das erinnert mich an etwas, was hier in der Filiale gerade passiert ist.«

»Gab es da einen Brand?«

»Frag bloß nicht.«

KAPITEL 14

URBAN KRANKENHAUS, BERLIN

Laura reichte dem Taxifahrer das Geld und nahm die Quittung entgegen. Sie hatte Linus von dem Anschlag erzählt. Sie wusste nicht, ob es richtig gewesen war, als sie auf den Gehweg trat und in Richtung des Krankenhausgebäudes blickte. Aber wenn es einer erfahren sollte, dann doch wohl jemand, der Banker *und* BKA-Ermittler war.

Laura fragte sich, was in ihrem Leben nicht stimmte. Ihr Mann saß im Gefängnis, es hatte einen Bombenanschlag auf die Filiale gegeben, und jetzt das Ergebnis des Tests, das sie noch immer nicht vollständig verarbeitet hatte.

Sie dachte an die Kollegin und spürte eine Mischung aus Aufregung und Nervosität in sich aufsteigen. *Ihr Zustand ist sehr kritisch; die Ärzte glauben nicht …* Das hatte Harding gesagt. Würde sie eine Kollegin vorfinden, die gar nicht mehr sprechen konnte und im Koma lag? Oder eine, die gerade gestorben war?

Laura schaute auf das riesige Krankenhausgebäude und spürte, wie sich ihr Herzschlag beschleunigte. Sie dachte an Tina Winkler, mit der sie einmal zusammen shoppen war. Auch wenn die Shoppingtour sehr kurz gewesen war. Es war die Eröffnung des Media-Marktes in der Alexa-Mall gewesen, die fast in einen Bürgerkrieg gemündet wäre. Durch aggressive Werbung waren viel mehr Menschen gekommen, als in das Gebäude passten. *Wir wollen kaufen,* hatten die Kunden gebrüllt und dann, als sie nicht kaufen durften, alles kurz und klein geschlagen. *Wir wollen kau-*

fen, dachte Laura. *Das sollten die Kunden der BWG auch einmal sagen.* Sie hatte Angst davor, in welchem Zustand sie Tina Winkler im Krankenhaus vorfinden würde, aber sie wusste, dass sie hier sein musste.

Laura betrat das Krankenhausgebäude und atmete den Geruch von Reinigungsmitteln und Desinfektionsmitteln ein, der ihr in die Nase stieg. Sie sah sich um und bemerkte Schwestern, Ärzte, Menschen in Rollstühlen und Assistenzärzte, die mit Klemmbrettern geschäftig durch die Gegend liefen.

Die Dame am Empfang hatte Laura zur Intensivstation geschickt. Sie sollte dort mit dem zuständigen Arzt sprechen, da für Patienten dort eigentlich Besuchsverbot galt. Sie stellte sich das Zimmer von Tina vor. Tina auf dem Bett, umgeben von Schläuchen und Geräten. Ein riesiger Verband um ihren Kopf, der das linke Auge verdeckte. Sie hörte das Quietschen von Rädern, als Krankenhausbetten und Geräte durch die Flure geschoben wurden. Dann atmete sie tief durch und stieg in den Aufzug.

KAPITEL 15

URBAN KRANKENHAUS, BERLIN

Auf dem Gang kam ihr eine ältere Dame entgegen. Laura hatte sie schon einmal irgendwo gesehen.

»Laura Jacobs«, sagte die Dame und nahm ihre getönte Brille ab. »Besuchen Sie auch die junge Kollegin?«

Laura blinzelte. Jetzt erkannte sie die Dame. »Frau Althaus«, sagte sie. Es war Elisabeth Althaus, die Witwe des früheren Regionalvorstands Gerhard Althaus, der auf mysteriöse Weise im Gefängnis ums Leben gekommen war – nachdem das Konsortium auch ihm einen Mord in die Schuhe hatte schieben wollen.

»Es sieht nicht gut aus«, sagte Althaus. »Ich muss hier raus, kann keine Krankenhäuser mehr sehen. Es sind so viele in meinem Umfeld gestorben. Mein Mann … das wissen Sie ja …« Sie blinzelte kurz. »Ich kenne die Tina schon so lange. Und dann passiert das. Aber melden Sie sich doch mal bei mir.« Sie drückte kurz Lauras Hand, bevor sie wieder weg war.

»Mache ich.«

Laura wusste, dass die Althaus in Zehlendorf in einer schönen Villa wohnten. Sie würde Frau Althaus tatsächlich einmal besuchen, nahm sie sich vor, aber erst wenn das hier alles erledigt war. Laura stellte sich vor, was sie tun würde. Mit Tina sprechen, ihre Hand nehmen, wenn sie es durfte. Doch da stellte sich ihr schon eine junge Dame entgegen. Blond mit silberner Brille.

»Sie kommen wegen Frau Winkler?«, fragte die Dame.

»Richtig. Laura Jacobs von der BWG, eine Kollegin von Frau Winkler.«

»Erhardt, Assistenzärztin«, begann die Dame. »Frau Jacobs …« Sie senkte die Stimme. »… ich muss Ihnen etwas mitteilen. Frau Winkler ist vor etwa zehn Minuten verstorben.«

Laura nahm die Nachricht erstaunlich gefasst auf.

»An dem Splitter?«

Erhardt nickte. »Mehr darf ich Ihnen eigentlich nicht sagen.«

Sie hatte ein iPad dabei mit dem digitalen Abbild einer Röntgenaufnahme. »Der Splitter hat ein großes Gefäß zerstört, und dadurch kam es zu einem Blutgerinnsel im Kopf. Das Gerinnsel haben wir zwar auflösen können, und wir haben zum Schluss sogar einseitig die Schädeldecke entfernt, um dem Gehirn ausreichend Platz für die Schwellung zu geben und dadurch den Druck zu senken. Aber leider hat das auch nicht den erhofften Erfolg gebracht. Die Hirnverletzungen waren zu groß.«

»Das kann nicht wahr sein«, sagte Laura leise, mehr zu sich selbst. »Wie konnte das passieren?«

Sie wechselte noch ein paar Worte mit der Ärztin. Dann schickte sie eine kurze und traurige SMS an Harding und verließ das Krankenhaus.

KAPITEL 16

URBAN KRANKENHAUS, BERLIN

Laura stieg vor dem Krankenhaus in ein Taxi und kam sich ein wenig vor wie Frehse, der sich auch immer chauffieren ließ.

»Blankenfelde-Mahlow«, sagte sie. Sie würde zunächst nach Hause fahren und dann Timo noch einmal besuchen, wobei das mit den Besuchszeiten nicht immer einfach war.

Im Taxi dudelte die übliche Radiomischung aus winseliger Fahrstuhlmusik, nervigen Ansagen von blöden Moderatoren und schlechten Nachrichten aus aller Welt. Laura würde das keine zwei Minuten aushalten, und es wunderte sie nicht, dass alle Taxifahrer, die so etwas den ganzen Tag hörten, dauerhaft maximal schlecht gelaunt waren.

In der Zentrale der BWG hatte sie einmal zugehört, wie ein Unternehmensberater von ECC einem jungen Kollegen geraten hatte, wie er ein Taxi zu bestellen hatte. »Gleich beim Anruf bei der Taxizentrale eine klare Ansage machen«, hatte der Kollege gesagt. »*Ich hätte gern ein Taxi, das auch früher* kein *Rauchertaxi war, mit Klimaanlage, kein Van, sondern eine Limousine, mit Kreditkartenfunktion und einem Fahrer, der kein Radio hört und die Fresse hält. Wenn das Taxi diese Kriterien erfüllt, gibt es am Ende zehn Euro Trinkgeld für den Fahrer.*«

Laura überlegte, so etwas in Zukunft auch zu sagen. Vielleicht könnte sie bei den Taxi-Apps, die sie häufiger nutzte als die Telefonzentrale, so etwas als Kommentar reinschreiben.

Das Radio dudelte weiter. Und jetzt fing der Fahrer auch noch an zu reden. Der Mann redete ununterbrochen. Erst hatte er Laura dreimal mitgeteilt, dass er ein wirklicher, echter Deutscher sei, keiner von diesen Türken oder Indern, die die Fahrgäste immer übers Ohr hauen und dann auf einmal kein Deutsch mehr können. Laura war oft mit türkischen Taxifahrern gefahren, aber betrogen hatte sie noch nie einer. Ebenso ritt der Fahrer darauf herum, dass er ja einen P-Schein habe, einen Personenbeförderungsschein, den all die anderen nicht hatten, und jede Ecke von Berlin auswendig kennen würde. Das Navi lief allerdings trotzdem die ganze Zeit.

Ihr Telefon klingelte.

Auf dem Display erschien: Frehse.

»Da muss ich jetzt rangehen«, rief Laura nach vorne. »Können Sie bitte das Radio ausschalten?«

Der Fahrer machte tatsächlich das Radio aus, redete aber einfach weiter.

»Können Sie bitte auch aufhören zu reden?«, fragte Laura. Etwas Höflicheres fiel ihr nicht ein. »Ich muss jetzt ein wichtiges Telefonat führen!«

Der Taxifahrer machte im Rückspiegel ein Gesicht wie ein Kind, dem man die Süßigkeiten geklaut hatte, gab aber tatsächlich Ruhe.

»Herr Frehse, Jacobs hier«, sagte Laura, und sie fühlte ihr Herz schlagen. »Was gibt es?«

»Er kommt raus«, sagte Frehse in einem gleichgültigen Ton, als würde er sagen, dass es draußen regnet oder dass gerade Dienstag ist. »Sie können ihn abholen, wann immer sie wollen.«

»Er kommt raus?« Laura hätte am liebsten geschrien vor Glück. Endlich mal eine Überraschung, die gut war.

»Erst einmal, ja. Damit ist noch nicht alles erledigt, das wissen Sie ja, aber das haben wir auch nicht erwartet. Dass er allerdings so schnell rauskommt, habe ich nicht zu hoffen gewagt. In jedem Fall ist er jetzt erst mal bei Ihnen zu Hause, bis der Gerichtsprozess losgeht.«

»Und wann wird das sein?«, fragte Laura. In ihrem Kopf arbeitete es bereits, wann sie Timo die Neuigkeiten erzählen sollte. Gleich im LKA, während Frehse auch dabei war? Nein, das würde nicht passen.

»Keine Ahnung, so überlastet, wie die Gerichte im Moment sind, können Sie mit einigen Wochen oder gar Monaten rechnen. Aber das ist egal, der Staatsanwalt wird mit mir vor Gericht keine Freude haben, und Ihr Mann ist erst mal bei Ihnen, wo er hingehört.«

»Super«, sagte Laura, »das haben Sie perfekt gemacht. Wie kam es, dass es auf einmal so schnell ging?«

»Zugegeben«, sagte Frehse, »ich habe einiges an Druck aufgebaut, es scheint aber, jemand hat von höchster Stelle auch noch mal Druck gemacht. Jedenfalls kamen die mir alle wie ausgewechselt vor. Irgendeiner hat irgendwem irgendwas gesagt.«

Er machte eine kurze Pause. »Sie hatten nicht zufällig etwas damit zu tun, Frau Jacobs? Von Ihnen hört man ja auch ein paar legendäre Sachen, darum hat mich Ihr Fall gleich interessiert.« Laura dachte kurz an Linus. Wenn er da wirklich seine Finger im Spiel gehabt hatte, dann hatte er sich allerdings beeilt.

»Da sprechen wir mal privat drüber, nicht am Telefon im Taxi«, sagte Laura. »Ich kann meinen Mann also sofort abholen?«

»Ja, wann immer Sie wollen. Ich bin auch vor Ort. Wann wollen Sie da sein?«

»Ich frage mal kurz.« Sie wandte sich an den Fahrer: »Wie lange brauchen wir von hier zum Tempelhofer Damm?«

Der Fahrer machte ein Gesicht, als wollte er sagen: *Ist ja nett, dass ich wieder reden darf.* Er sagte aber: »Tempelhofer Damm ist nicht Blankenfelde-Mahlow.«

»Das weiß ich selber, aber genau da muss ich jetzt ganz schnell hin.«

»Nach Blankenfelde-Mahlow?«

»Nein, zum Tempelhofer Damm!«

»Wo genau?«

»Da, wo das Landeskriminalamt ist, LKA. Gegenüber vom alten Flughafen. Weiß die Hausnummer leider nicht.«

»Oh, Polizei«, sagte der Fahrer, »na gut, wie Sie wollen, dann Tempelhofer Damm.«

KAPITEL 17

LANDESKRIMINALAMT,
TEMPELHOFER DAMM, BERLIN

Laura stand am Eingang des LKA und sah, wie ihr Timo durch den Gang entgegenkam. Er sah ein bisschen blass aus und trug all seine Habseligkeiten in einer größeren Sporttasche, die Laura ihm ins Gefängnis gebracht hatte.

Sie umarmten sich lange, und Laura merkte an dem salzigen Geschmack auf ihrer Zunge, dass sie weinte.

»Wie geht es dir?«, fragte sie.

»Na ja, wie es einem unschuldigen Menschen im Knast eben geht. Nicht sonderlich gut. Immerhin hatte ich eine Einzelzelle.«

Sie musste an Alcatraz denken und *the hole.* Aber Timo war jemand, der auch gern einmal für sich war und Menschen oft als nervig empfand. Für ein paar Tage, dachte sie, war eine Einzelzelle für ihn wahrscheinlich besser als eine Mehrfachzelle mit irgendwelchen unangenehmen Typen.

»Klingt fast wie ein Einzelzimmer in einem Krankenhaus«, sagte Laura, um die Stimmung durch einen Scherz aufzuheitern.

»Ja, und Chefarztbehandlung«, ergänzte Timo.

»Die hatten wir.« Sie blickte sich um und schaute auf Frehse, der nicht ganz wusste, wo er hinschauen sollte.

Laura wand sich innerlich. Sollte sie es ihm jetzt sagen? Nein, es war nicht der richtige Zeitpunkt. Es war, auch wenn sie den Vergleich völlig blöd fand, eine ähnliche Überwindung wie die Frage nach dem Abschluss bei einem Verkaufsgespräch. *Also, lieber Kunde, wenn das alles so passt, sind wir dann im Geschäft? Dann fehlt nur noch Ihre Unterschrift.*

»Wie kommt es eigentlich«, fragte Timo, »dass ich auf einmal so schnell rausgekommen bin?«

»Das wüsste ich auch gern«, sagte Laura. »Aber es lag nicht nur an unserer Hartnäckigkeit. Ich glaube, es war eine Kombination aus unserem Anwalt und ein bisschen Hilfe von außen.«

»Hilfe von außen?«, fragte Timo. »Sag bloß, deine Bank war mal zu etwas nütze?«

»Erzähle ich dir später, okay? Nicht hier.«

Timo nickte. Er war wohl ebenfalls der Ansicht, dass der Eingangsbereich des LKA nicht der allerbeste Ort für solche Gespräche war. Vor allem da Laura auch nicht genau wusste, warum auf einmal alles so schnell gegangen war. Auf jeden Fall würde sie später Linus anrufen und sich bei ihm bedanken.

»Ist im Grunde egal«, sagte Timo. »Was vergangen ist, ist vergangen. Lass uns lieber an morgen denken.«

»Oder an heute«, sagte Laura.

»Wieso?«, fragte Timo, als sie sich Richtung Straße bewegten. »Musst du etwa morgen schon wieder weg?«

»Kann sein, aber heute machen wir uns einen rundum schönen Tag! Du kannst dir aussuchen, was wir machen wollen. Heute ist dein Tag!« Es tat Laura leid, dass sie jetzt wegmusste, jetzt, wo Timo wieder hier war. Aber sie musste erfahren, was in Frankfurt los war und wie es mit dieser Fusion weiterging. Und dann war morgen noch die Beerdigung von Hortinger in Frankfurt.

»Was möchtest du heute machen?«

Timo wusste sofort, worauf er Lust hatte: »Wir können

zum Litfaßplatz am Hackeschen Markt fahren. Da gibt es zwei Läden, in die ich unbedingt hinwill!«

»Lass mich raten, der eine ist der Weber-Grill-Laden.«

»Ganz genau, und da müssen wir uns beeilen. Der Grill-Laden macht nämlich bald zu. Mitarbeitermangel, die finden keine Leute. Und der andere Laden ist der Warhammer-Laden. Weber und Warhammer, was braucht man mehr? Da will ich mir ein paar neue Sachen kaufen.«

»Weber und Warhammer«, wiederholte Laura, »das ist natürlich für Männer eine tödliche Kombi. Und diese beiden Läden sind auch noch nah beieinander. Die Lizenz zum Geldverbrennen.«

»Tödlich?«

»Tödlich für den Kontostand, meine ich.« In dem Moment fiel Laura ein, wie unpassend diese Beschreibung war. Vor allem weil auch Timo einmal für einen Totalverlust mit Termingeschäften gesorgt hatte. Sie entschied aber, Timo nichts von dem Anschlag auf die Bank und dem Tod der Kollegin zu erzählen. Von dem Test, so hatte sie beschlossen, erst einmal auch nicht, sonst würde Timo sie wirklich zwingen, noch heute fristlos bei der BWG zu kündigen.

»Geldverbrennen«, sagte Timo. »Ich dachte, ich bin seit Kurzem mit einer sehr gut verdienenden Bankerin zusammen und kann mir aussuchen, was wir machen.«

»Na klar«, sagte Laura. Sie umarmte ihn. »Alles, was du willst.«

»Und dann«, fuhr Timo fort wie ein Kind vor der Bescherung, »will ich noch ein bisschen *Darktide* am Computer spielen, um mich abzureagieren. Das ist jetzt im Xbox Store erhältlich. Und dann machen wir uns einen schönen Grillabend und weiß der Teufel was.«

Laura lächelte und weinte wieder. »Genau so machen wir das.«

Sie beschloss, Timo nichts von dem Bombenanschlag zu sagen, nichts von der toten Kollegin und auch nichts von dem Test. Dies sollte ein schöner Tag sein.

Als beide ins Taxi stiegen, nahm sie aus den Augenwinkeln einen großen Mann wahr. Die Augen waren nicht zu sehen, aber von der Statur her erinnerte er sie an diesen … Silence.

Sie schaute noch einmal hin – da war der Mann bereits verschwunden.

DONNERSTAG

KAPITEL 18

FRIEDHOF FRANKFURT, FRANKFURT AM MAIN

Laura merkte, dass es Herbst geworden war. Der Oktober ging dahin, und der November streckte schon seine kalten Finger aus. Es war ein kalter, grauer Tag, als die Trauergäste sich vor dem Grab versammelten. Der Himmel war bedeckt, und Laura musste an die Szene aus *Neuromancer* denken: *Der Himmel hatte die Farbe eines Fernsehers, der auf einen toten Kanal geschaltet war.* Es sah fast so aus, als würde es gleich anfangen zu regnen, was jedem Klischee einer Beerdigung entsprochen hätte, doch bisher regnete es nicht. Dennoch waren mehr Regenschirme zu sehen als im Eingangsbereich von einem Luxushotel. Am Himmel schoben sich grauweiße Wolken wie zerknüllte Bettwäsche vorbei, während sich in der Ferne die Skyline von Frankfurt in den Himmel streckte.

Die Menschen standen eng beieinander, vielleicht, um sich gegenseitig Trost und Halt zu geben, vielleicht aber auch, um möglichst schnell ihre Blume in das Grab zu werfen und dann mit allem durch zu sein.

Der Sarg wurde von einigen Männern getragen, die langsam und feierlich den Weg zum Grab gingen. Die Trauergäste, darunter auch Laura, Fink und Sina, folgten ihnen in einer schweigenden Prozession. Hier und da war Schluchzen zu hören, während andere versuchten, tapfer zu bleiben und ihre Tränen zu unterdrücken.

Sie waren am Grab angekommen. Laura stand neben Sören Fink, Linus und Sina. Sie waren allesamt in Schwarz gekleidet. Nach dem sehr schönen Tag gestern mit Timo in Berlin war Laura siedend heiß eingefallen, dass sie schwarze Kleidung mitnehmen sollte und wohl kaum in irgendeinem farbenfrohen Businesskostüm auf einer Bestattung auftauchen konnte. Wobei die meisten Businesskostüme ohnehin so aussahen, dass man damit problemlos auf eine Beerdigung konnte, seit neben Schwarz auch Grau und Blau auf Beerdigungen adäquat waren.

Laura sah sich um. Es war die typische Frankfurter Gesellschaft aus Bankern, Unternehmern aus der Fintech- und Pharmabranche und einer Menge Kunden. Dora Hortinger, die Ehefrau des Verstorbenen, stand bei ihren Verwandten. Jedenfalls sahen die Herrschaften eher ihr ähnlich als ihrem Mann. Kinder schienen die beiden keine gehabt zu haben, und Laura wusste auch nichts weiter über das Ehepaar. Dora Hortingers Blick war nicht allzu traurig, wahrscheinlich kannte sie ihren Mann ohnehin nur aus der Zeitung und sah das Ganze, was Erbe, Lebensversicherung und anderes anging, pragmatisch.

Für Laura war die Situation besonders bizarr. Sie hatte ihren Chef, ihren obersten Chef, tot auf dem Obduktionstisch gesehen. Nackt und tot, mit dem Hundetattoo auf dem linken Oberarm, von dem vielleicht nur Dora Hortinger und ein paar enge Freunde wussten.

Die Worte, die er zu ihr im Hotel de Rome gesprochen hatte, hallten nach:

Man hofft immer, dass der Nachfolger den Schlamassel erbt, dass man selbst noch heil davonkommt. Aber spätestens seit der Sache mit Althaus, mit dem Mord im Adlon, da wusste ich, dass das alles zu weit geht. Deswegen habe ich Sie geholt.

Laura hatte noch immer nicht verstanden, warum sich

Hortinger ihr in dieser Nacht derart geöffnet hatte. Wollte er mit der Sache abschließen, für immer Ruhe haben?

Ein Geheimnis zu haben ist wie ein Kredit, hatte er gesagt. *Verrät man das Geheimnis, wird der Kredit fällig gestellt.*

Es war klar, dass ein Bankvorstand eine Metapher aus dem Bankbereich wählte, und es war auch kein Zufall, dass das Wort *Schulden* den gleichen Ursprung wie das Wort *Schuld* hatte. »Wer Schulden hat, ist immer erpressbar«, hatte Hortinger gesagt. »Wer darauf angewiesen ist, dass andere das Geheimnis nicht verraten, ist auch erpressbar. *Ich* …«, hatte er dann gesagt, »… bin ab jetzt nicht mehr erpressbar.«

Das war das letzte Gespräch, das Laura mit ihm geführt hatte.

Als sie das Grab erreichten, setzten sich die ausgewählten Trauergäste auf die bereitgestellten Stühle und lauschten dem Pfarrer.

»Aus Staub bist du gemacht und zu Staub sollst du werden, bis der Herr dich auferwecket am Jüngsten Tage«, sagte der Priester.

Laura fand solche kirchlichen Bestattungen immer sehr feierlich, denn man konnte von der Kirche halten, was man wollte: Mit der Idee eines Lebens nach dem Tod hatte sie sich wahrscheinlich länger befasst als fast alle anderen Institutionen, die es auf der Welt gab.

»Credo« hieß »ich glaube«, und davon leitete sich das Wort »Kredit« ab, was in Deutschland auch als »Schulden« übersetzt war. Kurz bevor er gestorben war, hatte Hortinger gesagt, dass er jetzt keine Schuld mehr hatte. Das zeigte, wie stark sich Hortinger – die Menschen generell – nach Erlösung sehnten, nach einem »Redemptor«, der ihnen die Schuld abnahm. Die irdische Krise, dachte Laura, werden wir selbst lösen müssen. Und endgültige Erlösung möglicherweise erst danach empfangen.

Sie schaute auf den Grabstein.

Wach auf, der du schläfst, und steh auf von den Toten stand auf dem Grabstein. Ein Spruch aus einem der Briefe des Apostels Paulus, wobei Laura nicht genau entziffern konnte, aus welchem.

Als sie mit Timo gestern über die Bestattung von Hortinger gesprochen hatte, hatte der relativ geschmacklos gesagt, welchen Spruch er gerne auf seinem Grabstein hätte. Und zwar einen von Howard Phillips Lovecraft, den er auch gleich zitiert hatte.

Das ist nicht tot, was ewig liegt, bis dass die Zeit den Tod besiegt.

»Ich nehme an, du willst nicht kremiert werden?«, hatte Laura gefragt.

»Nein, dann kann ich ja nicht ewig liegen«, hatte Timo gesagt. »Und sind in dem Fall nicht alle Beweismittel verloren? Hast du mir doch gesagt.«

Laura hatte die Augen verdreht.

Sie fand das Gedicht zwar recht dramatisch, aber nicht sonderlich passend für einen Grabstein. Es passte eher zu der BWG und Lauras Situation. Ständig tauchten irgendwelche Dinge wieder aus der Versenkung auf, von denen sie glaubte, dass sie längst vorbei sein sollten. Wenn dieser Spruch auf dem Grabstein allerdings der letzte Wille von Timo sein sollte, dann sollte es so sein.

Sie merkte selbst, dass sie sich durch Timos Abwesenheit mehr Gedanken über den Tod gemacht hatte als vorher, schließlich war Timos Zeit in der U-Haft auch eine erzwungene Abwesenheit, wo sie ihn noch viel weniger besuchen konnte als zum Beispiel in einem Krankenhaus. Da fiel ihr wieder ihre tote Kollegin ein. Sie war heilfroh, dass sie Timo zurückhatte, denn sie merkte jetzt umso mehr, welchen Schmerz es bedeutete, einen lieben Menschen für immer zu verlieren. Schon für kurze Zeit war das schlimm, wenn es für immer war, war es fast nicht auszuhalten.

Der Tod, dachte Laura. Er war der absolute Underdog, immer verdrängt, aber immer präsent.

Sie selbst las gern Krimis. Und interessanterweise sind auch bei den ganz harten Thrillern à la Cody McFadyen und Chris Carter fast achtzig Prozent der Leser Frauen, die sich im realen Leben ausgesprochen nett und friedlich verhalten.

Der Tod, dachte Laura, war in unserer Gesellschaft ausgelagert worden, alle sind hübsch, für immer jung und unsterblich. Bis vor Kurzem hatte Laura auch noch nie eine Leiche gesehen, jedenfalls nicht außerhalb von *CSI*, *Crossing Jordan* und anderen Serien im Fernsehen, während Tote früher in der Wohnung aufgebahrt wurden und in noch länger zurückliegenden Zeiten die Familien auf den Schlachtfeldern nach Toten und Überlebenden gesucht hatten.

Die Religionen verloren in Europa immer weiter an Einfluss, was eine Beschäftigung mit einer möglichen Existenz nach dem Tod ausschließt. Der Tod wurde also auf allen Ebenen verdrängt. Und wie das mit den verdrängten Dingen, die man an der Haustür abgewiesen hat, nun einmal so ist, kommen sie durch die Hintertür im Deckmantel der Subkultur wieder herein.

Wahrscheinlich war es wirklich so, dachte Laura. Je mehr der Tod von unserer glatten, politisch korrekten

Lifestyle-Gesellschaft zur Persona non grata erklärt wird, desto mehr lässt er sich als Underdog feiern.

Die Stimmung auf der Beerdigung war gedrückt und traurig, aber auch friedlich.

Nachdem der Pfarrer geendet hatte, traten einige Freunde und Verwandte des Verstorbenen vor, um Abschiedsworte zu sprechen und mehr oder weniger elegant Blumen und Erde in das Grab zu werfen. Eine sehr beleibte Dame im Pelzmantel stellte sich dabei höchst ungeschickt an, hätte fast die Schaufel in das Grab geworfen und wäre um ein Haar selbst in das Grab gerutscht. Sehr hohe Absätze waren bei einem gewissen Gewicht nicht hilfreich, dachte Laura. Auf erdigem Friedhofsboden schon gar nicht.

Der Priester sprach noch ein paar Worte, dass eine Beerdigung ein Abschied, aber auch ein Neuanfang war, ähnlich wie die Taufe, bei der man durch das Wasser stirbt und wiedergeboren wird.

Die Taufe als Wiedergeburt, dachte Laura. Sterben, um neu geboren zu werden. So hatte sie darüber noch gar nicht nachgedacht.

Dann verließen die meisten zügig die Grabstelle.

KAPITEL 19

FRANKFURTER GESELLSCHAFT,
FRANKFURT AM MAIN

Beim anschließenden Mittagessen in der Frankfurter Gesellschaft saß Laura neben Sören Fink. Linus und Sina saßen ihr gegenüber.

»Sie bleiben erst einmal Vorstandschef?«, fragte sie. Ihr war keine bessere Frage eingefallen, und das Thema interessierte sie wirklich.

»Das will ich hoffen«, sagte Fink, »wobei einige im Aufsichtsrat gerne jemanden von außen haben wollen. Jemand der mit, wie sagt man immer so schön, *frischem Blick* auf die Sachen schaut.«

»*Frischer Blick* ist ja in der Unternehmensberatung oft ein Synonym für *Ich habe keine Ahnung*«, sagte Sina.

»Gewissermaßen ist das richtig«, sagte Fink, »denn oft braucht man Leute, die nicht betriebsblind sind. Und gewissermaßen keine Ahnung habe ich ja auch, schließlich komme ich von außen und war früher bei einer Strategieberatung. So viel zum *frischen Blick.*« Er grinste kurz, sah sich um, um sicherzustellen, dass niemand zuhörte, und sprach weiter. »Aber wahrscheinlich traut man mir nicht zu, den Schlamassel gründlich aufzuräumen, da man mich zu sehr als Teil des Schlamassels sieht.«

»Sind ja schon Personalberatungen losgeschickt worden«, sagte Linus. »Jedenfalls, was man so hört.«

»Ja.« Fink nickte kauend. »Mit Sicherheit einige von den *Shrek.*«

Die Shrek, das hatte Laura auch recht schnell in der Zentrale lernen dürfen, waren die fünf größten Personalberatungen der Welt: Spencer Stuart, Heidrick & Struggles, Russell Reynolds, Egon Zehnder und Korn Ferry. Die ersten Buchstaben der Firmennamen ergaben die Abkürzung Shrek. »Eine der Shreks, ich weiß aber nicht, wer, wurde kürzlich im Auftrag des Aufsichtsrats losgeschickt, um einen Ersatz für Hortinger zu finden oder das Ganze aufzugeben, falls sie keinen guten finden. Oder man der Meinung ist, dass ich doch ganz gut passe.«

»Bin auch nicht sicher, ob gerade ein großes Gedränge um diese Position herrscht«, sagte Linus.

»Sicher nicht«, sagte Fink. »Klar, es gibt genug Leute, die gerne VV werden wollen.« *VV,* dachte Laura, die Abkürzung der Wichtigen für Vorstandsvorsitzender. Fink sprach weiter. »Andererseits ist es ein offenes Geheimnis in der Branche, dass der Posten des Vorstandsvorsitzenden bei der BWG in der gegenwärtigen Situation ein Schleudersitz ist. Das wird sich jedes Toptalent dreimal überlegen. Es sei denn, die verhandeln eine hohe Abfindung mit und spekulieren gleich auf einen goldenen Fallschirm.«

»Wundert mich sowieso«, sagte Laura. »Dass der Aufsichtsrat für teure Personalberater und Headhunter in der gegenwärtigen Situation Geld hat. Auch was diese Namibia-Sache angeht.«

»Wundert mich auch«, sagte Fink. »Und die Frage ist, ob sie überhaupt einen finden. Gerade vor dem Hintergrund, was jetzt gerade abgeht.« Fink trank von seiner Cola light. Sekt oder Weißwein hatte sich niemand bestellt, da es gleich wieder in die Zentrale gehen würde. Es stand genug Arbeit an.

»Kein CEO will CEO einer Bank werden, von der er nicht weiß, ob diese Bank morgen noch so heißt wie an dem Tag, an dem er angefangen hat, CEO zu sein«, sagte Linus leise.

»Eben«, sagte Fink. »Ich kann mir nicht vorstellen, dass irgendjemand von außen so blöd ist. Vor allem wenn die Fusionsgeschichten ...«, er senkte ebenfalls die Stimme, »... an die Oberfläche kommen. Und das wird es, denn irgendwann wird die Bank die Hosen runterlassen müssen. Es will doch keiner für vier Wochen Vorstandschef werden, um dann gleich wieder den Ast abgesägt zu kriegen, weil natürlich an der Spitze kein Platz für zwei Vorstandschefs ist und Monsieur Arnault sicherlich der Meinung ist: *La banque, c'est moi.*«

»So heißt der CEO der anderen Bank?«, fragte Sina.

»Pst«, sagte Fink. »Aber ja, so heißt er. Thierry Arnault. Gleicher Nachname wie der Chef von LVMH. Ist aber nicht verwandt, nur sein Ego ist mindestens genauso groß. Da überlegt sich jeder sehr gut, ob er ein Vier-Wochen-CEO sein will. Dessen Karriere wäre dann ungefähr genauso lange wie die von diesem vergifteten Papst, wie hieß der noch?«

»Paul irgendwas?«, fragte Linus. »Keine Ahnung.«

»Wobei ...«, sagte Laura, »... wenn der goldene Handschlag golden genug ist, überlegt sich das vielleicht tatsächlich der ein oder andere.«

»Ja, aber die braucht die Bank nicht. Die braucht Restrukturierer und Macher, und keine Fat Cats, die sich ihre Altersvorsorge optimieren wollen. Solche Frühstücksdirektoren sind im Moment Gift, sonst hätten sie auch Leute wie Althaus, euren Regionalvorstand Ost, nicht in den Ruhestand schicken müssen.«

»Der ist ja leider in den ewigen Ruhestand gegangen«, sagte Laura.

»Stimmt«, sagte Fink, »das war ein blöder Vergleich.«

Laura schaute kurz auf das große Foto von Hortinger, das auf einer Staffelei in der Mitte des Lokals, nahe dem Eingang, stand. Das Foto war mit Kränzen geschmückt.

Der Tod, dachte sie, *war ein wenig zu präsent in dieser Bank.*

Fink blickte sich um. »Wollen wir los? Habe keine Lust, von zu vielen Leuten zu viele dumme Fragen zu beantworten. Die sind jetzt fast alle mit dem Essen fertig, und es ist nur eine Frage der Zeit, bis die hier angedackelt kommen.«

»Keine Einwände«, sagte Laura.

Alle standen auf.

Als Laura an dem Foto von Hortinger vorbeiging, hörte sie noch einmal seine Worte.

Ich bin jetzt nicht mehr erpressbar.

KAPITEL 20

ZENTRALE DER BWG, FRANKFURT AM MAIN

Sie begaben sich nach oben in den zwanzigsten Stock. Hier hatte Lauras Karriere in der BWG-Zentrale vor kurzer Zeit begonnen. *Konzernstrategie* war in die Glaswand vor dem Korridor eingraviert. Fink hatte offenbar keine Lust, mit seinem Büro in das Vorstandsbüro von Hortinger umzuziehen. Ob er dafür einfach keine Zeit hatte oder nicht daran glaubte, dass er allzu lange CEO bleiben würde, wusste Laura nicht. Sie liefen den Gang hinunter, der durch ein Vorzimmer in ein lichtdurchflutetes Büro führte.

Fink hatte vorher an seinem Stehpult mit verkrampftem Gesicht eine E-Mail gelesen, die offenbar keine guten Nachrichten beinhaltete. Sie hatten sich an einen kleinen Konferenztisch in der Ecke von Sören Finks Büro gesetzt.

In einer Ecke des Büros stand tatsächlich eine Metaplanwand mit der Agenda der Namibia-Reise, die offenbar irgendeine Eventagentur hierhergestellt hatte. Darauf Bilder mit Nashörnern, Springböcken, Pavianen, Giraffen und Oryx und mehrere Aufnahmen der Big-Daddy-Düne in der Namib-Wüste.

»Also«, sagte Fink, als sich alle gesetzt hatten. »Jetzt keine langen Diskussionen über diese komische Reise.« Er wandte den Kopf kurz zu der Metaplanwand. »Sondern zu den Fakten. Es konkretisiert sich immer mehr: Die BCI möchte die BWG kaufen. Aktientausch, und es gibt noch einen Haufen Cash dazu, was natürlich die Aktionäre freut. Das Gerücht hat sich schon in der halben Bank festgesetzt, und im ganzen Unternehmen herrscht natürlich gewaltige Unruhe.«

»Weil es ungemütlich wird?«, fragte Laura.

»Ja, und weil es wohl zu massiven Stellenstreichungen kommt«, sagte Fink.

»Welche Stellen sollen denn gestrichen werden?«, fragte Laura.

»Schon einmal nicht die im Vertrieb. Die braucht man ja, um Dinge zu verkaufen, und ohne Verkaufen gibt es kein Geld.«

»Dann bist du schon mal fein raus«, sagte Linus zu Laura, »jedenfalls, was deine normale Position angeht.«

»Normale Position?«, fragte Laura. »Du meinst, die in der Filiale?« Sie hatte schon fast vergessen, dass sie dort einmal gearbeitet hatte.

»Oder auch nicht«, sagte Fink. »Eine aktuelle Mail des Aufsichtsrats spricht da eine recht klare Sprache. Derzeit ist Laura in der Zentrale angestellt und damit genau genommen auf dieser Liste. Es kann auch sein, dass es mich trifft. Es kann eine ganze Menge Leute treffen, die hier sitzen, dem Kunden nichts verkaufen, aber viel kosten. Es kann uns alle treffen.«

Saskia Wendler, die rechte Hand von Fink, die Laura schon im Zoom-Call kennengelernt hatte, meldete sich zu Wort: »Wir haben doch die Bank gerettet und tun das immer noch. Irgendwie kriegen wir das schon hin, dass wir Laura und uns alle retten.«

Laura war mit Saskia recht schnell zum Du übergegangen. Die beiden verstanden sich gut, auch wenn Saskia eher den Weg der Konzernkarriere genommen hatte. Studium, Start-up, Beratung bei ECC, MBA und dann in die Konzernstrategie in der BWG.

»Da bin ich nicht so sicher«, sagte Fink. »Wir dürfen nicht vergessen, dass die Politik jetzt ordentlich bei uns mitmischt. Das würde nicht gut aussehen, wenn rauskommt, dass bei der Restrukturierung besonders die kleinen Leute unter die Räder kommen, während die obere Heeresleitung wieder mal ihren Arsch rettet, wie das ja sonst in den früheren Restrukturierungen der Bank auch immer der Fall war.«

»Was sind die nächsten Schritte?«, fragte Laura. Über die Gefahr dass sie ihren Job verlieren könnte, hatte sie noch gar nicht nachgedacht. Irgendwie schien es in diesem Jahr für sie vorbestimmt zu sein, dass sie immer etwas verlor: zuerst ihr Haus, dann ihre Sicherheit, die Freiheit ihres Mannes und jetzt, mal wieder, ihren Job. Vor einigen Tagen, es kam ihr allerdings wie Jahre vor, hatte sie schon einmal fast ihren Job verloren, als Thomas Fischer sie hatte rausschmeißen wollen, weil sie gemeinsam mit dem Betriebsrat zu sehr Stimmung gegen den Verkauf der Grundstücke gemacht hatte. *Der Betriebsrat,* dachte sie. Der würde jetzt wieder auf die Bühne treten. Und sicherlich auch dafür sorgen, dass die Kosten der Fusion möglichst *die da oben* trafen und möglichst wenige von den *normalen* Angestellten. Laura konnte das gut verstehen, aber musste es unbedingt sie treffen? Jahrelang war sie auch eine von den *Normalen* gewesen, jetzt, wo sie einmal die Luft des Berggipfels schnupperte, sollte sie dafür gleich gefeuert werden?

Fink atmete aus. Man sah, dass er seine Zigaretten vermisste. Am liebsten hätte er sicher das Gespräch wieder auf der Dachterrasse der Zentrale geführt, wo er in Ruhe reden und rauchen konnte. Aber es hatte jetzt tatsächlich zu regnen begonnen, und riesige Tropfen klatschten gegen die Scheiben.

»Täglich grüßt das Murmeltier«, sagte Fink. »Die nächsten Schritte sind, mal wieder Präsentationen für den Finanzminister zu pinseln, entweder eine Präsentation, die zeigt, dass die meisten Jobs in der BWG sehr wichtig sind und wir uns nicht auf einen Ausverkauf einlassen sollen, wenn es zur Fusion kommt, weil dann zu viele wichtige Talente von Bord gehen oder gehen müssen.«

»Und die zweite?«, fragte Linus.

»Die zweite Präsentation, und das wäre natürlich noch besser, wäre eine Präsentation, die zeigt, dass die BWG auch auf sich allein gestellt überleben kann.«

»Will das denn der Aufsichtsrat?«

»Der Aufsichtsrat will, was die Aktionäre wollen. Und die wollen die Fusion. Und dummerweise haben wir seit Kurzem einen sehr großen Aktionär, der sein Geld irgendwann auch wiedersehen will. Sonst wird in Berlin wieder die Platte von *Hier kommt Kurt, ohne Helm und ohne Gurt* aufgelegt.«

»Wilhelmi, ja, dem vorgeworfen wurde, er hätte den Banken, und gerade der chronisch defizitären BWG, schon bei der ersten Rettung Geld hinterhergeschmissen«, sagte Saskia. »Der deutsche Staat ist seit Kurzem leider auch Aktionär. Der würde sich freuen, wenn sein Investment bei der BWG eher so ausgeht wie nach Corona bei der Lufthansa. Und nicht wie bei der Commerzbank, wo die Sache komplett nach hinten losgegangen ist.«

»Die BWG auf sich allein gestellt«, murmelte Linus. »Hält das denn nach den jüngsten Skandalen irgendjemand für möglich?«

Fink schüttelte den Kopf. »Von denen, die hier was zu sagen haben, leider keiner.«

Laura musste das Thema loswerden, das ihr schon die

ganze Zeit unter den Nägeln brannte. »Was ist mit dieser Geschichte, dass die Rente auf null gehen kann, wenn alles schiefgeht?« Sie schaute Sina an. »Das, was du mir gestern geschickt hast. Was hat das alles damit zu tun? Und warum hören wir davon gar nichts mehr?«

»Da habe ich leider in der Mail eben schlechte Nachrichten bekommen«, sagte Fink. »Wir haben einen Maulkorb verpasst bekommen. Direkt vom Aufsichtsrat. Wir dürfen über das Thema überhaupt nicht mehr sprechen. Irgendeiner, der sehr viel Macht hat, will auf gar keinen Fall, dass irgendwas davon kommuniziert wird.«

»Sehr viel Macht«, wiederholte Laura. »Der Aufsichtsrat?«

»Der hat nur Macht, weil die Aktionäre ihm diese Macht geben.«

»Der Staat?«

»Der«, sagte Fink, »scheint die Tragweite noch gar nicht zu erfassen.«

»Wer dann?« In dem Moment fiel es Laura ein.

»Können es diese geheimnisvollen Investoren sein, die dreiunddreißig Prozent an der Bank halten? Von denen keiner weiß, wer das ist?«

»Ich wünschte, ich wüsste es«, sagte Fink.

KAPITEL 21

ZENTRALE DER BWG, FRANKFURT AM MAIN

Laura stand am Fenster eines großen und leeren Konferenzraumes und blickte auf den Frankfurter Bahnhof hinunter. Es wurde dunkel in der Stadt, unter ihr war ein Meer aus Lichtern und Farben, das sich bis zum Horizont erstreckte. Der Himmel war nach dem Regen wieder klar, und der Mond und einige Sterne waren schon zu sehen.

Unten auf dem Bahnhofsvorplatz bewegten sich die Menschenmassen, gingen zu ihren Zügen, die auf den Gleisen hin und her fuhren wie auf einer Modelleisenbahnanlage. Die Züge hinterließen Streifen aus Licht, die sich durch die Dunkelheit schlängelten. Es war Laura, als würde sie auf die Welt hinabblicken und all ihre Geheimnisse sehen können. Allerdings waren es nur die Geheimnisse, die sie schon kannte. Menschen fuhren Zug, liefen von A nach B, und weiter hinten, am Frankfurter Flughafen, stießen startende Flugzeuge in den Himmel und landende näherten sich dem Boden.

Sie rief Timo an.

»Na, wie ist es bei dir?«

»Ganz okay, habe ja noch frei«, sagte er.

»Irgendwas Neues?«

»Allerdings!«

Laura war kurz erschrocken. Wenn Timo mit großer Euphorie etwas Neues machte, konnte das schnell nach hinten losgehen. Die dreißigtausend Euro, die er beim Traden verzockt hatte, lagen Laura noch immer schwer im Magen.

»Ich habe mich für einen Online-Fitnesskurs angemeldet«, sagte Timo, »und mache jetzt immer meine Übungen, teilweise sogar schon morgens. Wenn die Arbeit wieder losgeht, dann wohl eher nachmittags, sonst wird das zu früh. Wir fangen ja immer schon um sieben Uhr an.«

Laura atmete innerlich auf. *Online-Fitnesskurs* klang erst einmal harmlos.

»Wie kommt es dazu?«, fragte Laura. »Sonst bin ich doch immer die, die dich motivieren muss, mal mitzulaufen oder mal eine Yogasession mitzumachen.«

»Tja, vielleicht hatte ich in der U-Haft Zeit, zu reflektieren. Vielleicht ging mir das ewige Sitzen dort mächtig auf den Geist.«

»Und wann machst du das?«

»Jeden Tag. Ist ein spezielles Programm, genau abgestimmt. Kostet auch nicht viel«, fügte er schnell hinzu, als hätte er auf diese Frage gewartet.

»Schon okay«, sagte Laura. »Und was ist das genau? Cardio, Ausdauer, Kraft?«

»Ja, genau so. Also von allem etwas, meine ich. Was ich mir aber auch angewöhnen will, ist, kalt zu duschen.«

»Nicht dein Ernst? Wobei die Regierung da begeistert wäre, die wollen ja, dass wir alle Energie sparen.«

»Für die Scheißregierung mache ich das mit Sicherheit nicht. Sondern für die Abwehrkräfte. Es geht los mit einer Minute, dann zwei Minuten, dann drei, und wenn ich das kann …«

»Dann bist du unbesiegbar?«

»Nein, dann kann ich auch Eisbäder nehmen.«

»Du kannst *was?*«, fragte Laura.

»Eisbäder nehmen. Das sind so Bäder mit ganz kaltem Wasser …«

»Das ist mir schon klar.« Manchmal fragte sie sich, für wie blöd Timo sie hielt. »Aber wo kannst du Eisbäder nehmen in Berlin? Gibt es da Orte in der Nähe?«

»Ja, bei uns im Garten zum Beispiel.«

»Du willst da ein Eisbad hinstellen?« Laura wusste, dass es keinen See in der Nähe gab. Daher war das wohl die einzige Alternative.

»Genau«, fuhr Timo begeistert fort. Laura hatte richtig getippt. »So einen Zuber, und da kommen dann Eiswürfel von der Tankstelle rein. Klappt wunderbar. Und gerade im Winter gut machbar.«

»Im Winter auch noch in einen Eiszuber?«, fragte Laura. »Brrrr!«

»Ist aber gut für die Abwehrkräfte.«

Laura wollte schon einwenden, dass so ein Zuber im Garten ja bescheuert aussieht, im Sommer nur die Mücken anzieht und das Wasser irgendwann faul wurde und ausgekippt werden musste. Doch diesmal wollte sie Timo den Wunsch sofort erfüllen.

»Kannst du mal recherchieren, wo es solche Zuber gibt? Dann kaufen wir einen am Wochenende, wenn ich wieder da bin. Wenn es der Gesundheit hilft …«

»Klar!«, rief Timo. Mit einem derart schnellen Einverständnis hatte Timo offensichtlich nicht gerechnet. »Das ist super, mache ich gern. Und wir fahren am Wochenende in den Baumarkt!«

»Ach ja«, fügte Timo hinzu, »den Eiszuber kannst du natürlich auch sehr gern nutzen!«

»Vielen Dank, aber derzeit brauche ich keine Eisbäder«, sagte Laura, »mein Job sorgt schon dafür, dass mir das Blut fast in den Adern gefriert.«

KAPITEL 22

BANKAPPARTEMENT DER BWG,
FRANKFURT AM MAIN

Nach einem wieder einmal recht langen Tag war Laura im Bankappartement angekommen. Timo hatte sich vorher noch einmal gemeldet und wissen wollen, was es Neues bei Lauras Projekt gab. Ebenso erzählte er stolz, dass er schon einen provisorischen Eisbadzuber hatte, Eiswürfel bei der Tankstelle gekauft und eben schon ein Eisbad genommen habe. *Unter Aufsicht eines Kumpels,* hatte er hinzugefügt, *denn allein soll man das nicht machen, falls der Kreislauf zusammenbricht.* Dann hatte er Laura gefragt, ob sie nicht auch bei einem Wim-Hof-Eisbad-Workshop in Berlin teilnehmen wollte. Laura hatte dankend abgelehnt, weil sie fand, dass sie erst mal dafür sorgen musste, dass sie ihren Job behielt und Timos neues Hobby bezahlen konnte. Aber sie wusste, dass sie davon nichts sagen durfte.

Und auch nicht wollte.

Als sie mit einem Seufzer ihren Rollkoffer und ihre Laptoptasche, in die sie kurzerhand ihre Handtasche verfrachtet hatte, in die Ecke stellte und sich aufs Bett warf, freute sie sich auf, wenn es gut lief, acht Stunden Schlaf.

Als ihr Handy klingelte, wusste sie, dass sie mit diesem Wunsch wohl falschgelegen hatte.

Sie schaute auf das Telefon. Eine anonyme Nummer.

Sie hatte keine Lust, zu telefonieren, und auf anonyme Nummern hatte sie erst recht keine Lust. Also wartete sie aus Höflichkeit, bis es viermal geklingelt hatte, und drückte den Anruf weg.

Sie wartete ein paar Sekunden, ob irgendetwas auf der Mailbox landen würde.

Der Anruf ging aber nicht auf die Voicemail, sondern das Telefon klingelte danach gleich noch einmal.

Wer wollte sie denn hier ärgern oder verarschen?, dachte sie und ging genervt ans Telefon. Vielleicht ihre Eltern, die von irgendeinem Uralt-Festnetztelefon anrufen, das keine Nummern sendet? Vielleicht war es ja wichtig.

»Jacobs.«

»Eisenstein«, sagte eine tiefe Stimme, »BKA in Wiesbaden. Ich komme gleich zur Sache: Haben Sie heute Abend schon was vor?«

»Wenn Sie so direkt fragen, ja: Ich hätte gern einen ruhigen Feierabend und bin immer etwas irritiert, wenn mich Leute auf einer anonymen Nummer anrufen.« Sie machte eine Pause. »BKA, sagen Sie?«

»BKA, genau«, sagte die Stimme, die zu Eisenstein gehörte, »Bundeskriminalamt.«

»Haben Sie etwas mit Linus zu tun? Ich meine, mit Herrn Haller?«

»Und ob ich das habe. Ich bin sein Chef.«

»Chef seiner Abteilung?«

Es war eine kurze Stille in der Leitung. »Chef des gesamten BKA.«

Das wurde ja immer prominenter, dachte Laura. Als Nächstes würden wahrscheinlich der amerikanische Präsident oder der Papst bei ihr anrufen. Schnell hatte Laura ihre alte Schlagfertigkeit zurück. »Verzeihen Sie, das wusste ich nicht. Was verschafft mir die Ehre Ihres Anrufs? Und was verschafft mir die Gewissheit, dass Sie wirklich der Chef des

BKA sind? Sie rufen hier mit einer anonymen Nummer an. Genau genommen könnten Sie jedermann sein.«

»Wenn Sie meine Stimme kennen würden, nicht.«

»Die kenne ich aber nun einmal nicht.«

»Sie könnten sich Interviews mit mir bei YouTube anschauen, aber wir wollen es kurz machen: Erst einmal wollte ich Sie nicht telefonisch überfallen. Dennoch war der Anruf notwendig, denn es würde uns beiden sehr helfen, wenn wir uns, wie gesagt, heute Abend treffen könnten.«

»Okay!« Laura merkte, dass Eisenstein ihre Neugierde geweckt hatte. »Wo genau soll das Treffen sein?«

»Da, wo uns keiner hören kann. Beim BKA. Das ist nicht allzu weit weg.«

»In Wiesbaden?«, fragte sie.

»Auf dem Neroberg, ganz genau.«

»Wie komme ich da hin? Ich habe hier kein Auto, und nach einem langsamen und dauerverspäteten Regionalexpress voller Besoffener steht mir gar nicht der Sinn.«

»Das verstehe ich sehr gut. Wie wäre es mit Sixt? Direkt unterhalb Ihres Bankappartements gibt es Leihwagen. Die haben auch jetzt noch auf.« Er hielt kurz inne. »Sie können die Kosten gern bei mir einreichen. Oder Sie kriegen das Geld gleich in bar nach unserem Treffen. Daran soll es nicht scheitern.«

Sie war, dachte Laura, mittlerweile wirklich ein Profi beim Einreichen von irgendwelchen Spesen geworden. Dass jetzt aber sogar das BKA ihre Sixt-Rechnung bezahlen wollte, war allerdings etwas Neues.

»Ich denke, ich werde klarkommen, komme aber gern darauf zurück«, sagte Laura. »Wie lange sind Sie heute Abend da, auf dem, wie hieß das noch …?«

»Neroberg.«

»Genau da.«

»So lange, wie es nötig ist. Aber wenn wir es irgendwann heute Abend noch schaffen, käme mir das sehr gelegen«, sagte Eisenstein.

Laura schaute aus dem Fenster. Unten war tatsächlich eine Sixt-Station, die ihr vorher gar nicht aufgefallen war. Das charakteristische orangefarbene Licht schien in die Nacht. »Woher weiß ich, dass das keine Falle ist?«

»Sie meinen, auf dem Neroberg wartet eine Falle?«

»Ich habe schon einiges erlebt.«

»Das weiß ich. Und genau deswegen will ich mit Ihnen sprechen. Aber was soll passieren: Wenn irgendwelche Gauner Sie irgendwo hinlotsen wollen, meinen Sie, das wird dann genau das Zentrum der deutschen Polizei sein? Und wenn wir, das BKA, Sie gegen Ihren Willen irgendwo haben wollen, glauben Sie mir, das kriegen wir auch ohne Telefonstreiche hin.«

»Da haben Sie wohl recht.«

»Dann gehe ich davon aus, dass wir uns in circa einer Stunde sehen.«

»Woher wissen Sie so genau, dass ich auch wirklich komme?«

»Ich vertraue Ihrer Neugier, Frau Jacobs«, sagte Eisenstein. »Jedenfalls vertraue ich Ihrer Neugier mehr, als Sie derzeit noch mir vertrauen. Aber das wird sich nach dem Gespräch ändern. Bis nachher.«

Damit endete die Verbindung.

Laura warf ihr Sakko über und steckte Portemonnaie und Handy ein. Im Navi würde sie Wiesbaden und den Neroberg eingeben. Wo genau sie dann klingeln musste, wusste sie nicht. Und zurückrufen konnte sie Eisenstein auf der anonymen Nummer auch nicht.

Was für eine beknackte Aktion, wo du doch eigentlich einen ruhigen Abend haben wolltest, sagte ein Teil von ihrem Gehirn. Und ein anderer Teil war sich sicher, dass sich dieses Gespräch mehr als lohnen würde.

KAPITEL 23

AUF DEM WEG ZUM
BUNDESKRIMINALAMT, WIESBADEN

Die Nacht war endgültig hereingebrochen, und der sogenannte Neroberg, das Hauptquartier des BKA, des Bundeskriminalamtes, erhob sich am Horizont, als Laura den Leihwagen Richtung Eingangsschranke steuerte.

In ihrem Kopf hakte die Erinnerung fest. An den großen Mann, den sie hinter einer Säule des nahe gelegenen Japan Tower in Frankfurt gesehen hatte. Groß, kaum Haare auf dem Kopf, die Augen waren nicht zu sehen. Sie hatte noch einmal hingeschaut, und da war der Mann verschwunden.

War er wirklich da gewesen? Oder wurde sie langsam paranoid? Es war die Frage, die sich Menschen, die Dinge sahen, die andere nicht sahen, immer fragten: *Bin ich verrückt? Oder sind es alle anderen?* Beide Aussichten waren nicht angenehm.

Die Gebäude des BKA kauerten gedrungen auf dem Berg wie eine Festung aus Stahlbeton und Glas. Eigentlich sollte der Großteil des BKA schon längst nach Berlin umgezogen sein, denn schon seit 2004 hatte es unter dem damaligen Innenminister Otto Schily Überlegungen gegeben, große Teile der sicherheitspolitischen Aufgaben in Berlin zu bündeln. Doch bisher war noch immer der größte Teil des BKA in Wiesbaden auf dem Neroberg, und der Umzug zog sich ungefähr so lange hin wie die Fertigstellung des neuen Berliner Flughafens. Einzig das Terrorabwehrzentrum war mittlerweile vollständig in Berlin angesiedelt.

Das Bundeskriminalamt (BKA) hatte seinen Hauptsitz auf dem Neroberg in Wiesbaden, eine, wie Laura gehört hatte, malerische Stadt in Hessen. Neben dem Sitz des BKA war der Neroberg ein beliebter Ort für Einheimische und Touristen und bot einen atemberaubenden Blick über Wiesbaden und die umliegende Landschaft. Genau das Richtige, dachte Laura, für Menschen, die gern den Überblick hatten.

Laura hatte sich, während sie bei Sixt in der Schlange gewartet hatte, kurz über das BKA auf ihrem Smartphone eingelesen. Der Neroberg als Standort des BKA war nicht zufällig gewählt worden. Die erhöhte Lage des Hügels ermöglichte eine gute Übersicht über die umliegende Region, was für die Überwachung und Analyse von Kriminalitätsmustern von Vorteil war. Gleichzeitig bot der Neroberg eine ruhige und abgeschiedene Umgebung, die den Ermittlern die Möglichkeit gab, konzentriert und ungestört an ihren Aufgaben zu arbeiten. Man war, dachte Laura, nahe genug dran, aber weit genug weg.

Sie fuhr an das Gebäude heran, ein modernes und imposantes Bauwerk, das sich harmonisch in die Umgebung einfügte. Die Architektur des Gebäudes kombinierte moderne Elemente mit traditionellen Stilelementen und verlieh dem Hauptsitz der Polizei eine einzigartige Ästhetik. Die Fassade war aus Glas und Stahl, doch was hinter den Mauern geschah, entzog sich dem Blick des normalen Bürgers.

Sie hielt an der Schranke, an der ihr aus einem Pförtnerhäuschen ein missmutiger Beamter entgegenblickte.

»Ja, bitte?«

»Jacobs, Laura Jacobs, ich habe einen Termin mit Herrn Eisenstein.«

Die Schranke ging sofort hoch.

»Fahren Sie rein und parken Sie an der Bucht 2. Sie werden erwartet.«

KAPITEL 24

BUNDESKRIMINALAMT,
NEROBERG, WIESBADEN

Ein Beamter des BKA hatte Lauras Ausweis geprüft und mit ihrem Gesicht abgeglichen, eine ähnliche Prozedur wie an Flughäfen. Sie durchquerten mehrere Korridore und gingen eiligen Schrittes durch den gläsernen Verbindungsgang, der zwei Gebäudekomplexe miteinander verband und den man BKA-intern »Beamtenlaufbahn« nannte.

Schließlich waren sie im vierten Stock angekommen. Laura überlegt kurz, ob sie von dem unheimlichen Typen erzählen sollte, den sie öfter gesehen hatte und der sie an Silence erinnerte. Das Vorzimmer des Büros war schon dunkel, dahinter schien Licht durch den Türspalt. Der Beamte klopfte an die Tür.

»Herr Eisenstein«, sagte er, »Ihr Besuch ist da.«

»Herein mit ihr«, sagte die Stimme von drinnen. Es war dieselbe Stimme, die Laura angerufen hatte.

»Endlich treffen wir uns mal«, sagte Eisenstein und erhob sich. Er strich sich flüchtig über die kurzen, grauen Haare. Mittelgroß und drahtig sah er aus, wie viele, die vor Jahren aktiv im Dienst waren. Man sah ihm an, dass er früher, als er körperlich aktiver war, noch besser in Form gewesen war. Laura hatte gelesen, dass er vor vielen Jahren zusammen mit der GSG 9 Übungsmanöver mit der israelischen Armee in der Negev-Wüste geleitet hatte.

Der Beamte im Hintergrund zog sich zurück.

»Setzen Sie sich«, sagte Eisenstein und wies auf einen der zwei Stühle direkt vor seinem Schreibtisch.

»Zunächst einmal möchte ich mich bei Ihnen bedanken, dass sie es geschafft haben, so kurzfristig hierherzukommen. Ich hoffe, Sie verzeihen den Überfall.«

»Na ja, vom Chef des BKA höchstpersönlich wird man nicht jeden Tag eingeladen. Waren Sie in die ganzen Angelegenheiten bisher involviert?«

»Ich habe einiges erfahren, ja.«

»Darf ich Ihnen zu Beginn eine Frage stellen?«, fragte Laura.

»Gerne, wenn Sie schon mal hier sind.«

»Sie haben sicher von Ehringers Tod gehört. Er war Leiter der BWG-Filiale in Liechtenstein.«

»Ja, es war unklar, ob das ein Suizid war oder ob jemand nachgeholfen hat.«

»Ganz genau. Wie kommt es, dass Ehringer nicht obduziert wurde? Ich weiß, die Jurisdiktion war in Liechtenstein, aber über Interpol hätten wir doch immerhin eine Obduktion hinbekommen können?«

Eisenstein nickte. »Unter uns gesprochen, das ist eine Sache, die mich sehr ärgert und die so nicht hätte laufen sollen. Irgendjemand hat mit ziemlich viel Einfluss versucht, die Obduktion zu unterbinden und Ehringer so schnell wie möglich ins Krematorium zu bringen. Denn eigentlich hätte eine Obduktion stattfinden sollen. Als aber das Fax dazu einging, war Ehringer schon seit zwei Stunden kremiert.«

»In Liechtenstein wird also auch noch mit Faxen gearbeitet?«

»Offenbar. Wir wissen leider selbst noch nicht, wer da so erfolgreich die Obduktion verhindert hat.«

»Irgendjemand von außen?«

Eisenstein zuckte die Schultern. »Wie heißt es so schön bei *Der Pate: Halte deine Freunde nahe bei dir, aber deine Feinde noch näher.*«

»Das heißt, es könnte jemand sein, der relativ nah an uns dran ist?«, sagte Laura.

»Wir kommen später dazu«, sagte Eisenstein. »Aber ich habe das Gefühl, dass es jemanden im Team gibt, der nicht ganz sauber spielt und der nicht die Interessen der Bank, sondern die von anderen vertritt.«

»Sie haben ein *Gefühl?*«, fragte Laura. »Also keine Beweise?«

Eisenstein lächelte kurz. »Ich weiß, das ist nicht das, was man von Ermittlern erwartet. Beim FBI sagt man immer: *Never assume. Stelle nie Vermutungen an. If you assume, you make an ASS of U and ME.* Lässt sich schwer übersetzen.«

»Verstehe ich auch so. Man macht einen Esel aus sich selbst und anderen. Und wer ist diese Person? Beziehungsweise, wer will schon der Esel sein?« Sie lehnte sich zurück. »Jemand im Team oder ganz oben?«

»Eher weit oben, aber nicht im Aufsichtsrat. Verzeihen Sie, aber das ist, wie gesagt, nur eine Mutmaßung von mir, ich habe noch nicht genügend Beweise dafür, aber es gibt unterschiedliche Interessen, die wir beachten müssen, und einige Ziele einiger Beteiligter liegen weder im Interesse der Bank noch im Interesse Deutschlands. Auch wenn ich zugeben muss, dass Deutschland nicht immer weiß, was eigentlich seine Ziele sind.«

In Lauras Kopf ratterte es. *Irgendjemand an der Spitze, der nicht ganz sauber spielt … Wer konnte das sein?*

Eisenstein legte die Hände auf die Tischplatte. »Dazu

später mehr. Ich freue mich, dass Ihnen Gridshark geholfen hat.«

»Gridshark?«

»Ja, unser Lokalisierungstool. Damit konnten sie gemeinsam mit den Ermittlern feststellen, dass nicht Ihr Mann Timo, sondern Juliane und Robert Westermann hinter dem Mordversuch an Heinrich Hortinger standen. Gridshark kommt vom BKA, oder glauben Sie, so etwas wird einfach regional eingesetzt, und noch dazu, ohne dass ich mein Okay dazu gebe?«

»Mordversuch ist gut«, sagte Laura. »Hortinger ist tot. Ich war heute Morgen noch auf seiner Beerdigung.«

»Ja, hatte ich auch in der *FAZ* gelesen, dass die Bestattung heute stattfinden sollte«, sagte Eisenstein. »Konnten Sie etwas beobachten?«

»Seine Frau Dora wirkte nicht allzu traurig«, sagte Laura. »Immerhin hinterlässt er keine Kinder; ich glaube, für Kinder ist der Verlust des Vaters noch schwerer zu ertragen, auch wenn sie ihn, wie es sicher bei Hortinger der Fall war, so gut wie nie sehen.«

Sie sah Eisenstein an, dass er die Worte für den nächsten Satz in seinem Kopf sortierte, bevor er weitersprach: »Vor allem wenn gewisse Leute eine gewisse Beziehung zu Kindern haben, wie sie andere, sagen wir mal, nicht haben.«

»Wen meinen Sie damit?«

»Hortinger.«

»Und was heißt *Beziehung zu Kindern, die andere nicht haben.* Das soll doch nicht etwa heißen …?«

Eisenstein nickte. »Doch, genau das soll es heißen. Nach heutigem Stand war Heinrich Hortinger sehr an jungen Damen interessiert, teilweise sogar an sehr jungen Damen.«

Ein Abgrund des Grauens baute sich vor Laura auf. »Das ist ja eine ähnliche Story wie bei Jeffrey Epstein.«

Laura dachte an das, was Sophie ihr erzählt hatte, vom LKA 1, die genau solche Menschen jagten. Das LKA 1 war zuständig für Delikte am Menschen. Zweihundertsechzig Beamte, die nichts anderes machten, als den schlimmsten Abschaum der Gesellschaft zu jagen. Und die, wenn selbst sie nicht mehr weiterwussten, die Mordkommission 113 anriefen.

»Ja, und beide Storys sind wahr. Auf diese Weise ist Hortinger erpressbar geworden.«

»Ich bin ab jetzt nicht mehr erpressbar«, sagte Laura, »das sagte er während unserer letzten Unterredung, als wir uns in der Hotelsuite gesehen haben, kurz bevor das Mittel bei ihm gewirkt hat.«

»Interessant. Vielleicht hat er geahnt, dass es mit ihm zu Ende geht? Fakt ist aber, dass er tatsächlich auf junge und auch auf minderjährige Mädchen stand.«

Eisenstein beugte sich nach vorn: »Wissen Sie, was ein Honeypot ist?«

»Ein Honigtopf? War das nicht damals beim KGB eine Falle, in die man ausländische Agenten oder Wirtschaftsvertreter gelockt hat? Wo kompromittierende Fotos mit Frauen gemacht wurden? Meist kam es dann zu Sex, der aufgezeichnet oder gefilmt wurde, und das Ganze wurde gegen diese Leute verwendet, um sie fester in der Hand zu haben.«

»Ihre Definition könnte fast aus dem Lehrbuch kommen, Frau Jacobs. Nur das Wort *war* ist nicht korrekt. Totalitäre Systeme sind sehr gut darin, die Stasi hat die Methode ebenfalls angewendet, und in Russland und China funktioniert das heute nach wie vor. Und genauso in vielen anderen Ländern sicherlich auch.«

Er lehnte sich zurück. »Wenn man so etwas über sein Gegenüber weiß, kann man diese kompromittierenden Informationen natürlich hervorragend verwenden, um auf diese Person Druck auszuüben, indem man damit droht, ebendieses kompromittierende Material öffentlich zu machen.«

»Und da gibt es, äh … Material zu Hortinger?«

Eisenstein nickte.

»Und ob es das gibt.«

»Hier beim BKA?«

»Wo sonst?«, fragte Eisenstein. »Bei der Lebensmittelaufsicht wohl kaum.«

»Okay, das war eine blöde Frage. Aber was genau ist passiert ?«

Eisenstein machte eine Geste, bei der er die Fingerspitzen der rechten Hand gegen die Handfläche der linken stieß. Im Filmgeschäft das Zeichen für »Schnitt« oder »Stopp«.

»Bevor wir weiterreden, Frau Jacobs«, sagte Eisenstein, und seine Stimme wurde noch tiefer, »muss Ihnen klar sein, dass diese Information diesen Raum nie verlässt. Ich selbst bin in meiner Position verpflichtet, gewisse Informationen mit gewissen Leuten zu teilen, aber von Ihnen wird niemand etwas von diesem Gespräch erfahren. Und von dem, was Sie jetzt sehen, schon gar nicht? Haben wir uns verstanden?«

Laura nickte.

»Niemand heißt niemand. Auch nicht Ihr Mann. Und natürlich niemand im Team der BWG!«

»Von mir wird niemand etwas erfahren«, sagte Laura. Und wunderte sich, warum auch Eisenstein dem Bankenteam gegenüber so skeptisch war.

In dem Moment öffnete er die Schublade und holte ein Smartphone daraus hervor.

»Ein iPhone 16 plus max«, sagte er. »Neuestes Modell.« Es schimmerte golden. »Wissen Sie, wem dieses Smartphone gehört oder besser gehörte?«

»Keine Ahnung. Hortinger?« Sie hatte Hortinger allerdings nie mit einem Smartphone gesehen. In der Bank tuschelte man, dass er zwar immer das neueste und teuerste Modell hatte, es aber eigentlich nur zum Telefonieren nutzte. E-Mails ließ er lesen und schreiben, und die wichtigsten Mails ließ er sich ausdrucken.

»Nein«, sagte Eisenstein. »Es gehörte Thomas Fischer, Ihrem ehemaligen Regionalvorstand.« Er lehnte sich zurück, und seine Stimme wurde tiefer. »Und nun passen Sie auf: Er hatte dieses Smartphone vor sich liegen, als er sich im Gefängnis eine Kugel durch den Kopf jagte.«

KAPITEL 25

BUNDESKRIMINALAMT,
NEROBERG, WIESBADEN

Laura stand der Mund offen.

»Die Blutspritzer darauf haben wir entfernt«, sagte Eisenstein. »Kein Scherz.«

»Hat nicht die Polizei genau dieses Smartphone untersucht?«, fragte Laura. »Den Informationen zufolge waren die Bilder seiner Frau und seiner Tochter darauf.«

»Ja. Die haben nicht genau genug hingeschaut«, sagte Eisenstein, »sind halt Polizisten, keine Hardware-Experten. Wir haben Trautmann, den Sie ja auch schon kennengelernt haben, darauf angesetzt, und er hat noch ein Video gefunden. Dieses Video kam kurz vor dem Suizid von Fischer auf das Handy.«

»Hat man ihm im Knast ein Video zugeschickt?«, fragte Laura. »Ich dachte, da gibt es überhaupt kein WLAN, und die SIM-Card war auch draußen.«

»Gibt es nicht, und die SIM-Card war nicht drin, aber es gibt AirDrop. Fischer ist vor seinem Suizid besucht worden. Wie einige sagten, von einem etwas unheimlichen großen Mann mit gefälschten Papieren.«

»Der Typ, der für Stille sorgt?«, fragte Laura. Sie hatte diesen Mann nie gesehen, aber allein sein Name sorgte für Angst.

»Sie kennen ihn?«

»Zum Glück nicht. Aber eine ähnliche Person hat Gerhard Althaus, den früheren Regionalleiter, im Gefängnis besucht und dann dafür gesorgt, dass er einen Herzinfarkt bekam und starb.«

»Der Typ, der für Stille sorgt«, wiederholte Eisenstein. »*Silence,* so wird er genannt. Wir suchen ihn seit Monaten, finden ihn aber nicht, vor allem weil er wohl auch die Möglichkeit hat, mit ziemlich guten biosynthetischen Masken herumzulaufen, sodass er nicht sofort überall auffällt. Leute mit so einem Gesicht gibt es selten, Leute, die so groß sind, gibt es öfter.«

»Und der war bei Fischer?«

»Wir gehen mit fast hundertprozentiger Wahrscheinlichkeit davon aus und vermuten, dass er Fischer per AirDrop ein Video überspielt hat.«

»Ist das auf seinem Handy?«

Eisenstein nickte. »Wollen Sie es sehen?«

»Ich weiß nicht«, sagte Laura. Sie wusste es wirklich nicht. »Was ist es denn genau? Ist es etwas Brutales, Blutiges?«

»Brutal schon, aber nicht blutig. Es ist eher unfassbar traurig. Soll ich?«

Laura nickte.

Eisenstein öffnete eine Datei und spielte den Film ab. In dem Video war ein junges blondes Mädchen zu sehen, etwa vierzehn Jahre alt. Laura spürte einen Stich in ihrem Magen, als sie sah, dass einiges an ihr sie an Fischer erinnerte. Das Kinn und die Nase. Erst sah es aus, als wäre es ein Influencer-Video von Instagram, aber dann war klar, dass diese junge Frau eine Nachricht hinterließ, und je länger sie sprach, desto klarer wurde Laura, dass dies die letzte Nachricht dieser Frau überhaupt war.

»*Ich bin Nadine Fischer, vierzehn Jahre alt*«, sagte die Frau in dem Video. »*Ich bin von Heinrich Hortinger, dem obersten Chef meines Vaters, missbraucht worden. Ich habe versucht, damit klarzukommen, da es meinem Vater schaden würde, wenn die Sache ans Licht kommt. Doch jetzt halte ich es nicht mehr aus. Ich kann …*«, das Mädchen weinte, »*… mit niemandem darüber sprechen, weil ich dann auch darüber sprechen müsste, wer es gewesen ist. Ich fühle mich befleckt und beschmutzt und weiß, dass ich nie wieder glücklich werden kann.*« Sie schluckte. »*Irgendein Philosoph hat mal gesagt, dass man dann sterben will, wenn die Angst vor dem Leben größer ist als die Angst vor dem Tod. Ich werde darum nun eine Packung Schlaftabletten nehmen und für immer einschlafen. Ich weiß nicht, warum es mich treffen musste, und ich werde es nie verstehen. Ich liebe euch alle, besonders meine Eltern, und ich hoffe, euer Schmerz wird nicht allzu groß sein. Aber er ist sicherlich geringer als der Schmerz, den ich erleide, wenn ich weiterlebe. Lebt wohl!*«

Laura hatte Tränen in den Augen, als der Bildschirm schwarz wurde.

»Das war Fischers Tochter?«, fragte sie.

Eisenstein nickte.

»Und sie ist wirklich tot?«, fragte sie.

»Ist sie.«

»Woher wissen Sie das so genau, und wo ist die Leiche?«

»Sie war auf einer Eliteschule oder einem Internat oder was immer in London. Die Kollegen wissen das genauer. Ich weiß nur, dass die Leiche dort gefunden und im Auftrag von Scotland Yard obduziert wurde. Wir haben die Berichte der Obduktion des Guy's Hospital in London, ist aber alles höchste Geheimhaltungsstufe. Unter anderem auch deswegen, weil diese Story natürlich das Potenzial hat, die Bankaktie richtig in den Abgrund zu schicken.«

Laura war während ihrer Zeit in Oxford auch einmal im

Gordon House des Guy's Hospital gewesen. Dort waren, ähnlich wie im Medizinhistorischen Museum in Berlin, allerlei Kuriositäten ausgestellt – einäugige Babys, Menschen mit zusammengewachsenen Beinen und andere Dinge.

Laura sah bereits die Pressemitteilung vor ihren Augen: *Bankvorstand missbraucht Tochter von Regionalvorstand – wann hört das Chaos bei der BWG auf?* Dass sowohl Bankvorstand als auch Regionalvorstand tot waren, hätte gar nicht mehr in diese Headline gepasst.

»Deswegen haben wir nichts davon erfahren?«, fragte Laura.

»Wir selbst haben erst recht spät herausgefunden«, sagte Eisenstein, »dass Fischer dieses Video kurz vor seinem Tod vorgespielt wurde.«

»Dann hat dieser Silence Fischer noch einmal das Video gezeigt, um ihn endgültig zu, ähm, motivieren, den Schritt zu machen? Und das zu tun, was seine Tochter getan hat, nämlich sich das Leben zu nehmen?«

Laura versuchte, die Gedanken in ihrem Kopf zu ordnen.

»Wussten diese Typen«, fragte sie weiter, »die das alles geplant haben, dass sie gerade Fischers Tochter an Hortinger, wie nenne ich das ...« Sie hatte kurz das Wort *verfüttern* im Kopf, verwarf es dann aber wieder.

»... dass sie ihm Fischers Tochter zuführen?«, ergänzte Eisenstein und nahm ihr die Wortfindung ab. »Ob sie das wussten? Dass der Vorstandschef die Tochter seines neuen Regionalvorstands bekommt? Tja, wenn sie dumm waren, wussten sie es nicht. Wenn sie so perfide und damit schlau waren, wie wir sie einschätzen, wussten sie das vielleicht sehr genau.«

Laura schüttelte den Kopf. Was für eine unglaublich furchtbare Story!

Am Ende war sie erleichtert gewesen, dass Fischer tot war, schließlich hatte er sie erst feuern und dann umbringen wollen. Aber das, was seiner Tochter passiert war, hatte niemand verdient. Und so etwas im Gefängnis noch einmal vorgespielt zu bekommen hatte auch kein Vater verdient, selbst wenn er sicherlich ein Vater war, der seine Tochter eher mit Geld als mit väterlicher Zeit beschenkte.

Sie dachte zurück an das Gespräch mit Hortinger in der Hotelsuite. Jetzt fiel es ihr ein.

»Da war etwas, was er mir gesagt hat«, sagte sie. »Ich erinnere mich noch daran, denn es war genau in dem Moment, als auch mir langsam dunkel vor Augen wurde, weil ich ein wenig von dem Wein getrunken hatte. Allerdings längst nicht so viel wie Hortinger.«

»Solche Erinnerungen sind oft präsenter als andere«, sagte Eisenstein, »was war es?«

»Er sagte wörtlich: *Da war noch etwas, etwas Schlimmeres. Etwas viel Schlimmeres.*«

»Und dann?«

»Und dann ist er in sich zusammengesunken. Tot, wie sich am Ende herausstellte.«

Laura blickte nach draußen und sah die Tannenwälder jenseits des Neroberges. Am Himmel schien der Halbmond, und einige Wolkenfetzen zogen über den Nachthimmel.

»Dieser Missbrauch von Fischers Tochter«, sagte Laura. »Wo ist das geschehen?«

»Höchstwahrscheinlich in London, das war weit genug, und die Drahtzieher gingen davon aus, dass Nadine Fischer das erst mal für sich behält.«

»Wenn sie wusste«, folgerte Laura, »dass es ihrem Vater sehr schaden würde, wenn sie erzählt, was ihr angetan wurde, dann muss sie gewusst haben, dass es Hortinger war.«

»Ich bin sicher, sie kannte ihn«, sagte Eisenstein. »Fischer war ja einer der Hoffnungsträger der Bank, und vielleicht haben sie sich auch einmal privat gesehen.«

»Und dann missbraucht Hortinger die Tochter von Fischer, die er kennt?«

Eisenstein kniff die Augen zusammen. »Wohl eher nicht. Es kann aber sehr gut sein, dass beide unter Drogen gesetzt worden sind. Wohl auch, damit besonders Hortinger nicht mitbekommt, dass eine Kamera läuft.«

»Sie meinen, der, äh, Akt wurde aufgezeichnet?«

»Wenn er damit erpresst werden soll, ganz bestimmt.«

»Wie kam dieser Silence an das Video? Das von Nadine und ihren letzten Worten.«

»Nadine hat diese Nachricht an einige Kontakte geschickt, unter anderem auch ihren Vater per WhatsApp. Das konnte er im Gefängnis aber natürlich nicht mehr empfangen, weil er keine SIM-Card mehr hatte, hatten wir ja drüber gesprochen. Ich gehe davon aus, Silence und die anderen sind an Fischers WhatsApp-Account gekommen und haben Fischer dieses Video dann per AirDrop zugespielt.«

Laura dachte wieder an das letzte Gespräch mit Hortinger. »Mir gehen seine letzten Worte nicht aus dem Kopf«, sagte sie. »*Etwas Schlimmeres, etwas viel Schlimmeres,* das hatte er gesagt, so als wollte er mir irgendwas beichten.«

»Vielleicht wollte er das. Vielleicht hat er seine pädophile Neigung einfach hingenommen, aber als ihm klar wurde, dass es sich bei der Frau um Nadine Fischer gehandelt hat, kam er mit dieser Schuld womöglich nicht mehr klar.«

Laura lehnte sich zurück und atmete aus. »Was machen wir jetzt mit diesen Informationen?«

»Wir nehmen erst einmal zur Kenntnis«, sagte Eisenstein, »dass die Überraschungen noch längst nicht vorbei sind und dass immer noch ziemlich große Player im Hintergrund die Fäden ziehen. Die Frage ist allerdings, was Sie, Laura Jacobs, damit machen.«

»Ich?«, fragte Laura. »Was soll ich damit machen?«

»Sie haben die Möglichkeit, mehr herauszubekommen als wir alle.«

»Und wie soll das gehen?«

»Erst einmal, indem Sie sich meine Idee anhören. Wollen Sie?«

Laura zuckte die Schultern. »Ich bin ja nun mal hier, und es bleibt mir wohl nichts anderes übrig.«

Eisenstein nickte.

»Da haben Sie gar nicht unrecht.«

KAPITEL 26

BUNDESKRIMINALAMT,
NEROBERG, WIESBADEN

Soweit ich weiß«, sagte Eisenstein, »ist ja eine Fusion geplant, und zwar zwischen der BWG und der französischen BCI.«

»Sie sind gut unterrichtet«, sagte Laura, »aber mittlerweile schreiben sogar die Zeitungen darüber.«

»Fast richtig. Sie schreiben, es gibt Fusionsgerüchte, und nennen einige Kandidaten. Die BCI ist eine davon, aber ich gehe davon aus, dass die Gespräche bereits dermaßen fortgeschritten sind, dass es zu einer Fusion mit dieser Bank kommt. Oder einer Übernahme der BWG durch die BCI. Fusion klingt natürlich gerechter.« Er lächelte kurz.

»Dann wissen Sie tatsächlich mehr als ich. Uns wurde lediglich gesagt, dass die Wahrscheinlichkeit hoch ist, dass es zur Fusion kommt, und selbst das ist streng geheim, und wir alle haben einen Maulkorb bekommen.« Sie dachte an die geplante Namibia-Leadership-Reise, die sich allerdings so anhörte, als wäre die Fusion bereits beschlossene Sache.

»Tja, einer unserer Vorteile beim BKA ist, dass wir auch Informationen von Leuten bekommen, die eigentlich einen Maulkorb haben und dann vergessen, dass sie einen haben. Die fangen auf einmal an zu bellen, wenn auch nicht zu beißen.« Eisenstein lächelte noch einmal.

»Okay, und was genau hat das jetzt mit mir zu tun?«

»Wegen der Fusion wird es gerade bei der BWG Stellenstreichungen geben. Besonders in der Zentrale, weil die Zentrale ohnehin im Ruf steht, dass dort nur hoch bezahlte Leute arbeiten, die nichts mit dem Kunden zu tun haben und nur Strategien erfinden, die am Ende sowieso nicht funktionieren. Das ist ja, man muss es so klar sagen, das Problem der BWG in den letzten Jahren gewesen.«

»Da haben Sie leider recht.«

»Und damit sind wir bei Ihnen«, sagte Eisenstein. »Sie, Laura Jacobs, könnten eine der Personen sein, die aus der Bank fliegen, weil Sie derzeit eben in der Zentrale und nicht in der Filiale arbeiten.«

»Interessant, genau die Diskussion hatten wir heute auch gehabt, und mir wurde gesagt, ich müsse mir keine Sorgen machen.«

»Müssen Sie wahrscheinlich nicht, trotz allem ist das ein Szenario, das wir sehr gut nutzen können. Für Sie würde sich gar nicht allzu viel ändern.«

»Wenn ich rausfliege, ändert sich sehr viel für mich!«, widersprach Laura.

»Nicht wirklich. Das Einzige, was sich daran nicht ändert, ist: Sie bleiben Bankerin.«

»Wenn ich Bankerin bleibe, dann ändert sich doch tatsächlich überhaupt nichts.«

»Es ändert sich schon was. Die Bankerin ändert sich nicht, aber die Bank ändert sich.«

»Moment, ich soll zu einer anderen Bank?« Sie versuchte, Eisensteins Gesicht zu lesen. »Zur BCI?«

KAPITEL 27

BUNDESKRIMINALAMT,
NEROBERG, WIESBADEN

Zur BCI, genau! Das bietet sich geradezu an. Die Story für die BCI ist, dass Sie, Laura Jacobs, bei den Stellenstreichungen leider unter die Räder kamen. Ihre eigene Story ist, dass Sie alle Prozesse der BWG sehr gut kennen. Das ist für die BCI zu hundert Prozent interessant.«

»Und dann komme ich einfach so aus der BWG raus?«

»Die Sprachregelung ist, dass Sie dort freigesetzt worden sind. Sie haben in den Verhandlungen gesagt, dass Sie sofort woanders arbeiten wollen. Normalerweise gibt es dann natürlich immer diese ganzen Non-Compete Agreements und Wettbewerbsklauseln, wenn mich da meine Kollegen aus der Wirtschaftskriminalität und dem White-Collar Crime richtig beraten haben. Aber das könnten wir aushebeln, indem wir sagen, dass die BCI eigentlich kein Konkurrent mehr ist, weil sie ja bald ein Teil der BWG sein wird.«

»Wohl eher die BWG ein Teil der BCI«, sagte Laura.

»Auch gut.«

»Das ist also meine Story?« Ganz überzeugt war Laura noch nicht.

»Ihre Story ist, dass Sie die Kündigung zwar verstehen, weil sie aus politischen Gründen erfolgt, sie aber weiterhin gern als Bankerin arbeiten wollen, und zwar dort, wo Sie am meisten Mehrwert stiften können, bei der BCI. Was Sie mitbringen, ist extrem viel Erfahrung im Steuern von komplexen Projekten und natürlich einen Haufen Informationen über die BWG. Ich gehe davon aus, dass die Geschäftsleitung der BCI sehr interessiert sein wird.«

»Dafür muss ich dann doch erst mal bei der BWG gekündigt werden?« Laura gefiel die Sache mit der Kündigung überhaupt nicht.

»Für die BCI auf der Tonspur ja. In Wirklichkeit nicht.«

»Was soll das heißen?«, fragte Laura. »Ich bleibe bei der BWG und arbeite undercover bei der BCI?«

»Richtig«, sagte Eisenstein, »wenn Sie so wollen, eine Art Doppelagent.«

»Ich bin keine große Agenten-Expertin, aber wenn ich aus meinen Krimis eines weiß, dann ist das die Tatsache, dass Doppelagenten oft das Problem haben, dass sie von zwei Seiten Schläge kriegen, wenn etwas falsch läuft: von ihrem wahren Auftraggeber und von dem, der sich fälschlicherweise für ihren Auftraggeber hält. Die BCI wird überhaupt nicht begeistert sein, wenn sie ein trojanisches Pferd bekommt. Wenn sie mich überhaupt wollen.«

»Richtig, aber das lassen Sie mal unsere Sorge sein. Der BCI wird kommuniziert, dass Sie aus der BWG rausmüssen und rauswollen, und der BWG wird kommuniziert, dass Sie im Auftrag des BKA einigen Dingen auf den Grund gehen. Und das könnte auch in der BCI sein. Berichten werden Sie dabei ausschließlich an mich.«

»Und wie lange soll das gehen?«

»Nicht ewig. Vielleicht zwei Wochen. Oder sogar kürzer.«

»Warum auf einmal diese Eile?«, fragte Laura. »Und vor allem: Warum kümmert sich das BKA darum?«

»Das BKA hat sich auch vorher schon um einiges gekümmert, sonst wäre mein Kollege Linus Haller nicht in der Bank. Aber das Ganze hat eine noch größere Tragweite.«

»Ich höre.«

»Es ist so«, sagte Eisenstein, »uns ist von höchster Stelle kommuniziert worden, dass die BWG eine beträchtliche Systemrelevanz hat, weil, und das wissen wir selber auch noch nicht genau, offenbar gewisse Altersrückstellungen für Angestellte des öffentlichen Dienstes in den Büchern der BWG sind.«

»Auch Angestellte, die gar nicht für die Bank arbeiten?«

»Exakt. Es sind auch Menschen, die gar nicht für die BWG arbeiten, die aber bei ihren Rentenzahlungen auf die BWG angewiesen sind, weil die Rentenzusagen in den Büchern der BWG liegen.«

Da war es wieder, das Gerücht mit den Renten, mit denen alles angefangen hatte. Laura beschloss aber, Eisenstein erst einmal reden zu lassen.

»Soll das heißen, die BWG ist so eine Art Vermögenskasse oder gar Staatsfonds?«

»Nicht genau so, aber so in etwa. Wenn nun durch eine Fusion diese Vermögensgegenstände in Gefahr geraten, ist das nicht nur ein wirtschaftliches, sondern ein nationales Thema.« Er legte die Fingerspitzen aneinander. »Wir wollen von Ihnen möglichst viele Informationen, was die BCI tatsächlich vorhat, und vor allem, ob sie von diesen Vermögenswerten weiß. Und …«, er machte eine bedeutungsschwangere Pause, »… ob das Wissen um diese Vermögenswerte vielleicht sogar einer der Gründe für die Übernahme ist.«

Er legte das Smartphone von Fischer zurück in die

Schublade. »Wenn Sie bereit sind, das zu machen, würden Sie natürlich noch ein sehr detailliertes Briefing bekommen.«

Laura schwieg einige Sekunden. »Und wenn ich nicht will?«, fragte sie.

»Das ist Ihr gutes Recht. Mein gutes Recht ist es aber, Ihnen mitzuteilen, dass weniger Linus Haller, sondern ganz besonders ich dabei geholfen habe, Ihren Mann so schnell aus der U-Haft zu bekommen. Oder hat es Sie nicht gewundert, wie schnell das ging?«

»Das, äh«, sagte Laura, »hat mich und meinen Anwalt allerdings gewundert. Okay, das waren Sie. Gut, wer auch sonst.«

»Wer auch sonst.« Seine verhärtete Miene wurde wieder etwas sanfter. »Und ich werde Ihnen weiterhelfen. Und um es ganz klar zu sagen: Um Ihren Job in der Bank müssen Sie sich dann keine Gedanken machen. Notfalls werden Sie auf eine Kostenstelle des BKA geparkt. Kriegen wir alles hin.«

»Nehmen wir an, ich wäre dabei«, sagte Laura.

»Das hört sich schon besser an.«

»Nehmen wir das also an«, fuhr Laura fort, »dann spreche ich dazu mit niemandem?«

»Mit niemandem! Außer mit mir.«

»Auch nicht mit Linus Haller?«

»Auch nicht mit Linus Haller.« Sein Stimme wurde bestimmter. »Er weiß es nicht und soll es nicht wissen. Genau genommen arbeiten Sie als verdeckter Ermittler. Oder von mir aus verdeckte Ermittlerin. Und: *Verdeckter Ermittler*«, sagte Eisenstein, »kommt von *verdeckt,* nicht *offensichtlich.*«

»Okay, das Briefing kriege ich noch?«

»Wann immer Sie wollen.«

»Und wann soll es losgehen?«

»Wann immer Sie können und wollen.« Er grinste. »Wenn Sie mich fragen: am besten morgen!«

FREITAG

KAPITEL 28

RÜCKFAHRT NACH FRANKFURT

Der neue Tag hatte schon begonnen, als die Scheinwerfer des Audi die Nacht durchschnitten. Lauras Augen waren müde, aber sie hatte keine Wahl. Sie musste zurück nach Frankfurt, und morgen standen schon wieder neue Gespräche an für ihre kommende Mission in Paris. Immerhin konnte sie ihr Handy mit der Bordelektronik des Leihwagens verbinden und Musik hören. Die *Live Killers*-Songs von Queen liefen, im Moment die schnelle Version von »We Will Rock You«. Genau so fühlte sie sich auch, als sie die Autobahn Richtung Frankfurt fuhr.

Sie dachte an die letzten Sätze in dem Gespräch mit Eisenstein zurück.

»Sie sind also unser Undercoveragent«, hatte er gesagt.

»Also ähnlich wie Linus bei der BWG?«, hatte sie gefragt.

»Fast«, hatte Eisenstein gesagt.

Die Art, wie er *fast* gesagt hatte, hatte ihr nicht gefallen.

Und als sie schon auf dem Weg nach draußen war, war ihr eingefallen, dass sie Eisenstein nichts von dem unheimlichen Beobachter gesagt hatte.

Laura hatte sich die ganze Woche wahrlich nicht gelangweilt, aber jetzt war in ihrem Kopf die Hölle los. Sie sollte undercover bei der BCI einsteigen und möglichst viel herausbekommen.

Sie hatte noch eine gute Stunde mit Eisenstein zusammengesessen, um eine richtige Story für sie zu erfinden. Nach langem Überlegen waren sie sich einig geworden, dass Laura ihren wirklichen Namen behalten würde, zusammen mit dem ganzen Thema wie dem Bilanzbetrug und allem, was sie herausgefunden hatte. Ebenso würde sie mit dem gehackten E-Mail-Konto einfach offen umgehen.

Gerade ihre Fähigkeit, ungeklärte Dinge aufzudecken, dürfte, so Eisenstein, für Monsieur Arnault und das Management der gesamten BCI sicherlich hochinteressant sein, um zu wissen, was für eine Bank sie da eigentlich einkauften.

Dann war da noch die Rente, dachte Laura. Wenn sie Eisenstein richtig verstanden hatte, war das also doch ein Thema, nachdem alle von der Zentrale der BWG oder dem Aufsichtsrat einen Maulkorb bekommen hatten. Aber warum gab man Leuten einen Maulkorb? Damit gewisse Dinge gar nicht erst ans Licht kommen. Und was sind die meisten Dinge, die nicht ans Licht sollen? Doch in irgendeiner Form wichtig, sonst würde nicht irgendjemand verhindern, dass sie ans Licht kommen.

Denn genau dieses Thema schien Eisenstein auch zu interessieren, und damit auch den deutschen Staat: Was hatte es genau mit dieser Rente auf sich, die vielleicht als Verhandlungsmasse gelten sollte, was hatte die BCI damit vor, und warum lohnte es sich dann für die BCI, die ja auf dem Papier profitabel war, eine derart defizitäre Bank wie die BWG zu kaufen? Irgendetwas musste für die BCI drin sein, was ihr die Fusion und Übernahme erträglich machte.

Laura zuckte zusammen. Plötzlich sah sie in einiger Entfernung die Scheinwerfer eines anderen Autos aufblitzen;

ein Motor heulte auf. Sie beschleunigte, um dem anderen Auto zu entkommen. Instinktiv, ohne nachzudenken. Doch das Auto holte auf, setzte sich dicht hinter sie.

Ihr Herz schlug schneller. Konnte es sein, dass sie gesehen worden war?

Waren es die, die es immer waren? Sie griff nach dem Handy. Sie hatte jetzt die Mobilnummer von Eisenstein, dann sollte diese Nummer ihr auch etwas bringen. Hoffentlich, dachte sie, auch nachts auf der Autobahn, während sie die Kurzwahl betätigte.

Da war das Auto schon dröhnend an ihr vorbeigefahren, und die Rücklichter entfernten sich immer weiter von ihr.

Doch kein Verfolger, dachte sie. Ihr Herz klopfte noch immer.

Sie brach den Anruf ab.

Sie hatte am heutigen Abend Timo anrufen wollen, aber der Abend war zur Nacht und fast schon zum frühen Morgen geworden. Timo schlief längst, das wusste sie. Mit ihm würde sie morgen sprechen, wenn es nach Paris ging. Dass sie für eine andere Bank arbeitete, würde sie ihm gar nicht sagen, sondern einfach nur, dass sie einen Auftrag außerhalb Frankfurts hatte.

Mehr musste und durfte er leider nicht wissen.

Ihr Herz klopfte dennoch schneller als gewöhnlich, denn sie trug ein Geheimnis in sich, das sie kaum noch für sich behalten konnte. Es war eine aufregende, aber auch überwältigende Neuigkeit, die ihr Leben auf den Kopf stellte.

Laura biss sich nervös auf die Lippe. Sie dachte an Timo und fragte sich, wann sie ihm davon erzählen sollte. Es war nicht so, als ob sie Zweifel an seiner Reaktion hätte, aber die Veränderungen, die diese Nachricht mit sich brachte, waren groß, und sie wollte sicher sein, dass der richtige Moment gekommen war.

Sie hatte ein Foto von Timo in ihrem Portemonnaie und auch als Hintergrundbild auf ihrem Smartphone. Mental abgespeichert hatte sie es ohnehin. Sie betrachtete das Foto vor ihrem geistigen Auge. Sie ertappte sich dabei, wie sie kurz lächelte, als sie sich an die gemeinsamen Abenteuer erinnerte, die sie bisher erlebt hatten.

Der Gedanke daran, wie sie es ihm sagen sollte, wirbelte in ihrem Kopf herum. Sollte sie es ihn direkt wissen lassen oder vielleicht auf eine romantische Weise verkünden? Oder sollte sie warten, bis ein besonderer Anlass bevorstand, um die Botschaft noch spezieller zu machen? Wie immer fühlte sie sich bei allzu vielen Möglichkeiten, die sie hatte, nicht frei, sondern eher eingeschränkt.

Sie erinnerte sich an den Ausflug zum Schwielowsee, den sie gemacht hatten, und wie viel Spaß sie gehabt hatten. Timo hatte es am Ende tatsächlich hingekriegt, mit Klamotten ins Wasser zu fallen. Plötzlich wurde ihr klar, dass es keinen perfekten Moment gab. Der richtige Zeitpunkt war so bald wie möglich.

Die beste Methode, dachte sie, wäre, einen kurzen Brief an Timo zu schreiben. Darin ihre Gefühle, ihre Ängste und ihre Vorfreude auf das gemeinsame Abenteuer, das vor ihnen lag, zu schildern. Laura wollte ihrem Mann, inmitten all der Stürme, die sie gerade durchlebten, all ihre Liebe und Unterstützung mitteilen und ihm zeigen, dass sie diese Reise zusammen meistern würden.

Doch wann sollte sie den Brief schreiben?

Sie hatte noch mehr als dreißig Minuten Fahrt vor sich.

Sie konnte jetzt nicht schreiben. Sie wollte ihn auch nicht anrufen um diese Zeit.

Da hatte sie die Idee.

Sie würde für Timo eine Audionachricht aufnehmen und ihm diese Nachricht morgen schicken. Nicht nachts, auch nicht am frühen Morgen, sondern dann, wenn er Gelegenheit hatte, die Nachricht zu hören.

Sie beschloss also, eine Nachricht aufzunehmen.

KAPITEL 29

BANKAPPARTEMENT DER BWG,
FRANKFURT AM MAIN

Es war spät in der Nacht, als sie endlich in ihr Bett fiel. Laura träumte.

Diesmal fand sie sich in einem mysteriösen Wald wieder, dessen Bäume in ungewöhnlichen Farben schimmerten. Das Grün wirkte zu intensiv, fast unnatürlich. Sie spürte eine unheilvolle Präsenz um sich herum, als würde sie von unsichtbaren Augen beobachtet. Ein kalter Windhauch strich über ihre Haut und ließ ihre Nackenhaare stehen. Ein kalter Schauer kroch ihr über den Rücken.

Als sie tiefer in den Wald vordrang, bemerkte Laura seltsame Kreaturen, halb Mensch, halb Tier, die zwischen den Bäumen herumhuschten. Es waren schemenhafte Gestalten mit funkelnden Augen und verschlagenen Gesichtern. Die Geräusche, die sie von sich gaben, waren ein unheimliches Flüstern, das ihr eine zweite Gänsehaut verursachte. Warum, würde sie sich später fragen, träumte sie von so etwas und nicht Timo, der sich ständig mit Fantasy-Geschichten beschäftigte?

Laura versuchte zu rennen, doch ihre Füße bewegten sich nur qualvoll langsam, als ob sie von unsichtbaren Fesseln gebremst würden. Sie fühlte sich ähnlich wie in dem Film *Momo,* in dem die grauen Männer sich immer langsamer fortbewegten, je schneller sie liefen. Panik erfüllte sie, als die Kreaturen näher kamen, ihre schnellen Schritte immer lauter wurden und sich mit ihrem eigenen rasenden Herzschlag vermischten. Es schien ihr, als wären nicht nur diese Kreaturen, sondern der ganze Wald gegen sie.

Plötzlich erwachte Laura schwer atmend in ihrem Bett. Sie atmete tief durch und versuchte, ihre schnellen Herzschläge zu beruhigen. Vielleicht sollte sie einmal ein Traumtagebuch führen, dachte sie, um etwas Ordnung in ihre Träume zu bringen. Die Träume sind das Tor zum Unbewussten, hatte sie einmal gehört. Irgendetwas wollte ihr irgendeine Instanz mitteilen.

KAPITEL 30

BÜRO VON RIPKEN & CIE,
TAUNUSTOR, FRANKFURT AM MAIN

Der Personalberater hieß Ripken, und so stellte er sich auch immer vor.

Hier ist Ripken.

Leute, die sich in der Finanzbranche auskannten, antworteten dann: *Der Ripken?*

Genau der. Können Sie kurz sprechen?

Harald Ripken, fünfundsechzig Jahre alt, mit kurzem grauen Bart und kurzem Haar in gedecktem Anzug führte eine kleine Personalberatung, die sich auf Topführungskräfte in der Bankenbranche spezialisierte. Er war das Scharnier, das Laura zur BCI bringen sollte.

Laura hatte von der Existenz der Shreks, der Personalberater oder auch unschön Headhunter genannt, erst während ihrer Zeit in der Zentrale gehört. Laura kannte diese Sorte von Menschen nicht gut, konnte sich aber sofort in sie hineinversetzen.

Diese Experten waren auf die Vermittlung von Führungskräften und anderen hoch qualifizierten Mitarbeitern in der oberen Führungsetage oder gleich des Vorstands spezialisiert. Viele waren Teil einer großen Firma oder kleine, aber exquisite Anbieter, so wie Ripken.

»Was für ein toller Ausblick«, sagte Laura.

Sie waren in der fünfzehnten Etage des Taunustors,

und unten erstreckte sich Frankfurt. Mittlerweile schaute Laura öfter aus großen Höhen herunter als aus normalen Höhen.

Auch sonst war das Büro sehr eindrucksvoll. Elegant und professionell eingerichtet, vermittelte es den Eindruck von Stabilität und Erfolg. Durch die bodentiefen Fenster war es sehr hell. Die beigen Büroschränke und hellgrauen Sessel bewirkten ein Übriges.

In Ripkens Büro stand ein großer Schreibtisch und daneben eine kleine Sitzecke mit bequemen Polstermöbeln und einem Sofatisch.

»Ja, hier hat man den Überblick«, sagte Ripken. »Den müssen wir haben. Großes Netzwerk, Trends in der Branche. Was wollen und auch was brauchen die Kunden, das fragen wir uns jeden Tag.«

»Das, was sie wollen, ist also nicht immer das, was sie brauchen?«

Er schüttelte den Kopf. »Leider nicht. Wir müssen oft wissen, was der Kunde braucht, bevor er es weiß.«

»Hat das nicht Steve Jobs so gesagt: *Wir wissen, was der Kunde will, bevor er es uns sagt.*«

»Soll er angeblich gesagt haben, ja. Wobei ich persönlich glaube, dass auch Apple mehr Marktforschung betrieben hat, als sie zugeben wollen. Aber es stimmt: Wir müssen uns in die Perspektive von Kandidaten und Unternehmen hineinversetzen. Und das Ganze natürlich mit maximaler Vertraulichkeit und Diskretion. So wie bei Ihnen.«

»Ich muss zugeben, das fällt mir gerade etwas schwer.« Laura schaute auf ihr Handy. Fink hatte schon bestimmt fünfmal angerufen, Linus und Sina bestimmt jeweils sechsmal. »Ich bekomme hier ständig Anrufe von der

BWG. Ich soll ihnen nichts sagen und auch nicht antworten?«

»Nein«, Ripken schüttelte den Kopf, »die BWG-Kollegen kriegen alle Infos von uns.«

Laura war sich nicht sicher, ob das eine gute Idee war. Vielleicht wurde sie tatsächlich gefeuert, weil sie nicht auf Anrufe reagierte und nicht in die Bank kam? Wenn dann die Sache mit der BCI auch nicht klappte, stand sie wirklich auf der Straße.

Eine Assistentin kam herein und brachte zwei Kaffee und zwei Wasser.

»Danke, Jana«, sagte Ripken. »Setzen wir uns.«

»Also«, begann Ripken, als beide in der Sitzecke Platz genommen hatten und Laura an ihrem Kaffee nippte. »Lebenslauf und alles sieht super aus, wir haben nur noch die Zeit in der Zentrale etwas verlängert, aber das hatte, glaube ich, Herr Eisenstein bereits mit Ihnen besprochen.«

»Sie haben auch den Kontakt hergestellt?«

»Ja, gestern Nacht noch. Die Verbindung läuft über mich, und ich habe bereits im Vorstandsbüro von Monsieur Arnault …«

»… dem Vorstandschef der BCI …«

»Genau der. Bei dem habe ich vorgefühlt, und sie sind sehr interessiert, Sie kennenzulernen. Das Ganze muss über eine Person wie mich laufen, damit das alles sauber aussieht, verstehen Sie?«

»Klar, wenn das BKA mir als französische Bank Leute vor die Nase setzen würde, würde ich auch misstrauisch werden.«

»So ist es. Der Kunde zahlt ausnehmend gut, ansonsten würde ich mir das auch überlegen. Es geht schließlich um meinen Ruf.« Er räusperte sich. »Es gibt in der BCI ein

Team, das für die sogenannte Due Diligence zuständig ist, also die Prüfung des zu übernehmenden Objekts, in diesem Fall die BWG. Sie würden Teil des Projektteams werden. Und da ist es natürlich ausdrücklich erwünscht, Ihr Insiderwissen der BCI zur Verfügung zu stellen.«

»Das ist für die BWG auch okay?«

»Muss es«, sagte Ripken. »Aber das soll nicht Ihre Sorge sein. Im Gegenzug freuen wir uns natürlich auch, respektive Herr Eisenstein, wenn Sie möglichst viel über die BCI herausfinden.« Er lehnte sich zurück. »Was ist die wahre Motivation für die Fusion?«

»Und was mache ich dann dort? Doch nicht nur Infos abgeben und aufsaugen?«

»Das besonders, aber eigentlich genau das Gleiche, was Sie bei der BWG gemacht haben. Dinge analysieren und Ungereimtheiten aufdecken. Ähm, wie ist eigentlich Ihr Französisch ?«

»Es geht so, mein Englisch ist besser.«

Ripken lächelte. »Sie kennen das ja mit den Franzosen, die in der Businesswelt können eigentlich alle Englisch. Das ist ähnlich wie bei Katzen, wenn man sie ins Wasser schmeißt, können sie plötzlich schwimmen. Aber gern sprechen die Franzosen kein Englisch; wenn Sie also ein bisschen Französisch können, ist das gut, aber mit Englisch kommen Sie sicherlich auch durch.«

»Englisch kann ich fließend, da ich mal ein Jahr Au-pair in Oxford war.«

»Sehr gut, sogar Oxford-Englisch.« Ripken hob anerkennend die Augenbrauen.

»Das Thema mit der Sprache hat aber vorher keiner angerissen«, sagte Laura. »Wundert mich.«

»Tja, wie war das bei Edgar Allan Poe? Die allerwichtigsten Sachen sind oft so offensichtlich, dass sie keiner findet. Das kam, glaube ich, von Poes Meisterdetektiv Auguste Dupin, auch ein Franzose.«

»Wissen Sie schon etwas über das Team?«, fragte Laura.

»Ja. Sie berichten an Raphael Loubère, er leitet das Due-Diligence-Team. Dann ist da Lea Leroc, die Sie auch noch kennenlernen werden. Der Rest sind irgendwelche Analysten, aber mit denen haben Sie wahrscheinlich gar nicht viel zu tun.«

»Ach ja«, sagte er dann und zog eine Mappe hervor. »Hier stehen einige Informationen zur Bank, zu den wichtigsten Leuten und dergleichen, drin. Können Sie im Flieger lesen, aber vielleicht so, dass nicht jeder reinschauen kann. Sollte aber gehen, Sie fliegen schließlich Businessclass.«

»Sehr gut.«

Er streckte sich. »Noch Fragen?«

Laura steckte die Unterlagen in ihre Tasche. »Derzeit nicht.«

»Dann sind wir so weit durch.« Ripken erhob sich, und Laura tat es ihm nach. »Heute Nachmittag geht Ihr Flieger, und morgen geht es weiter in der BCI. Sie werden vom Flughafen abgeholt, alles erledigt. Hotel et cetera. ist auch gebucht. Am Wochenende können Sie genauso wie in Frankfurt nach Hause zu Ihrem Liebsten.«

»Das wäre gut. Wir haben turbulente Zeiten in den letzten Tagen hinter uns gehabt, und ich bin es ihm schuldig, dass wir uns schnell wiedersehen.«

»Davon habe ich in Ansätzen gehört.«

»Wobei der Liebste auch gern nach Paris möchte«, lenkte Laura auf das andere Thema um, »während er an Frankfurt nie interessiert war.«

»Tja, Frankfurt muss man mögen, wie es immer so schön heißt, und wir haben halt keinen Eiffelturm und keinen Louvre.«

Sie blieben beide vor einem Kunstdruck an der Wand stehen.

»Gerhard Richter«, sagte Ripken, »der teuerste noch lebende Künstler. Die Drucke von ihm sind aber gerade noch erschwinglich. Letztens wollte mir ein Galerist ein NFT andrehen, so ein Non-Fungible Token. Das ist ein Kunstwerk, das gar nicht existiert, sondern nur als Code auf irgendeiner Cloud liegt. Das ist selbst mir zu blöd.«

Laura wusste bei moderner Kunst immer nicht so recht, was sie davon halten sollte. Jemand hatte ihr mal gesagt, dass Kunst das war, was die Kunsthistoriker als Kunst bezeichnen. Das klang nicht gerade demokratisch. Timo hingegen zitierte bei dem Thema gern den Drill Instructor aus *Full Metal Jacket*, der seine Rekruten zusammenfaltete: *Sie sind so hässlich, Sie könnten glatt ein modernes Kunstwerk sein.*

»Passt gut hier rein, der Gerhard Richter«, sagte Laura in Ermangelung eines besseren Kommentars. Und es passte tatsächlich gut.

»Das freut mich.« Ripken reichte ihr die Hand. »Dann gute Reise und viel Erfolg, Tickets und alles sind Ihrer Inbox. Wenn es hakt, rufen Sie mich mobil an. Und melden Sie sich am besten am ersten Tag einmal bei mir, wenn die ganzen Vorstellungsrunden durch sind.«

KAPITEL 31

FLUGHAFEN CHARLES DE GAULLE, PARIS

Laura trat aus dem Air-France-Flieger, natürlich einem Airbus, und atmete tief die kühle Luft des Pariser Flughafens ein. Sie nahm nichts Ungewöhnliches wahr, aber sie genoss es, dass sie mit einem Bus vom Flugzeug abgeholt und Richtung Terminal gebracht wurde. Sie hatte ein großes Bedürfnis nach frischer Luft. Auch wenn diese frische Luft nach reichlich Kerosin roch.

Im Terminal angekommen, ging es Richtung Ausgang, vorbei an den vielen Menschen, die hektisch durch das Hauptterminal eilten. Laura hatte kein Gepäck eingecheckt, sondern Koffer und Laptoptasche in die Kabine mitgenommen. Ein Kollege aus der Strategieabteilung der Bank hatte ihr einmal gesagt: *Was du eincheckst, das kannst du auch wegschmeißen.*

Sie ging durch die Schiebetüren und hinaus in die kühle Abendluft. Sie hatte sich noch gar keine Gedanken gemacht, wie sie in die Innenstadt kommen sollte. Taxi oder Bahn? Sie hatte nicht so viel Gepäck, dass ein wenig Umsteigerei allzu schwierig gewesen wäre. Andererseits war sie nicht gerade erpicht darauf, sich in die übervolle Pariser Metro zu quetschen. Sie schaute nach einem Taxi, doch stattdessen entdeckte sie den dunkelhaarigen Mann im Anzug mit einem Schild: *Laura Jacobs.* Darunter das Logo der Bank: BCI.

Natürlich, dachte sie, sie hatten ihr sogar angekündigt, dass sie abgeholt wurde.

»*Bienvenue à Paris*«, sagt der Mann lächelnd. »Darf ich?« Er nahm Lauras Rollkoffer. Die Konversation ging in Englisch weiter. »Ich bin Patrique, der Fahrer, der Sie zu Ihrem Hotel bringen wird. Wenn Sie mir bitte folgen möchten?«

Im Wagen ließ sich Laura in die tiefen Ledersitze der Rückbank sinken. Verrückt, dachte sie, vor wenigen Wochen noch eine einfache Wertpapierberaterin in irgendeiner Filiale in Berlin, und jetzt wurde sie in Paris von einem Fahrer vom Flughafen abgeholt.

Es ging durch die Vororte, über Hochstraßen und an Industriegebieten vorbei. Selbst ein IKEA gab es hier. Dann weiter vorbei an St. Denis Richtung des Waldes Bois de Boulogne. Der Arc de Triomphe war hell erleuchtet, ebenso wie der Eiffelturm, der sich weiter südlich erhob. Laura erkannte, dass in den Arc de Triomphe die Namen von Familien eingraviert waren. Es mussten reiche Familien sein. Wahrscheinlich die, dachte sie, die in Frankreich noch immer die Macht hatten.

Der Wagen hielt vor dem Hotel Intercontinental Paris Le Grand.

Der Fahrer öffnete Laura die Tür und gab ihr ihren Koffer aus dem Kofferraum. In null Komma nichts war ein Page vor Ort, der das Gepäckstück entgegennahm.

»Ich hole Sie morgen um 8.30 Uhr ab und bringe Sie zur Bank. Monsieur Arnault möchte dann gleich mit Ihnen sprechen«, sagte der Fahrer. »Ich stehe genau hier, *d'accord?*«

»*D'accord, oui!*«, sagte Laura. »*Merci beaucoup.*«

KAPITEL 32

HOTEL INTERCONTINENTAL PARIS LE GRAND

Laura hatte dem Pagen zwei Euro Trinkgeld gegeben und hoffte, dass das ein angemessener Betrag war. So oft war sie noch nicht in Hotels gewesen, in denen einem Pagen die Koffer abnahmen.

Sie telefonierte mit Timo.

»Und wo bist du jetzt genau in Paris?«, fragte er.

»Intercontinental Paris Le Grand«, sagte Laura nicht ohne Stolz, »liegt nur dreißig Meter von der Oper entfernt. Ich habe eben schon geschaut, es hat auch einen super Fitnessraum, ich denke, da gehe ich morgen mal hin.«

»Da wäre ich auch mitgekommen«, sagte Timo. »Aber mich hat ja keiner gefragt. Paris ist ja schon was anderes als Frankfurt.«

»Kriegen wir bestimmt hin«, meinte Laura. »Vielleicht an einem Wochenende, wobei ich nicht weiß, wie lange der Auftrag hier dauert.« Sie schaute aus dem Fenster und sah die prächtig erleuchtete Oper. Hier hatte sich Richard Wagner ordentlich in die Nesseln gesetzt, hatte sie einmal gehört, weil er das Ballett nicht zu der Zeit in seiner Oper eingebaut hatte, wie es die reichen Rothschilds und andere Zuschauer gerne wollten. Damals war es durchaus üblich, dass sich die reichen Herren vor der ersten Pause eines der Ballettmädchen aussuchten und damit verschwanden. *Was heißt ›damals‹?*, dachte Laura, *wenn ich an die Geschichte mit Hortinger und Nadine denke …*

Sie lenkte das Gespräch auf ein erfreulicheres Thema:

»Das Hotel liegt weniger als fünf Minuten von den Galeries Lafayette entfernt ...«

»Die gibt es doch in Berlin auch.«

»Ja, aber die in Paris sind das Original. Und die Champs-Élysées sind nur einen Kilometer entfernt. Bin vorhin auch am Triumphbogen vorbeigefahren.«

»Mach doch mal Facetime, dann sehe ich, wie das da aussieht.«

»Okay.«

Sie führte die Kamera herum. »Großes Zimmer, schönes Bett mit Samtüberwurf, Eichenholzschränke, Sessel mit Fußhocker. Und hier an den Wänden eine Kopie von Claude Monet. Sie ging näher heran. »*Der Froschteich, La Grenouillère,* hier steht, dass das Original in New York hängt.«

»Teppich oder Parkett?«

»Teppich. Beige.«

»Auch einen Schreibtisch?«

»Ja, hier.« Lauras Kamera glitt über den Flachbildfernseher, den großen Schreibtisch und die Zeitungen und Zeitschriften, die auf dem Tisch lagen, unter anderem *Le Monde* und *Financial Times* sowie der *Architectural Digest.*

»Und jetzt das Bad?«, fragte Timo aufgeregt. »Das interessiert mich besonders.« Was kein Wunder war, denn er war Handwerksmeister für Wasser- und Gasinstallationen.

»Hier«, sagte Laura.

»Ah, Marmorfliesen«, stellte Timo fest, der sofort in seinem Element war. Er sprach weiter, als würde er durch das Bad führen und nicht Laura. »Große, begehbare Dusche, eine Badewanne mit ... Ist das eine Whirlpool-Funktion?«

»Ja, scheint so zu sein.«

»Und eine Doppelwaschkommode mit großen, beleuchteten Spiegeln.« Er hielt kurz inne. »Wer kommt dich denn da noch besuchen?«

»Du hoffentlich. Und sonst niemand. Ich bin nämlich wirklich platt.«

»Welche Firma?«

»Wie, welche Firma? Wo ich morgen arbeite?«

»Nein, die von den Armaturen.«

»Keine Ahnung. Hier steht äh … Grohe.«

»Ah, Grohe-Armaturen, ja, die sind Weltmarktführer.«

»Du musst es ja wissen.«

»Willst du noch was essen?«

»Ich habe im Flugzeug was gegessen, und hier gibt es ein paar Erdnüsse. Und dann geht es ins Bett. Morgen wird sicher ein harter Tag.«

Als sie das Gespräch beendet hatte, fiel ihr auf, dass sie die Mappe von Ripken noch gar nicht zu Ende gelesen hatte. Sie setzte sich aufs Bett, aß ein paar Erdnüsse aus der Minibar und begann zu lesen.

KAPITEL 33

BCI, LA DÉFENSE, PARIS

Die Sonne schien hell auf das Bankenviertel von La Défense, als Laura aus dem Wagen stieg. Sie sah die Hochhäuser, deren glänzende Türme sich in den Himmel erhoben, von Total, Société Générale und der Banque de Commerce et Investissement.

Der Aufzug fuhr sie nach oben, direkt in die Etage des BCI-Vorstandsvorsitzenden. Als Laura ausstieg, blickte sie sich kurz um, Marmorböden, hohe Decken und moderne Kunstwerke empfingen sie. Es war klar, sie war in der Vorstandsetage. Keine halbe Minute später wurde sie in Empfang genommen.

Thierry Arnault war mittelgroß mit kurzen grauen Haaren und einem Nadelstreifenanzug, der eher an einen klassischen Banker der Londoner City erinnerte. Von seinem Büro aus sah sie in der Ferne die Champs-Élysées, den Eiffelturm und den Invalidendom.

»Waren Sie schon einmal hier?«, fragte er in gutem Englisch.

»Paris ja, aber noch nicht in diesem Viertel.«

»La Défense wurde schon in den Fünfzigerjahren begonnen. Zwischendurch gab es viele Prozesse dagegen, weil man meinte, dass die Skyline die Altstadt verschandelt.«

»Aber die Skyline ist doch gar nicht in der Innenstadt?«

»Das ist richtig. Aber sie verschandelt den Blick darauf. Besonders der große Bogen hier, der Grande Arche, dabei ist er von einem dänischen Architekten.«

Den Grande Arche hatte Laura auf der Fahrt gesehen. Ein gut hundert Meter hoher Bogen aus Glas und Stahl.

»Eine moderne Variante des Arc de Triomphe, des Triumphbogens«, sagte Arnault. Man merkte, wie stolz er auf Paris, auf Frankreich, auf La Défense und sicher auch auf seine Bank war.

Er streckte den Finger aus. »Sie sehen, dass sich vom Grande Arche aus eine gerade Linie bis zum Arc de Triomphe erstreckt. Und dann geht sie weiter bis zu den Tuilerien und dem Louvre, dem früheren Königspalast. Sie kommen aus Berlin?«

»Dort wohnen wir, ja.«

»War ich vor zwei Wochen«, sagte Arnault. »Von allen Städten Europas erinnert mich das preußische Berlin am meisten an Paris. Die langen Prachtstraßen. Die Champs-Élysées in Paris und die Straße des 17. Juni in Berlin, die dann zur Bismarckstraße und dann zur Heerstraße wird, sind sich sehr ähnlich. Schnurgerade und kilometerlang. So ähnlich wie die Achse hier, die Baron Haussmann angelegt hat, um die Stadt zu modernisieren. Daher die sechsstöckigen wilhelminischen Häuser mit den Kuppeln.«

Sie überlegte, ob sie Arnault von der deutschen Redewendung »bis in die Puppen« erzählen sollte. Inzwischen stand sie für jemanden, der lange wach war. Der Ursprung des Begriffs ging auf das Berlin des 18. Jahrhunderts zurück. Damals wurden am Großen Stern im Berliner Tiergarten Statuen der antiken Mythologie aufgestellt. Der Berliner Volksmund bezeichnete diese Standbilder als »Puppen« und den Großen Stern als »Puppenplatz«. Zu Fuß war dies damals vom Stadtkern aus ein weiter Weg, und wenn man lange unterwegs war, bis zu dem Moment, wo die »Puppen« kamen, war man »bis in die Puppen« unterwegs gewesen. Scheinbar, dachte Laura, wurde diese Wendung von der räumlichen auf die zeitliche Ausdehnung übertragen. Wer lange wach war, war »bis in die Puppen« auf gewesen. Sie entschloss sich allerdings, Arnault diese Anekdote nicht zu erzählen, da sie nicht wusste, wie sie »in die Puppen« auf Englisch oder gar Französisch übersetzen sollte.

»Sie kennen sich gut aus mit Architektur?«, fragte Laura stattdessen.

»Eine meiner Leidenschaften. Was sagte Goethe? Architektur ist gefrorene Musik.«

»Das weiß selbst ich als Deutsche nicht, dass er das gesagt hat.«

»Wir mögen vieles in Deutschland, so wie die Deutschen ja auch in Frankreich. Auch euer Hitler hat Paris verehrt.«

Er sagte das *euer Hitler,* als wäre Hitler noch immer in Amt und Würden. Wobei das einige Menschen in einigen Teilen der Welt tatsächlich glaubten. Arnault sprach weiter. »Hitler stand fast eine Stunde vor dem Sarg von Napoleon im Invalidendom. Und hat damals seinen Generälen gesagt, dass er, Hitler, so ein Grab niemals haben würde. Vielleicht hatten es die Generäle nur als Gerede abgetan, denn die Deutschen hatten gerade diese Stadt Napoleons erobert, vielleicht war es aber auch eine düstere Prophezeiung, denn Hitler war, anders als Napoleon, nicht in einem Sarg beerdigt worden, der aus sechs ineinander verschachtelten Särgen bestand, in einer prächtigen Kirche auf einem prächtigen Gelände. Seine Leiche war entweder verbrannt und im Hinterhof der Reichskanzlei verscharrt oder von russischen Medizinern mitgenommen und in einem Krankenhaus in Moskau auseinandergesägt worden.«

Laura wusste nicht recht, was sie darauf entgegnen sollte. »Warum der Begriff La Défense?«, fragte sie. »Gegen was verteidigt man sich denn hier?«

»Stimmt, der würde eher zur BWG passen, die muss sich ja vor uns verteidigen.« Er lachte kurz in sich hinein. »Der Name leitet sich ab von dem Denkmal La Défense de Paris, das zu Ehren der Soldaten aufgestellt wurde, die die Stadt während des Deutsch-Französischen Krieges von 1870 verteidigten. Soll wohl darüber hinwegtrösten, dass ihr gewonnen habt.« Mit *ihr* meinte er die Deutschen, wie Laura vermutete. Gleichzeitig musste sie feststellen, dass Arnault sehr viel mehr über Geschichte wusste als sie.

»Ihr«, sprach Arnault schon weiter, »hattet den besseren General oder Strategen. General von Moltke hat die preußische Armee modernisiert, sodass sie die französischen Truppen geschlagen hat. Dann kam die Gründung des Deutschen Reiches. Hier, gleich um die Ecke, im Spiegelsaal von Versailles. Euer Bismarck, der hatte die richtige Einstellung.«

»Helfen Sie mir, in welcher Hinsicht?«

»Er sagte: Es ist mir egal, wer unter mir Kaiser ist. Und die Taktik von Moltke hat dann im Zweiten Weltkrieg noch einmal funktioniert. Mit dem Blitzkrieg. Und damit sind wir beim Thema.« Er hob die Hände. »Denn genau das müssen wir auch erreichen!«

»Jemanden überfallen?«

»Ihren alten Arbeitgeber. Nicht überfallen, aber jetzt, wo Sie hier sind, möchten wir so viel wie möglich über die BWG herausfinden, ja, so viel wie möglich. Und das Ganze schnell, schnell, schnell! *Vite, vite, vite!*«

Aha, dachte Laura, jetzt kam er endlich zur Sache.

»Haben Sie denn noch Zweifel, was die Übernahme der BWG angeht?«, fragte Laura.

»Na ja, Madame, die Bank ist nicht gerade in gutem Zustand. Viele Verluste, schlechte Bilanzen, faule Kredite. Das Investmentbanking ist gut, aber nur bei den Anleihen. Im Trading verzocken sich die Leute im Eigenhandel ständig. International ansonsten schwach. Filialgeschäft ist solide, aber sehr zäh und zu teuer. Die Filialkosten fressen fast alle Erträge auf. Es gibt aber auch gute Dinge, darum sind wir an der Bank interessiert.«

»Monsieur Arnault, ich bin hier, um Ihnen zu helfen.«

»Daran habe ich keinen Zweifel«, sagte er und nahm Laura, ganz Gentleman, am Arm. »Kommen Sie mit, ich stelle Sie Monsieur Loubère, Madame Leroc und dem Team vor, und anschließend gehen wir essen. Restaurant Le Circus. Ich hoffe, Sie mögen die französische Küche?«

»Bien sûr!«, sagte Laura. »Natürlich.«

Schon wieder etwas Interkulturelles gelernt, dachte Laura. Die Franzosen machten zuerst eine Menge Small Talk, um Vertrauen aufzubauen. Und dann wurde gegessen. Und dann, aber erst dann, ging es ums Geschäft. Ein wenig erinnerte Arnault sie an Monsieur Bissier, *den frischen Franzosen* aus der Filiale, der damals Thomas Fischer beobachtet hatte. Auch wenn Arnault natürlich ein anderes Kaliber war als Bissier. Dessen Spitzname beruhte, wenn Laura sich richtig erinnerte, auf einer Käsewerbung aus den 1980er-Jahren.

»Letztendlich«, sagte Arnault, als sie das Büro verließen, »geht es darum, für uns alle etwas Gutes zu tun. Für den europäischen Bankenmarkt, für die Aktionäre und für die Kunden.«

»Bei aller Bescheidenheit«, sagte Laura, »aber doch sicher auch für die BCI?«

»*Bien sûr, Madame,* was denken Sie? Sie wissen doch, was La Rochefoucauld gesagt hat?« Bevor Laura antworten konnte, sprach er glücklicherweise weiter: »Der Eigennutz kennt keine Grenzen. Nicht einmal den Gemeinnutz.«

KAPITEL 34

RESTAURANT LE CIRCUS, LA DÉFENSE, PARIS

Das Nobelrestaurant Le Circus befand sich im Erdgeschoss des Hochhauses, in dem die BCI ihr Büro hatte. Laura merkte sofort, dass es bei den Franzosen, bevor die Geschäfte anstanden, erst einmal ums Essen ging.

Laura ließ ihren Blick über die Menükarte gleiten, die in Französisch und Englisch verfasst war, wahrscheinlich wegen des internationalen Publikums, das hier weniger aus Touristen als vielmehr aus Geschäftsleuten aus aller Welt bestand.

Vorspeise: Coquilles Saint-Jacques: Perfekt gebratene Jakobsmuscheln auf einem Bett aus cremigem Selleriepüree, verfeinert mit einer delikaten Zitronenbutter.
Hauptgericht: Filet de Bœuf Rossini: Zartes Rinderfilet, perfekt gebraten und mit einer Schicht von Gänseleber belegt, begleitet von Trüffeljus und glasierten Babykarotten.
Dessert: Fondant au Chocolat: Warmer Schokoladenkuchen mit flüssigem Kern, begleitet von einer Kugel Bourbonvanille-Eis.
Käseauswahl: Eine sorgfältig zusammengestellte Auswahl französischer Käsesorten mit Baguette und einer Auswahl an hausgemachten Chutneys und Konfitüren.

Selbstverständlich gehörte auch eine umfangreiche Weinkarte dazu, und Laura musste sich eingestehen, dass sie wirklich Hunger hatte.

Am Tisch hatten sich Arnault, Raphael Loubère und Lea Leroc, Vanessa DuPont, die Assistentin von Arnault, und noch einige weitere Assistenten eingefunden. Letztere saßen die meiste Zeit stocksteif da und bekamen kaum den Mund auf – außer um Nahrung aufzunehmen. Laura erinnerten die zwei Männer und die Frau an die Assistenten, die ähnlich stocksteif am Tisch der BaFin gesessen hatten, als Laura und Linus die Behörde über die Bilanzmanipulationen der BWG aufgeklärt hatten.

Nach kurzer Abstimmung hatten sich alle entschieden, dass es den Business-Lunch geben sollte, wie er auf der Karte stand. Laura war das nur recht, da es sie vor unendlich langen Entscheidungsfindungen bewahrte.

»Wo haben Sie studiert?«, fragte Loubère, als der erste Gang serviert wurde. Carpaccio mit Parmesan und Feldsalat.

Laura hatte gerade einen Bissen genommen und musste sich Mühe geben, verständlich zu sprechen, zu kauen und die Hand vor den Mund zu halten.

»Bankakademie in Berlin«, sagte sie.

»Ahh«, sagte Loubère nur. Wahrscheinlich hatte er so etwas wie Harvard erwartet, aber damit konnte Laura nicht dienen.

»Und Sie?«, fragte Laura.

»Nanterre«, sagte er mit einer Selbstverständlichkeit, als sollten bei Laura jetzt alle Groschen fallen. Das taten sie aber nicht.

Dann ergänzte er: »Medienwissenschaften bei Jean Baudrillard.«

»Ah …«, sagte Laura, »schon mal gehört.«

»Eins seiner Bücher hat einen Gastauftritt im Film *Matrix*«, sagte Loubère. Arnault lächelte. »*Simulacra and Si-*

mulation. Es ist das hohle Buch, in dem Neo seine Disketten aufbewahrt.«

»Ah, *Matrix*«, sagte Laura und kam sich dennoch dumm vor. »Den kenne ich. Zwangsläufig. Mein Mann ist ein Riesenfan von dem Film und guckt ihn sich mindestens alle zwei Monate an.« Sie schluckte herunter. »Lebt er noch? Baudrillard meine ich.«

»Nein, leider vor Jahren gestorben. Lohnt sich zu lesen«, sagte Loubère. »Vor allem seine Lehre von den Extremen.« Loubère zählte auf, und Laura fragte sich, was er mit diesem Wissen in der Bank anfing. »Realer als das Reale, die Simulation, Teurer als das Teure, der Kunstmarkt.«

»O ja«, sagte Arnault, »der ist wirklich teuer geworden. Aber gut für die Gemäldesammlung der Bank.«

»Sie haben in Frankfurt gearbeitet?«, fragte Loubère. »Für die BWG?«

»Ja, wir haben den Bilanzskandal aufgedeckt. Vorher war ich auch im Vertrieb in Berlin.« Sie sagte es so, als wäre sie immer in der Zentrale gewesen und nur kurz auf Stippvisite in der Filiale. Obwohl es sich genau umgekehrt verhielt.

»Frankfurt«, sagte Arnault, »muss man mögen, oder?«

Laura zuckte die Schultern. »Ist sehr übersichtlich.«

Frankfurt muss man mögen, dachte Laura. Genau das hatte Ripken auch gesagt.

»Kennen Sie den Witz mit dem Banker und dem Künstler?«, fragte Arnault.

»Ich glaube nicht. Klingt aber vielversprechend.«

»Also«, begann Arnault. »Der Künstler ist beim Arzt und kriegt eine Diagnose: Sie haben Krebs im Endstadium und nur noch vier Wochen zu leben. Sagt der Künstler: Scheiße, wo soll ich für vier Wochen Geld herkriegen.«

»Und der Banker?«, fragte Laura.

»*Attendez*«, sagte Arnault. »Der Banker aus Paris kriegt die gleiche Diagnose. Und was sagt er?«

Laura zuckte die Schultern.

»Kein Problem, sagt der. Ich werde nach Frankfurt versetzt. Da sind vier Wochen eine Ewigkeit.«

Alle lachten, einige pflichtschuldig. Die festgetackerten Assistenten bekamen es sogar hin, zu lachen, ohne den Mund zu öffnen.

Der Hauptgang wurde serviert. Rinderfilet mit Kartoffelgratin, Babykarotten und grünen Bohnen.

»*Haricot verts*«, sagte Loubère, »grüne Bohnen. Wie passend zur Jahreszeit. Zuerst Weißwein, jetzt Rotwein« Er blickte alle an. »*Bon appétit.*«

»Frau Jacobs«, sagte Arnault, als alle ein paar Bissen gegessen hatten. »Was glauben Sie, warum ist die BWG bereit, mit uns zu fusionieren?"

Aha, dachte Laura, jetzt ging es ums Business.

»Fusionieren ist gut«, sagte Loubère. »Das ist doch eher eine Übernahme, wenn auch eine freundliche.«

»Die BWG«, sagte Laura, »braucht einen starken Partner. Das Ganze passt ja zur europäischen Bankenkonsolidierung.«

Alle kauten und nickten. Laura sprach weiter. »Die Abschreibungen durch den Bilanzskandal sind so hoch, dass die Bank allein nur noch mit massiver Staatshilfe überleben könnte. Oder durch eine Fusion mit einem starken Partner.«

»Mit uns«, sagte Loubère.

Laura nickte. »Aber wie sehen Sie das?«, fragte sie nach. »Wir haben jetzt nur den Standpunkt der BWG besprochen. Möchte denn die BCI die BWG überhaupt haben?«

Arnaults Antwort überraschte Laura. »Nicht unbedingt«, sagte er.

»Wie bitte?«, fragte Laura.

»Die Bank gehört nicht uns«, sagte Arnault, »sondern den Aktionären. Und die bestimmen, was läuft, nicht wir.«

KAPITEL 35

BCI HAUPTQUARTIER, LA DÉFENSE, PARIS

Nach dem Essen hatte Laura einen Termin mit Raphael und Lea. Sie dachte an den Satz von Arnault. *Die Aktionäre bestimmen, was läuft, nicht wir.* Galten für die BCI die gleichen Regeln wie für die BWG, dass sie im Klammergriff irgendwelcher Aktionäre war?

»Hier ist einiges über unsere Bank«, sagte Raphael und schob einen Stapel Papier über den Tisch. »Viel mehr aber als Ihr Wissen über unsere Bank interessiert uns natürlich Ihr Wissen über Ihre Bank, die BWG, in Verbindung mit der Übernahme.«

»Ich schaue es mir an, werde aber sicher eine Stunde brauchen.«

»Nehmen Sie sich ruhig mehr Zeit«, sagte Raphael, der offenbar nichts von Lauras fotografischem Gedächtnis wusste. »Solange wir aber hier zusammensitzen«, begann er.

»... solange«, fuhr Lea fort, »hätten wir von Ihnen gern ein paar Informationen, die man so nicht in der Zeitung liest. Einverstanden?«

»Einverstanden«, sagte Laura. Sie wusste nicht, welchen Eindruck es machte, wenn sie hier Geheimnisse ihres alten Arbeitgebers herausposaunte. Vielleicht würde sich die BCI fragen, ob es klug war, Laura etwas anzuvertrauen, da sie, sobald sie woanders war, alle Geheimnisse erzählte. Einzig der Auftrag von Eisenstein brachte sie dazu, alles zu erzählen. *Sagen Sie alles,* hatte Eisenstein gesagt, *dann erfahren Sie alles.*

Lea begann. »Was wir wissen, ist, dass das Investmentbanking und der Anleihehandel der BWG sehr gut sind. Sogar Weltklasse. Das Filialgeschäft dümpelt vor sich, und das Trading auf eigene Rechnung jedenfalls im Bereich Equity, also Aktien, kommt auch nicht von der Stelle. Die Mittelstandsbank ist bei den deutschen Unternehmen bekannt, aber auch nicht beliebt, da durch ständige Strategieschwenks ebenfalls ständig die Konditionen und die Ansprechpartner wechseln, was die Geschäftsführer gar nicht schätzen.«

»Das ist alles richtig«, sagte Laura.

»Darum interessiert uns auch etwas anderes«, sagte Lea und warf Raphael einen Blick zu.

»Die Bilanz«, fragte Raphael, »Wo kommen diese riesigen Lücken auf einmal her?«

»Aus Scheingeschäften in Dubai, Singapur und Liechtenstein, die es gar nicht gab.« Und Laura erzählte die Geschichte von der riesigen IT-Infrastruktur, die eine zweite Bankbilanz nachbilden sollte, die aber nur aus Luftbuchungen bestand.

Raphael blies die Wangen auf. »Alles gefakt?«, fragte er. »Und Hortinger?«

»Der ist ja nun tot.«

»Das wissen wir«, sagte Lea, »aber wusste er das? Ich meine, nicht dass er tot ist, sondern die Sache mit den Bilanzen.«

»Er machte den Eindruck, als sei er überrascht und verärgert, aber als ich ihn das letzte Mal sah …«

»Im Hotel, *c'est vrai?*«, fragte Raphael

»Genau, im Hotel de Rome in Berlin«, ergänzte Laura und sprach dann weiter. »Jedenfalls war er da auf einmal sehr gelöst, so als würde eine große Bürde von ihm abfallen.«

Raphael schaute Lea an. »Dann hat er es gewusst.« Er machte eine Pause, kniff den Mund zusammen und wand sich so, wie sich jemand windet, der etwas Unangenehmes fragen will. »Laura«, begann Raphael, »ist es richtig, dass Hortinger«, Raphael konnte, wie viele Franzosen, das »H« nicht richtig sprechen und sagte *Ortinger,* »… dass Hortinger eher an, äh, jungen Mädchen Gefallen fand?«

Laura nickte. »Ich fürchte, das ist richtig.«

Raphael schaute Lea an. »Dann hatten sie ihn damals in der Hand.«

»Wer?«, fragte Laura.

Raphael wand sich wieder. »Wir nennen sie immer ›Die Aktionäre‹.«

Genau das hatte Arnault auch gesagt.

»Es sind Aktionäre der BCI?«

Raphael nickte. »Und der BWG, wie es aussieht.«

»Wer sind sie denn?« Laura dachte an die anderen Namen. Das Konsortium zum Beispiel. Sie hatten offenbar mehrere Namen, aber niemand wusste, wer sie wirklich waren.

»Man sagt uns nicht viel dazu«, antwortete Raphael, »nur der Chef weiß mehr. Er trifft sie sogar heute Abend. Hat Vanessa gebeten, ab dem frühen Abend alles freizuschaufeln.«

»Er trifft sich mit ihnen?«, fragte Laura, möglichst unbedarft, dabei brodelte es in ihr.

»Ja, wir sind in Frankreich. Essen kommt vor allem anderen. Ich glaube, sie treffen sich da, wo wir heute waren.«

»Le Circus?«

»Richtig.«

KAPITEL 36

BCI, LA DÉFENSE, PARIS

Laura hatte an ihrem Schreibtisch gesessen, den grandiosen Ausblick auf Paris genossen und nachgedacht.

Arnault traf die Aktionäre, hallte es in ihrem Kopf wider. Waren es dieselben, die Ehringer und Hortinger und am Ende auch Fischer ins Jenseits befördert hatten? Dieselben, die auch versucht hatten, sie, Laura, umzubringen, und die hinter allem standen? Dieselben, die man das Konsortium nannte?

Sie musste wissen, was Arnault mit ihnen zu besprechen hatte. Aber wie?

Dann fiel ihr etwas ein.

Sie griff zum Hörer und rief Vanessa, Arnaults Sekretärin, an.

»Ich möchte Herrn Arnault ein kurzes Memo schicken, das er heute noch lesen wollte. Idealerweise vor seinem Termin.«

»Ja, er hat einen Abendessentermin«, bestätigte Vanessa.

»Bis wann schicke ich ihm das am besten, sodass er noch eine Chance hat, raufzuschauen?«

»Bis 18.30 Uhr ist sicher. Um 19.30 Uhr ist der Termin, aber das ist ziemlich in der Nähe.«

Ziemlich in der Nähe, dachte Laura. Das stimmte. Es war im Untergeschoss, das gleiche Restaurant wie heute Mittag.

»Alles klar, ich schicke es später durch.«

Es war zehn Minuten vor 18 Uhr.

Laura erhob sich. Sie hatte ihr Handy aufgeladen und einen mobilen zweiten Akku angeschlossen. Sie ging Richtung Fahrstuhl und fuhr nach unten.

Verließ den Fahrstuhl.

Betrat das Restaurant.

Einer der Kellner empfing sie.

»*Bonsoir Madame*«, sagte er.

»*Bonsoir*«, sagte Laura. »Ich komme von der BCI.«

»Ich weiß«, sagte der Kellner. »Sie waren heute Mittag bei uns. Die BCI ist ein sehr guter Kunde von uns.«

»Genau darum geht es. Ich soll für Monsieur Arnault noch einmal sondieren, dass sein Platz wirklich etwas abseits liegt. Er hat sehr vertrauliche Gespräche zu führen.«

»Das wissen wir. Aber …«, der Mann machte auf dem Absatz kehrt, »… ich zeige Ihnen gern den Platz.«

Sie liefen etwa vier Meter.

»Hier«, sagte der Kellner. »Abgeschieden und trotzdem offen und hell.«

Der Tisch war bereits eingedeckt. Drei Personen. Also würden neben Arnault noch zwei weitere Personen dabei sein. Die Mitglieder des Konsortiums. Oder: *die Aktionäre.*

Hinter dem Tisch, an der Wand, ein riesiges Aquarium. In Lauras Kopf ratterte es.

»*Ça va?*«, fragte der Kellner. »Alles in Ordnung?«

»Ja, alles prima.« Sie blickte sich um. »Dürfte ich mir kurz die Hände waschen?«

»Natürlich«, sagte der Kellner und wies Richtung Treppe. »Sie kennen den Weg?«

»Ja, danke!«

Sie ging in den Waschraum, ließ den Wasserhahn laufen

und schaute nach draußen. Der Kellner war weg. Sie hatte das Handy in der Hand.

Blickte sich um.

Ging zum Tisch.

Sie hatte vorhin schon das Aquarium überprüft.

Der Zwischenraum sollte passen.

Sie ging drei Schritte.

Hatte die Aufnahmefunktion des Handys aktiviert.

Und schob das Handy in den Zwischenraum.

Ihr Herz schlug bis zur Schädeldecke.

Sie ging zum Ausgang.

»Alles in Ordnung, Madame?«, fragte der Kellner.

»Ja, alles perfekt. Der Tisch sieht sehr gut aus. Ich werde Monsieur Arnaults Büro Bescheid geben. Vielen Dank. *Merci beaucoup!*«

»*De rien*«, sagte der Kellner und lächelte.

KAPITEL 37

VOR DEM RESTAURANT LE CIRCUS, PARIS

Laura hatte eine Stunde hinter einem Container mit Blick auf das Hauptquartier der BCI gestanden. Und mit Blick auf das Restaurant. Es war 23 Uhr. Das Treffen hatte länger gedauert, als sie erwartet hatte. Die Müdigkeit steckte ihr in den Knochen.

Zwei schwarze Limousinen fuhren vor den Eingang des Circus. Beides schwarze S-Klassen.

Keine französischen Autos, dachte Laura kurz, *mit dem Patriotismus nehmen sie es da nicht so genau.* Sie musste, völlig unpassend, an den Witz denken, den ihr einmal ihr Freund Jörg erzählt hatte, was die richtigen Kriterien bei der Autowahl anging. *Keine Fs. Kein Ford, kein Fiat, keine Franzosen.*

Dann hatte sie den Gedanken schon wieder unterdrückt.

Jede der S-Klassen spuckte einen Fahrer aus, der die Tür aufhielt.

Dann kamen drei Männer.

Einer von ihnen war Arnault.

Die anderen beiden waren so schnell in die Limousinen geklettert, dass Laura nichts hatte erkennen können.

Die Motoren heulten auf. Beide Wagen verschwanden in der Nacht.

Stille.

KAPITEL 38

VOR DEM RESTAURANT LE CIRCUS, PARIS

Laura wartete.

Fünf Minuten.

Zehn Minuten.

Fünfzehn Minuten.

Sie hatte sich verschiedene Vorwände überlegt, um noch einmal ins Restaurant zu gehen.

Monsieur Arnault hat seine Uhr vergessen … Und wenn sie dann nicht dort lag?

Monsieur Arnault hat sein Handy vergessen … Und wenn es dann auch nicht dort war?

Und was war, wenn diese ständige Fragerei dem Kellner irgendwann verdächtig vorkam und er Monsieur Arnault dazu Bericht erstattete? Dass eine seiner Mitarbeiterinnen scheinbar ständig hinter dem Vorstand herspionierte?

Dann hatte sie eine Idee.

Sie atmete tief ein und aus und betrat das Restaurant.

Ein Kellner erwartete sie. Dieser aber war rothaarig und hatte einen sauber gestutzten Bart. Er sah ein wenig aus wie die Typen, die immer bei Whiskey-Tastings oder bei Weber-Grill-Events servierten, zu denen Timo sie öfter mitschleppte.

»*Bonsoir Madame,* wir schließen leider bald, aber einen kleinen Happen kriegen Sie noch.«

»Das ist nett«, sagte Laura, »aber ich soll im Auftrag meines Chefs kurz etwas nachschauen. Monsieur Arnault.«

»Ja, der war bis eben hier.«

»Er ist schon auf dem Weg nach Hause, ist aber nicht sicher, ob er nicht eine Visitenkarte von seinem Geschäftspartner auf dem Tisch liegen gelassen hat. Die Karte ist streng vertraulich und darf auf keinen Fall in falsche Hände.«

»Hier ist alles streng vertraulich«, sagte der Mann, »Monsieur Arnault muss sich keine Gedanken machen. Aber schauen Sie nach. Dort hinten. Ich zeige Ihnen den Platz.«

»Danke, ich weiß, wo es ist. Ich durfte heute schon einmal prüfen, ob der Platz ruhig genug ist.«

»Das ist ja wie ein Staatsbankett«, sagte der Kellner. »Schauen Sie gern nach.« Er drehte sich um und machte sich wieder an der Kasse zu schaffen.

Laura ging einige Schritte. Blickte auf den Tisch. Kleine Schalen vom Nachtisch, Espressotassen. Dazwischen zerknüllte Stoffservietten, Brotkrümel und zwei bis drei Rotweinflecken auf der weißen Tischdecke. Kein Digestif. Das Dinner war weniger Vergnügen als vielmehr Business gewesen. Auf dem Tisch lag natürlich keine Visitenkarte.

Laura schaute sich um.

Niemand beobachte sie.

Ein kurzer Griff zum Aquarium.

Dann hatte sie das Handy.

Über vier Stunden Aufnahme.

Sie stoppte die Aufnahme, während sie so tat, als hätte sie gerade eine Textnachricht bekommen. Wenn in der heutigen Zeit jemand unauffällig war, dachte sie, dann war das jemand, der auf sein Handy starrte.

Sie ging nach vorne.

»Und?«, fragte der Kellner. »Lag dort noch etwas?«

Ja, Beweismittel und Aufnahmen, dachte Laura. Und sagte: »Nein, alles in Ordnung. Ich habe Monsieur Arnault schon geschrieben, dass alles in Ordnung ist. Gute Nacht und vielen Dank.«

»*Bonne nuit! Et à bientôt*«, sagte der Kellner.

Laura war wieder draußen vor der Tür.

Das Handy in der Hand.

Ihr Herz schlug ihr bis zur Schädeldecke.

KAPITEL 39

HOTEL INTERCONTINENTAL PARIS LE GRAND

Laura hatte sich sofort ein Taxi herangewinkt. Es erschien ihr zu riskant, ein Uber oder Ähnliches zu bestellen. Alles, was sich digital zurückverfolgen ließ, war zu gefährlich. Denn das, was sie gerade getan hatte, war hochgradig illegal.

Nach zehn Minuten war sie in ihrem großen Zimmer im Intercontinental Le Grand, das sie heute Morgen gegen 7.50 Uhr verlassen hatte. Sie schenkte sich aus der bereitstehenden Flasche ein Glas Wasser ein, setzte sich aufs Bett und startete die Aufnahme.

Sie hörte die Stimme von Arnault. Und die von zwei anderen Personen. Sie unterhielten sich auf Englisch. Und gedämpft. Dazwischen das Klappern von Geschirr, Nebengeräusche und ab und an das Plätschern, wenn Wein oder Wasser nachgeschenkt wurde. Gelegentlich war auch der Kellner zu hören, der auf Französisch mit den Herren sprach. Nach den Stimmen zu urteilen waren es eindeutig drei Männer.

Es begann mit Begrüßungen, einem kurzen Aperitif, Höflichkeiten, Floskeln, die aber derart knapp gehalten waren, dass schnell klar wurde, dass es sich hierbei nur um Formelles handelte und alle gleich zur Sache kommen wollten.

Laura spulte vor und zurück. Hörte sich die Unterhaltungen an, die zwar ab und an vom Geblubber aus dem Aquarium unterbrochen, aber sonst sehr gut zu verstehen waren.

Wir haben das alles gekauft. Fünfundvierzig Milliarden. Jetzt erwarten die Investoren natürlich eine gewisse Rendite.

Aber Monsieurs, doch nicht mit der BWG. Wo soll da die Rendite herkommen?

Die Rendite kommt von der BCI. Die BWG ist nur der Puffer. Sie wissen doch, was das Besondere ist. Die BWG kann nicht scheitern.

Es ist doch euer Problem, wenn ihr so viele Unternehmen zusammenkauft, die dann alle nicht laufen.

Jetzt ist es auch euer Problem. Denn wir besitzen fünfundzwanzig Prozent von eurer Bank.

Ja, und wir wussten nicht, dass es ICC ist, die dahinterstecken. Ihr habt euch verkleidet, mit anderer juristischer Hülle.

Laura machte sich sofort eine Notiz. ICC. War das der Name der Aktionäre, des Konsortiums, dieser dunklen Organisation, die hinter alldem steckte? Für was stand die Abkürzung ICC? Und was sollte der andere Satz heißen? Die BWG kann nicht scheitern? Waren damit tatsächlich die Altersvorsorgekonten gemeint, die dafür sorgen würden, dass der deutsche Staat die BWG in jedem Fall retten würde?

Sie lauschte weiter.

Wir haben die fünfundvierzig Milliarden bekommen, aber noch viele Schulden aufgenommen.

Ich weiß, ihr habt alles gekauft, was nicht bei drei auf den Bäumen war. Und jetzt fliegt euch das um die Ohren. Ich wüsste nicht, warum das mein Problem ist.

Das war die Stimme von Arnault.

Es ist dein Problem, weil wir fünfundzwanzig Prozent

von deiner Bank haben. Wir können mitbestimmen, wir können einen Sitz im Verwaltungsrat besetzen, und wir können eine Allianz mit den anderen Aktionären bilden, die dafür sorgt, dass ihr die BWG übernehmt. Denn auch bei euren Zahlen ist noch Luft nach oben!

Wir sollen auch riskante Kamikaze-Manöver machen?

Wenn sie gut gehen, ist es gut. Wenn sie schiefgehen, hilft euch der deutsche Staat.

Und wenn wir das nicht machen?

Dann stecken wir alle in der Patsche. Unsere Geldgeber werden ungeduldig.

Geldgeber, dachte Laura. Es steckten also noch andere hinter den Aktionären.

Wenn es schiefgeht, sagte die Stimme von einem der beiden Männer, *kann es für uns sehr unangenehm werden. Ihr wisst ja, was mit Kashoggi passiert ist.*

Kashoggi, dachte Laura, stoppte die Aufnahme und ging auf dem Smartphone ins Internet. Sie hatte davon gehört und las noch einmal die Pressemeldung. Kashoggi hatte sich offenbar mit den falschen Leuten angelegt. Er war 2018 in der saudischen Botschaft in Istanbul entführt worden. Dort hatte man ihn getötet und in mehrere Teile zersägt. Das Sägen geschah, wie es in einem Artikel stand, zum Glück offenbar post mortem, aber da war man sich nicht so sicher. Der Kronprinz von Saudi-Arabien, Mohammed bin Salman, wurde in vielen Artikeln beschuldigt, hinter dem Sägenmord zu stehen. Was dazu führte, dass einige Medien die Abkürzung des Prinzen, *MBS*, umdeuteten in *Mister Bone Saw – Mister Knochensäge.*

Manche Dinge, dachte Laura, waren derart schräg, dass sie in einem Thriller vom Lektorat nicht durchgewinkt werden würden.

Sie drückte wieder auf den Play-Button.

Sehen Sie zu, dass alle dahinterstehen. Wir brauchen die BWG, damit ihr, bei der BCI, wieder richtig Geld machen könnt. Um endlich das zu tun, was alle Banken machen: aus sehr wenig Geld sehr viel machen. Ansonsten kriegen wir alle nicht nur Ärger. Ansonsten kann es uns unser Leben kosten.

Euch. Aber nicht uns.

Uns allen. Und das wissen Sie genau.

Arnault schwieg.

Der andere Mann sprach weiter: *Das Problem ist, und das wissen Sie: Es ist nicht unser Geld. Das Geld stammt aus … verdammt.*

Irgendetwas war heruntergefallen und das letzte Wort nicht mehr zu hören.

Das Geld stammt aus …, dachte Laura. Woher kam all das Geld, mit dem das Konsortium all diese Unternehmen zusammengekauft hatte?

Sie musste wissen, wo das Geld herkam. Sie hatte ein Wort: ICC.

Sie musste in die Bank und die Cloud-Speicher der Rechner durchforsten. Sie musste wissen, wer ICC war, und sie musste wissen, wer die Geldgeber dahinter waren.

Jetzt.

SAMSTAG

KAPITEL 40

BCI, LA DÉFENSE, PARIS

Es war genau Mitternacht, als Laura in der Zentrale der BCI ankam.

Sie hatte im Taxi eine SMS an Sina geschrieben. Zum Glück war sie noch wach. Oder aufgewacht durch das Bimmeln der eingehenden Nachricht. In jedem Fall hatte sie Laura signalisiert, dass sie sie anrufen konnte, wenn sie nicht weiterkam.

Laura ging mit ihrer Schlüsselkarte durch die Schranke beim Nachtportier. Der nahm keine große Notiz von ihr. In einigen Teilen der Bank war es offenbar durchaus üblich, zu unchristlichen Zeiten an den Arbeitsplatz zurückzukehren, egal an welchem Tag.

Sie steuerte ihr Büro an.

Setzte sich an den Computer.

Gab den Suchbefehl ein.

ICC.

Es gab tatsächlich auf einer Cloud einen Ordner dazu.

Sie klickte darauf.

Auf Französisch las sie die Worte.

Sie haben keine Berechtigung.

Hatte sie auch nicht.

Dann hatte sie genau zwei Probleme.

Sie musste in den Folder.

Und später durfte keiner merken, dass sie drin gewesen war.

Ein klarer Job für Sina.

Laura wählte ihre Nummer.

Sina meldete sich nach dem ersten Klingeln.

»*Operator*«, sagte sie im Scherz.

O ja, dachte Laura, was für ein Film. »Was brauchst du an Infos, damit ich in die Cloud komme?«, fiel sie mit der Tür ins Haus.

KAPITEL 41

BCI, LA DÉFENSE, PARIS

Nach dreißig Minuten hatten sie es gemeinsam geschafft. Mittlerweile war es halb eins.

Lauras Blick flog über die Texte und Datenreihen. Ihr Gehirn versuchte, die Strukturen zu erkennen und Zusammenhänge aufzutun, wo auf den ersten Blick keine waren.

Die Kanzlei, die ICC beriet, hieß Weber und Venturas. Offenbar war es einer der Seniorpartner gewesen, der mit Arnault und einem anderen Mann gestern Abend im Restaurant Le Circus gewesen war.

Laura sah das Dilemma, in dem der große Investor steckte: ICC hatte ein riesiges Konglomerat aus Firmen aufgekauft, sehr viele Biotechfirmen, die nach dem Ende der Coronapandemie plötzlich wertlos geworden waren. Sehr viele Bitcoin- und Blockchain-Firmen, denen es nach der Pleite der Kryptobörse FTX auch nicht viel besser ergangen war. Und noch viele andere Kamikaze-Firmen. Ebenso einen ziemlich großen Anteil an der BWG, der keinem Aktionär so richtig Freude machte, und eben auch an der BCI.

Die Kanzlei Weber und Venturas hatte alle Verträge verhandelt und war zudem das Scharnier Richtung Hauptgeldgeber. Doch wer das war, stand nicht in dem Ordner.

Der ominöse Satz klang noch einmal in Lauras Kopf nach: *Das Problem ist, und das wissen Sie: Es ist nicht unser Geld. Das Geld stammt aus … verdammt.*

Dann war der Satz abgebrochen.

Sie schaute auf ihr Handy. Timo hatte versucht, sie anzurufen. Mehrfach. Sie hatte das Handy in den Flugmodus versetzt, damit es bei der Abhöraktion unter dem Aquarium im Circus nicht plötzlich klingelte und der ganze Plan auffliegen würde.

Klar, Timo machte sich allmählich Sorgen.

Sie schrieb ihm eine kurze Nachricht. *Timo, alles in Ordnung, melde mich später.*

Dann blickte sie wieder auf den Bildschirm.

Und ihr Blick blieb haften.

Eine Firma schlug alle anderen bei der Wertentwicklung. Eine Firma im Portfolio verdiente ernst zu nehmend Geld, ihr Aktienkurs stieg, und die Aktionäre waren sicher sehr glücklich damit. Eine Firma, an der ICC vierzig Prozent der Anteile hielt. Eine Firma, die alle Biotech-, Bitcoin-, Möchtegerntech- und Sonst-was-Firmen in den Schatten stellte.

Ihr Name war *Xenotech.*

Hatten die Xenotech-Manager Laura deswegen kontaktiert? Weil sie ihren Investor loswerden wollten? Weil ihnen das Ganze zu undurchsichtig oder sogar illegal erschien? Und wer war der große Geldgeber? Das stand auch hier nicht.

Laura gähnte. Sie rief Sina an. Folgte dem Prozedere, das dafür sorgte, dass niemand wusste, dass Laura sich die ICC-Cloud-Inhalte angeschaut hatte.

Dann starrte sie ganze fünf Minuten aus den riesigen Fenstern in das nächtliche Paris.

Der gläserne Bogen des Grande Arche de La Défense erhob sich stolz über der Stadt und bot einen modernen Kontrast zur historischen Architektur der Altstadt. Die

Avenue des Champs-Élysées erstreckte sich als breite Allee mit Lichtern, die fast lebendig wirkten. Sehr gut zu sehen war der stolze Arc de Triomphe, doch wenn Laura genau hinsah, war es ihr, als könnte sie die beleuchteten Fassaden der luxuriösen Geschäfte und Cafés sehen.

In der Ferne erhob sich majestätisch der Eiffelturm, der mit funkelnden Lichtern mit dem Licht der Sterne wetteiferte. Sein strahlendes Glühen verlieh ihm eine beinahe magische Aura und erinnerte Laura daran, warum Paris als eine der schönsten Städte der Welt galt. Entlang der Seine zogen sich die Uferpromenaden wie Lichtbänder durch die Stadt. Die beleuchteten Brücken, darunter der berühmte Pont Alexandre III mit seinen goldenen Verzierungen, spiegelten sich im Fluss, so als würde Paris an diesen Stellen zweimal existieren.

Was sollte sie jetzt tun? Sie wusste es nicht.

Dann fiel ihr ein Name ein.

Eisenstein.

Sie hatte seine Handynummer. Und was hatte er gesagt? Sie dürfte ihn jederzeit anrufen.

Jederzeit.

0.45 Uhr war *jederzeit.*

Laura wählte seine Nummer.

KAPITEL 42

VOR DER BCI BANK, LA DÉFENSE, PARIS

Eisenstein war tatsächlich noch wach.

Laura entschuldigte sich gar nicht erst für den späten Anruf und kam gleich zur Sache.

Sie erzählte in knappen Worten, was sie bei der Aufnahmeaktion mit dem Handy unter dem Aquarium herausgefunden hatte.

Eisenstein bezeichnete die illegale Abhöraktion zwar als das, was sie war, nämlich illegal, musste aber trotz der späten Stunde lachen. »Genial«, sagte er. »So ähnlich macht das der Mossad in Israel auch. Mit einfachsten Mitteln viel erreichen. Sie sollten zum BKA kommen. Tolle Idee.«

»Tja, Wanzen waren auf die Schnelle nicht aufzutreiben. Ich habe das genommen, was da war.«

»Genau die richtige Einstellung. Also …« Er machte eine Pause. »Wie hieß die Kanzlei noch? Weber und Venturas?«

»Richtig. Habe ich schon einmal recherchiert, scheint global aufgestellt zu sein.«

»Mit Sicherheit. Glauben Sie, es sind diejenigen, die die ganzen Transaktionen begleiten?«

»Wer sollte das sonst tun?«

»Gut, dann wissen die sicher auch, wer dieser mysteriöse Geldgeber ist, der ähnlich harsch verfährt wie die Saudis mit Kashoggi.«

»Sollten sie.«

»Passen Sie auf«, sagte Eisenstein, »Sie sind eine attraktive Frau. Gehen Sie auf den Banker zu, mit dem Sie auch gestern viel zu tun hatten. Monsieur Loubère, oder wie heißt er noch?«

»Raphael Loubère, genau.«

»Sagen Sie ihm, dass Sie einige Zahlen vergleichen wollen, die Sie aus der BWG mitgebracht haben. Sie könnten zum Beispiel …«

»Ich könnte prüfen wollen, ob die Zahlen, die die BCI über die BWG hat, mit den wirklichen Zahlen, die ich als Insider kenne, übereinstimmen.«

»Ganz genau. Und dann bitten Sie darum, dass dieser Loubère Sie einem der jungen Anwälte vorstellt. Einem, der die ganze Drecksarbeit macht, die Übernahme bewertet, Due Diligence und wie man das alles nennt. Einer, der jeden Tag sechzehn Stunden über Texten und Zahlen brütet und der froh ist, wenn er mal ein bisschen abgelenkt ist. Den Sie ein bisschen, na ja, um den Finger wickeln können. Sollte also ein junger Mann sein, der nicht schwul ist.«

»Woher weiß ich, dass er nicht schwul ist?«

»Gar nicht. Aber statistisch ist die Wahrscheinlichkeit hoch. Und falls doch, auch Schwule mögen Frauen, die etwas ausstrahlen.«

»Da bin ich ja beruhigt. Zu dem gehe ich und rede mit ihm?«

»Genau. Und versuchen herauszufinden, wer die wirklichen Geldgeber sind.«

»Das mache ich. Und dann?«

»Dann sehen Sie zu, dass Sie langsam Paris verlassen. Ist dann halt etwas früher als geplant. Es könnte nämlich zu heiß werden.« Er machte eine Pause. »Ich melde mich aber noch und helfe bei der Abreise.«

Laura schaute auf die Uhr. Ein Uhr nachts.

»Okay, das wär's erst mal?« Sie unterdrückte ein Gähnen.

»Das wär's«, sagte Eisenstein.

»Gut, ich werde ins Hotel fahren.«

Sie orderte ein Taxi und atmete tief durch. Knapp sechs Stunden bis zum Aufwachen. Dann musste sie halt, wie es bei den *Drei Musketieren* von Alexandre Dumas hieß, schneller schlafen.

KAPITEL 43

BCI, LA DÉFENSE, PARIS

Laura saß mit Raphael im *Experience Center,* einem großen Raum im dreizehnten Stock, in dem die Banker kreativ sein konnten – und sollten, um den immer stärker werdenden Angriffen der Fintechs auch etwas entgegensetzen zu können.

Die Wände waren mit Whiteboards und magnetischen Flächen versehen, auf denen Ideen, Skizzen und Konzepte festgehalten werden können. Große Fenster ließen natürliches Licht herein und boten einen Blick auf die umliegende Stadt. Die Möbel waren flexibel und konnten leicht umgestellt werden, um verschiedene Arbeitskonfigurationen zu ermöglichen. Es gab bequeme Sitzsäcke und Loungebereiche für den informellen Austausch.

Dann gab es noch interaktive Touchscreens, auf denen Teams gemeinsam Ideen entwickeln und präsentieren konnten.

An den Wänden hingen Visualisierungen von vergangenen Design-Thinking-Projekten, die als Inspiration dienen und den Mitarbeitern zeigen sollten, was möglich ist. Auf einer speziellen »Inspiration Wall« fanden sich Collagen, Bilder und Zitate, dazu gedacht, die Teams dazu zu ermutigen, außerhalb der Box zu denken und neue Perspektiven einzunehmen. Laura wusste, dass die BWG auch schon ewig plante, ein ähnliches Design-Thinking-Studio im Hauptquartier oder, noch besser, im scheinbar hippen Berlin zu eröffnen. Problem war nur erstens, dass die BWG nicht wusste, was sie damit sollte, zweitens, das Ganze Geld kosten würde, und drittens, bei der BWG Out-of-the-Box-Denken zwar in Sonntagsreden erwünscht war, aber nur, solange der oberste Chef in eine ähnliche Richtung »out of the box« dachte und das ganze kein Budget kostete.

Als Laura gerade mit Raphael über einigen Excel-Dateien saß, stellte sie die Frage.

»Weber und Venturas bereitet die rechtlichen Themen für die Übernahme vor, richtig?«

Raphael blickte auf. »Richtig. Du bist gut informiert!«

»Deswegen habt ihr mich abgeworben.«

Raphael lächelte. »So ist es.«

»Was mir nämlich einfiel«, begann Laura, »es hilft vielleicht, wenn ich gelegentlich mit einem der Anwälte spreche. Dann kann ich meine Erfahrungen gleich in die Dealgestaltung einbringen. Und das könnte die Übernahme für euch einfacher machen. Was meinst du?«

Raphaels Augen leuchteten auf. »Sehr gern! Die sind gleich im Tower gegenüber. Ja, mach gern einen Termin mit ihm, er heißt Jules Breton.« Er nahm sein Smartphone zur Hand und leitete Laura einen Kontakt weiter. »Melde dich bei ihm.«

»Hat der einfach so Zeit?«

»Klar, der sitzt nur über den Zahlen und Paragrafen, den ganzen Tag. Alles, was ihn mal kurz ablenkt, wird ihm willkommen sein. Und«, er kniff ein Auge zu, »alles, was hilft, die Übernahme der BWG billiger zu machen, ist uns willkommen.«

KAPITEL 44

KANZLEI WEBER UND VENTURAS,
LA DÉFENSE, PARIS

Laura traf Jules Breton, Associate bei Weber und Venturas, in der Bibliothek der Kanzlei. Das Büro der Anwälte war etwa zwei Wolkenkratzer von der BCI entfernt. Jules, dunkelhaarig, mittelgroß und sichtlich übernächtigt – kein Wunder, auch Wochenenden kannte er kaum –, saß an einem der großen Tische, vor sich einen Laptop, um sich herum Dutzende von Klemmmappen und Gesetzbüchern.

Auch hier sah es mindestens genauso teuer aus wie in der Vorstandsetage der BCI. Jules hatte einen Kaffee und ein Wasser bringen lassen. Da beide ungefähr das gleiche Alter hatten, waren Jules und Laura schnell zum Du übergegangen.

»Du prüfst die Bücher der BWG?«, fragte Laura.

»Ja, mit einer Beratung zusammen. ECC, East Coast Consulting. Die machen die sogenannte Due Diligence, aber wir müssen natürlich noch mal drübergehen, ob wirklich alles passt. Wir gießen die Daten schließlich in Verträge, und während Berater alles Mögliche behaupten können, kann man uns Anwälte für schlechte Arbeit haftbar machen.« Er dachte kurz nach. »Anwalt ist nämlich ein geschützter Beruf, *Unternehmensberater* nicht.« Das war wohl ein Seitenhieb, dachte Laura, auf die ECC-Berater, die sich scheinbar auch bei der BCI die Klinke in die Hand gaben.

Laura nickte. »Raphael sagte, ich könnte dir helfen, um noch einmal einen Plausibilitätscheck zu machen.«

»Kannst du definitiv. Raphael hat schon gesagt, dass ich dir die Dateien schicken darf.«

»Kannst du gern machen.«

»Pass auf«, sagte Jules, »ich würde dir die Bilanz, die Gewinn-und-Verlust-Rechnung und eine SWOT-Analyse zusammen mit einer Risikobewertung schicken. Passt?«

»Passt sehr gut.« Den Begriff SWOT-Analyse hatte Laura erst bei den Projekten in der Zentrale kennengelernt. Dabei handelte es sich nicht um irgendeine Eliteeinheit, sondern um eine Übersicht der Stärken, Schwächen, Möglichkeiten und Gefahren eines Unternehmens. Auf Englisch »Strengths, Weaknesses, Opportunities und Threats«.

»Und was uns natürlich auch interessiert«, sagte Jules, »ist, wie viel Wahres an dieser ganzen Story mit der doppelten Bilanz dran ist. Wir haben dazu schon einen Report erstellt, aber vielleicht kannst du den validieren.«

»Klar. Und ich fürchte, da ist leider einiges Wahres dran.«

Jules kniff die Lippen zusammen. »Das hatte ich befürchtet.«

Laura überlegte, wie sie das Gespräch lenken sollte, damit Jules nun wiederum ihr etwas erzählte. Doch da nahm Jules ihr schon die Arbeit ab.

»Ich frage mich, unter uns gesprochen, sowieso, warum sie die BWG übernehmen wollen. Auch einige unserer Partner sind ganz wild darauf, aber ich verstehe das nicht. Die Bank ist defizitär und hat einige Leichen im Keller. Da kann noch so manches aufploppen und den Aktienkurs nach unten ziehen. Und dann, wenn die BCI die Bude übernimmt, auch den Kurs der BCI.«

»Ich höre immer, dass es die Aktionäre sind.«

»Klar, ohne die geht gar nichts.«

»Aber welche? Die der BCI?«

»Die auch bei der BWG mit drin sind. Eine Art, sagen wir mal, Konsortium.«

Da war das Wort wieder. »Okay«, sagte Laura, »und wer steckt genau dahinter? Das weiß nämlich niemand. Und soweit ich weiß, müssen sich die Hauptaktionäre beim Kauf eines Unternehmens kenntlich machen.«

»Da hast du recht. Das Einzige, was ich weiß, ist, dass es ein Staatsfonds ist.«

Laura spitzte die Ohren. Das hatte sie vorher noch nicht gehört.

»Ein Staatsfonds?«

»Ja, diese riesigen Investmentvehikel, die für ganze Staaten Geld für die Altersvorsorge und was auch immer anlegen.« Jules blickte nach draußen. »Die sind die treibende Kraft und wollen unbedingt die Übernahme.«

»Aber welcher Staatsfonds? Von welchem Land?«

»Das darf ich nicht sagen. Ausdrücklich nicht. Nur mit Genehmigung der Seniorpartner und nur mit schriftlichem Okay von Monsieur Arnault. Hast du die?«

Laura beschloss, ehrlich zu sein. Sie hatte sich mit der Abhöraktion schon weit genug in illegales Territorium bewegt, auch wenn Eisenstein davon ganz begeistert gewesen war.

Sie schüttelte den Kopf. »Nein, leider nicht.«

»Ich habe nur gehört, dass die nicht zimperlich sind«, sagte Jules und brach dann mitten im Satz ab.

»Der Staatsfonds?« Laura dachte an das, was sie über

Kashoggi gehört hatte. Da war jemand in der saudischen Botschaft von Istanbul *zersägt* worden. Aber was hatte das mit einem Staatsfonds zu tun? Andererseits hatte sie am eigenen Leib erfahren, dass die Leute hinter den Aktionären alles andere als zimperlich waren. Aber das wollte sie Jules nicht sagen.

»Ich checke gern die Tabellen und Prüfungsergebnisse«, sagte Laura und trank ihren Kaffee aus. Das Gespräch neigte sich langsam dem Ende. »Aber warum ist für diesen Staatsfonds gerade die BWG so interessant? Es gibt doch genug andere Unternehmen, die sehr viel profitabler sind? Was hat die BWG, was andere nicht haben?«

»Erst einmal ist die BWG durch den niedrigen Aktienkurs günstig.«

»Das hat einen Grund. Sie ist halt auch sehr ertragsschwach.«

Jules nickte. »Außer in einigen Bereichen des Investmentbankings. Da muss aber noch etwas anderes sein, was sie für neue Investoren attraktiv macht. Und zwar ganz besonders für Banken.«

Doch wieder die Altersvorsorge, dachte Laura, *war die Geschichte also tatsächlich wahr.*

»Ich bewerte nur die Erträge aus dem laufenden Geschäft, nicht die stillen Reserven«, sagte Jules, »das macht eine andere Abteilung, und da gibt es eine sogenannte chinesische Mauer.« Er blickte auf. »Aber du kennst doch noch einige Leute in der BWG. Frag da mal. Wenn es geht, einige, die schon etwas länger dabei sind oder jetzt im Ruhestand. Würde mich auch interessieren.«

Laura dachte angestrengt nach, während sie nach unten fuhr. Wer war länger in der Bank gewesen? Thomas Fischer? Der war tot. Harald Kienzle? Den kannte sie kaum. Gerhard Althaus? Der war auch tot. Aber seine Frau lebte noch. Sie hatte damals auf der Beerdigung von Althaus die Nummer von Elisabeth, Althaus' Frau, bekommen. Und sie hatte sie Anfang der Woche im Krankenhaus gesehen.

Sie verließ die Bank und rief Elisabeth Althaus an.

KAPITEL 45

LA DÉFENSE, PARIS

Laura stand nahe dem Wolkenkratzer der BCI, aber außer Sichtweite des Eingangs. Sie las die Firmenschilder in der riesigen Rezeptionshalle des gegenüberliegenden Gebäudes. Es waren Wirtschaftsprüfer, Anwaltskanzleien, Beratungen, Versicherungen und Immobilienentwickler. Das, was man im Amerikanischen immer den FIRE-Sektor nannte. »Finance, Insurance, Real Estate« – Finanzen, Versicherungen, Immobilien.

Elisabeth Althaus war nicht sofort ans Telefon gegangen, rief aber nach drei Minuten zurück.

»Ich war gerade im Garten«, erklärte sie. »Laura, dass wir uns schon wieder hören. Das freut mich! Was kann ich für Sie tun? Geht es Ihnen gut in diesen unruhigen Zeiten? Ich komme ja immer noch nicht darüber hinweg, was mit der jungen Kollegin passiert ist. Die war Ihr Alter, oder?« Laura war aufgefallen, dass Elisabeth Althaus über den Tod ihres Mannes zwar traurig gewesen war, aber gleichzeitig den Eindruck erweckte, dass sie allein und ausgestattet mit einer üppigen zusätzlichen Pension, auch ganz gut klarkam.

»Ja, war sie. Aber mir geht es gut. Immerhin. Ich muss eine Sache wissen, vielleicht haben Sie davon schon einmal gehört?«

»Ich tue, was ich kann«, sagte Elisabeth.

»Ich höre ständig davon, dass die BWG stille Reserven hat, die sehr wichtig sind, die aber niemand genau kennt und von denen niemand wissen soll.« Sie senkte die Stimme. »Hat es irgendetwas mit der Altersversorgung von Angestellten oder sogar der Rentenversicherung zu tun?«

»Ja, klar«, sagte Elisabeth mit einem Ton, als habe Laura sie gefragt, ob heute Dienstag sei. »Die BWG verwaltet die Altersvorsorge von Millionen von öffentlichen Angestellten.«

»Dann ist das wirklich wahr?« Laura dachte an die Zoom-Konferenz, an die SMS von Sina, an die Meldung, dass ihre Rentenerwartung bei null lag. Damals schien es nur ein Gag gewesen zu sein, doch jetzt klang das Ganze gar nicht mehr witzig.

»Ja, die BWG ist genau genommen halbstaatlich, da sie eine hoheitliche Funktion erfüllt. Darum ist sie auch noch nie pleitegegangen, obwohl die Großkopferten im Management sich ja nach allen Kräften bemüht haben, die Pleite möglichst schnell herbeizuführen.«

»Das ist nicht ganz falsch«, sagte Laura. Sie dachte an ihren Besuch bei Ehringer in Liechtenstein und die Tricksereien mit den Filialen in Dubai und Singapur, die außer Verlusten und Schauspielerevents nicht sonderlich viel zum Gewinn der Bank beigetragen hatten. »Wussten das die Manager?«

»Ich denke, die Altgedienten wussten das und Fischer auch. Es gab da früher immer den Witz: *Wir können nicht pleitegehen, auch wenn wir alles dafür tun, dass es so kommt.*«

»Aber wie ist es dazu gekommen?«

»Tja«, sagte Elisabeth gedehnt, »das ist nun schon alles eine Weile her. Aber Sie wissen ja vielleicht, dass die BWG ursprünglich in Berlin gegründet worden war. So wie die Deutsche Bank auch.«

»Ja, das weiß ich.«

»Nach dem Krieg wurden die Banken nach Frankfurt verlagert, da man Berlin, das mitten in der sowjetisch besetzten Zone lag, nicht für einen sicheren Standort für die größten Banken des Landes hielt. Um den Banken den Umzug zu versüßen, überlegten sich die Alliierten, aber auch die deutsche Politik, ein paar Goodies, wie man das neudeutsch nennt, um den Banken den Umzug zu versüßen.«

»Und das war?«

»Bei der Deutschen Bank hohe Beteiligungen an der deutschen Wirtschaft, das, was man gemeinhin die *Deutschland AG* nannte. Auch die Allianz, die ebenfalls in Berlin war und dann nach München zog, bekam einen großen Teil, um aus den Kapitalerträgen die Versicherungsleistungen im Schadensfall zu bezahlen. Wobei die Allianz ja dadurch groß wurde, dass die Münchener Rück darin die Unternehmen gebündelt hat, die ihre Versicherungsprämien nicht zahlen konnten, und im Gegenzug der Allianz Beteiligungen an ihren Unternehmen angeboten hat. Daraus wurde dann die *Unternehmens-Allianz*, oder kurz *Allianz*.«

Die Story, dachte Laura, kannte sie noch nicht. Sie hatte nur davon gehört, dass Carl von Thieme, der Gründer der Münchener Rück, sehr unkompliziert die Schäden des Erdbebens von San Francisco gezahlt hatte. *Thieme* wurde in den USA genau so wie *time* – Zeit – ausgesprochen. Das hatte ihm in den USA den wertschätzenden Beinamen *Thieme is money* eingebracht.

»Und die BWG?«

»Die bekam die Verwaltung der Altersbezüge von Millionen von Angestellten des öffentlichen Dienstes.«

»Ich dachte, das macht die VBL?« Die VBL war die Versorgungsanstalt des Bundes und der Länder.

»Offiziell ja, inoffiziell hat es die BWG.«

»Und was soll da der Vorteil sein?«

»Es war ein erster Versuch, die unter Bismarck gestartete Rentenversicherung schon zum Teil zu privatisieren. Du musst bedenken, die Deutschen wollten keine Marktwirtschaft. Die wollten und wollen entweder den autoritären Kaiserstaat oder die Planwirtschaft. Sagte mein Mann immer. Die Marktwirtschaft, wie wir sie kennen, wurde von den Amerikanern nach dem Zweiten Weltkrieg in Deutschland eingeführt. Was die Deutschen auch nur akzeptiert haben, weil die Alliierten ihnen vorher die Seele aus dem Leib gebombt haben.«

Laura hätte dazu gern noch mit Elisabeth Althaus diskutiert, aber sie musste zum Kern der Sache kommen. »Aber was war der Vorteil für die BWG? Das ist doch viel mehr Verantwortung?«

»Da der Staat für alles mit seiner Bonität haftet, war das Risiko gering. Der Vorteil aber war, dass die Bank sehr große stille Reserven hatte, die sie als Sicherheiten nutzen konnte. Das konnten andere Banken nicht. Darum wurde das Investmentbanking der BWG so stark. Sie konnten Wetten eingehen, die andere nicht eingehen konnten.«

»Musste denn die BWG oft gerettet werden?«

»Nicht allzu oft. 2008, in der Finanzkrise, so wie alle anderen Banken auch. Zwischendurch auch mal, aber dann relativ geräuschlos. Das Defizit wurde einfach mit dem Budget des Haushalts für Arbeit und Soziales verrechnet.«

»Demnach ist der Vorteil für jeden, der die BWG übernimmt, diese hohe Sicherheit, die die BWG in ihren Büchern hat?«

»Sie haben es erfasst«, sagte Elisabeth. »Aber wer will schon die BWG übernehmen? Trotz dieser Sicherheiten?«

»Tja«, sagte Laura, »das weiß ich auch nicht.« Obwohl sie es wusste. »Es gibt da Gerüchte am Markt. Aber Sie haben mir sehr geholfen.«

»Kommen Sie gern mal auf einen Kaffee vorbei. Die Koppenstraße ist ja nicht so nah, aber vielleicht schaffen Sie es trotzdem.«

»Das mache ich gern. Ich melde mich vorher.«

Koppenstraße, dachte Laura. Die Filiale in Berlin war in der Tat recht weit von Althaus' Haus nahe Zellendorf entfernt. Allerdings war Laura nicht in Berlin, nicht einmal in Frankfurt, sondern in Paris. Aber das konnte und durfte sie Elisabeth Althaus natürlich nicht sagen.

»Vielen Dank noch mal für die Auskünfte«, sagte Laura dann. »Ich melde mich wegen einem Kaffee.«

»Tun Sie das«, sagte Elisabeth, »Kuchen gibt es auch.«

KAPITEL 46

LA DÉFENSE, PARIS

Die BWG hat etwas, was alle anderen Banken nicht haben, dachte Laura.

Sie lief vor dem Hauptquartier der BCI hin und her wie ein Tiger an einer viel zu kurzen Kette.

Linus anrufen oder nicht?, dachte sie. Eisenstein hatte ihr, aus welchen Gründen auch immer, davon abgeraten, wenn man es so nennen wollte, aber sie musste mit irgendjemandem sprechen, der in die ganze Sache involviert war. Dem sie vertraute. Und mit dem sie schon durch dick und dünn gegangen war. Und das war nun einmal Linus.

Sie zählte bis drei und rief Linus an.

»Laura«, sagte Linus nach dem zweiten Klingeln. »Dass ich von dir noch mal höre! Wo bist du? Wir suchen dich überall. Auch wenn Fink und die anderen so tun, als wäre alles in Ordnung.«

»Ich bin in Paris«, sagte Laura, »mehr kann ich dazu nicht sagen.«

»Dann sag auch nichts. Vor allem nichts gegenüber Fink.«

»Was ist mit Fink verkehrt?«, fragte Laura.

»Das erkläre ich dir später.« Linus schien sich etwas zu winden. »Ich bin nicht sicher, ob wir ihm noch trauen können.«

Immer mehr Leute, denen niemand trauen darf, dachte Laura, *jetzt auch noch Fink!*

Sie musste an das arabische Sprichwort denken: *Ver-*

trauen kommt wie eine Schnecke und galoppiert davon wie ein Pferd.

Bei Laura war es von der Geschwindigkeit eher ein Kampfjet als ein Pferd.

»Warum?«

»Wie gesagt, erkläre ich dir alles, wenn wir uns sehen. Was kann ich für dich tun?«

»Erst einmal: Alles, was ich dir sage, bleibt unter uns, klar?«, fragte Laura. Sie wunderte sich selbst, wie bestimmt sie auf einmal klang. »Es ist schon schlimm genug, dass ich über ein Handy anrufe, aber über die Festnetztelefone der Bank erscheint es mir nicht sicherer.«

»Welcher Bank?«

»Erkläre ich dir auch später. Noch einmal: Alles hier bleibt unter uns, und dieses Gespräch hat nie stattgefunden, klar?«

Linus schwieg kurz. »Klar.«

Die Worte von Eisenstein hallten in Lauras Kopf wider.

Sie berichten nur an mich!

Aber Linus ist doch ein Kollege von Ihnen. Er ist doch auch beim BKA.

Noch einmal: Sie berichten nur an mich.

Egal, dachte Laura.

Laura erklärte Linus in knappen Worten, was die BCI vorhatte und warum die BWG ein so lohnendes Ziel war.

Linus räusperte sich. »Das habe ich befürchtet«, sagte er. »Und jetzt wird mir einiges klarer. Vor allem auch, was Fink angeht.«

»Was ist denn nun mit Fink?«

»Fink«, sagte Linus, »und auch das ist streng vertraulich, hat großes Interesse daran, dass die Fusion zustande kommt. Für zwei CEOs ist kein Platz, Arnault wird CEO der gesamten Bank, wenn die BCI die BWG übernimmt. Fink wird noch eine Weile als Dekorationschef danebenstehen, dann wird er mit einer hohen Vergütung und einem tollen Aktienpaket freigestellt. Das, was man goldenen Fallschirm nennt.«

»Was heißt das für ihn?«

»Mindestens zehn Millionen, vielleicht sogar deutlich mehr.«

»Macht die BWG da mit? Ich dachte, wir haben kein Geld.«

»Die BWG muss da nicht mitmachen.«

»Sondern die BCI? Weil sie die BWG übernimmt und ab dann das Sagen hat?«

»Exakt.«

»Keine schlechte Altersvorsorge.«

»Eben. Das Problem ist nur, dass Fink darauf hingearbeitet hat.«

»Dass er CEO der BWG wird?«

»Ganz genau. Er hat die Rechnung nur erst mal ohne die BCI gemacht. Aber was muss er dafür tun, um CEO zu werden? Von der alten BWG vor der Fusion? Wenn es schon einen CEO gibt?«

»Den alten CEO loswerden.« Laura merkte, wie ihr das Grauen den Rücken hochkroch. »Hortinger …«

»Er hat dafür gesorgt, dass Hortinger durch die, angeblich von dir, geleakten Finanzinsider-Infos nach Berlin kam. Und in der Suite wurde er dann vergiftet.«

»Und mir wurde der Mord in die Schuhe geschoben!« Lauras brüchiges und windschiefes Kartenhaus des Vertrauens brach endgültig in sich zusammen.

»Richtig. Idealerweise ist er dadurch beide losgeworden. Der alte Chef, der ihm in Weg stand, und Laura, die ohnehin zu viel fragt, nützlicher Idiot oder Idiotin war, um Hortinger nach Berlin zu lotsen, und die dann nicht mehr gebraucht wurde, also auch entsorgt werden konnte.«

Nützlicher Idiot, dachte Laura. So hatten sie auch Fischer bezeichnet, als sie intern Überlegungen über die Reichweite der Intrigen aufgestellt hatten.

Linus sprach weiter: »Entweder durch Vergiftung oder durch einen langen Gefängnisaufenthalt.«

Laura dachte daran, wie knapp sie einer langen Gefängnisstrafe entkommen war.

»Aber Fink hat danach lange mit mir gesprochen. Er kam mir wie ein guter Kollege und Chef vor.«

»Tja, sein Plan ging ja auch zum größten Teil auf. Er wurde CEO. Warum sollte er da schlechte Laune haben? Das Problem Laura war insofern erledigt, als es Staatshilfe gab, weil die Fusion kam und weil die BCI ihm ein Angebot gemacht hat, das er nicht ablehnen konnte. Er wird dann zwar nicht CEO, aber er kriegt einen großen Batzen Geld.«

Laura ließ das Ganze ein paar Sekunden sacken. »Die Nachricht an die Finanzportale, die aus meinem Mail-Account heraus geschickt wurde«, sagte sie, »wir haben herausgefunden, dass Marc dahintersteckte. Der dann tot aufgefunden wurde. Von einem Zug überrollt.«

»Klar«, sagte Linus, »Fink kannte Marc Schneider. Sehr gut sogar. Als kurzzeitiger Leiter der Abteilung für Alternative Investments war er sogar einmal sein Chef. Und wird ihn dafür sicher fürstlich belohnt haben. Zusammen mit den Geldgebern im Hintergrund.«

»Und Marc hatte keine Ahnung, dass er ebenfalls ein nützlicher Idiot …«

»… und danach ein toter Idiot sein würde, genau«, ergänzte Linus. »Das hat er sicher nicht erwartet. Aber wer sich mit diesen Leuten anlegt, lebt meist nicht lange.«

Laura überlegte wieder. »War Fink dann auch an dem Leerverkauf auf die BWG-Aktien beteiligt? Also unauffällig natürlich? Wenn die Nachricht der Bilanztrickserei durchgestochen wird und anschließend der Kurs fällt, verdienen ja alle.«

»Bestimmt«, sagte Linus. »Er hat ja sämtliche Insiderinformationen.«

»Aber er hat doch durch sein geschicktes Verhandeln beim Finanzminister dafür gesorgt, dass der Kurs wieder hochging? Das schadet doch den Erträgen aus dem Leerverkauf?«

»Richtig, aber da er ja Bescheid wusste, hat er die Aktien bestimmt rechtzeitig zurückgekauft. Als es dann wieder aufwärtsging, hat er die Aktien vielleicht gleich danach gekauft und von dem Kursaufschwung nach der Staatsrettung profitiert. Und es kommt noch etwas dazu: Wenn er der Bank hilft und als zupackender Macher gilt, segnet die Bundesregierung seine Stelle als CEO auch eher ab.« Linus machte eine Pause. »Was sie dann ja auch getan hat.«

»Verdammt clever«, murmelte Laura.

»Und«, sagte Linus, »ich nehme an, dass das, was er bei seinem goldenen Fallschirmabsprung bekommt, deutlich höher ist als das, was er aus dem Leerverkauf bekommen hätte. Trotz der Insidergeschäfte.«

Laura kam es mittlerweile so vor, als wäre sie die Einzige, die keine Insidergeschäfte machte.

Laura stellte die letzte Frage: »Weiß Fink von der Rentensache?«

»Mit Sicherheit. Und als das zu sehr die Runde gemacht hat, hat er uns allen einen Maulkorb verpasst.«

»Ich dachte, der Maulkorb käme vom Aufsichtsrat?«

»Und wer sitzt im Aufsichtsrat?«

»Unter anderem die Aktionäre?«

»Genau. Und die haben Fink in der Hand. Die sind es nämlich, die tatsächlich für den goldenen Fallschirm sorgen.«

»Dann ist es tatsächlich so, wie wir es geahnt haben?«, fragte Laura. »Die BCI übernimmt die BWG und kann nach Herzenslust spekulieren.«

»Genauso wie vorher das Investmentbanking der BWG.«

»Und sollte die BWG pleitegehen«, folgerte Laura, »wäre entweder der Staat gezwungen, mit Milliardenzahlungen einzuspringen, oder die Angestellten würden keine Rente bekommen.« Sie hielt kurz inne. »Ein Horrorszenario.«

Linus knurrte zustimmend. »Gegen das, was uns dann blüht, sind die Demos zur Finanzkrise und die Querdenkeraktionen zu Corona ein Kindergeburtstag.«

Laura sah riesige Menschenmengen, Trümmer, brennende Autos, Tränengas, Wasserwerfer, Feuer, Rauch vor ihrem inneren Auge. Sie merkte: Je mehr sie in all die Intrigen der BWG und des Konsortiums hineingezogen wurde, desto stärker und bildhafter wurden die Inszenierungen in ihrem Kopf. *Du kannst dein Gehirn für oder gegen dich arbeiten lassen,* hatte ihr einmal ein Coach erzählt. Derzeit arbeitete es gegen Laura.

In ihrem Kopf stiegen Bilder einer gewalttätigen Demonstration auf. Was als Protest begonnen hatte, hatte sich nun zu einer gefährlichen Eskalation entwickelt. Die Menge tobte, und die Stimmung war aufgeladen.

Die Luft war erfüllt von Schreien, wütenden Rufen und dem Klirren von Glas, während vermummte Gestalten über die Straßen huschten. Rauchbomben explodierten,

Mülleimer brannten, Geschäfte wurden geplündert, Fensterscheiben zersplitterten, und Brände loderten in den Straßen. Flaschen wurden geworfen, Steine flogen durch die Luft, und Molotowcocktails explodierten mit ohrenbetäubendem Krachen. Der Klang von Sirenen und die Megafone der Polizei verstärkten die chaotische Atmosphäre. Über alldem das rasselnde Geräusch von Rotorblättern eines Helikopters.

Die Menschen, die nicht zu der Demonstration gehörten, waren in Panik. Laura kam es vor, als wäre sie eine von ihnen. Die Menschen versuchten verzweifelt, sich in Sicherheit zu bringen, doch es schien, als ob Gewalt und Chaos sie von allen Seiten umzingelten. Angst und Hilflosigkeit legten sich wie ein düsterer Schleier über die Straßen.

Tränengaswolken hingen in der Luft, und das Licht der brennenden Barrikaden und die hoch auflodernden Flammen verliehen der Szenerie einen apokalyptischen Anblick. Der Rauch und die Hitze verstärkten das beklemmende Gefühl von Bedrohung und Chaos. Die Stadt, die normalerweise so lebendig und pulsierend war, schien nun von Dunkelheit und Gewalt verschlungen zu werden.

Sie konzentrierte sich wieder.

»Linus, wer ist dieser Staatsfonds?«, fragte sie.

Linus schwieg einige Sekunden. »Das wüsste ich auch gern. Auf alle Fälle eine Instanz, die gefährlich ist. Die über Leichen geht. Und«, ergänzte er, »die umso mehr mit dem Mut der Verzweiflung kämpfen, je weiter sie in die Enge getrieben werden. Denn ich glaube immer mehr: Diejenigen, die wir das Konsortium nennen, sind nicht nur die Jäger.«

»Sondern?«

»Sie sind auch die Gejagten.«

KAPITEL 47

LA DÉFENSE, PARIS

Beide schwiegen eine Weile.

»Das heißt«, sagte Laura, »ICC, also die, die wir immer das Konsortium genannt haben, weiß von dem moralischen Poker, den eine Pleite der BWG für den Staat bringen würde?«

»Richtig«, sagte Linus. »Sobald die BWG und die BCI zusammen sind, kann die BCI hoch riskante Wetten abschließen – wenn sie gut gehen, bringen die Wetten Geld, und ICC hat bei dem Staatsfonds, oder wer immer ihnen da im Nacken sitzt, den Kopf aus der Schlinge gezogen. Wenn sie schiefgehen, gibt es halt keine Rente für die Angestellten in Deutschland.«

»Wäre ja nicht das erste Mal, dass Deutschland der Zahlmeister ist. Stupid German Money, oder wie nennt man das im Ausland? *Dummes deutsches Geld.*«

»Genau«, erwiderte Linus. »Der andere Fall ist jedoch noch viel wahrscheinlicher: Der deutsche Staat muss einspringen.«

»Dann ist es ja völlig klar«, sagte Laura. »Nicht nur Fink und ICC möchten die Fusion, koste es, was es wolle, durchdrücken. Auch die Leute hinter dem Staatsfonds haben natürlich ein riesiges Interesse daran, die Fusion zum Erfolg zu führen.«

Sie kniff kurz die Augen zusammen. »Arbeitet Fink mit ICC zusammen?«

Linus antwortete sofort. »Mit wem sonst? Das hat er

doch alles in Abstimmung mit denen gemacht.« Nach einer Pause fragte er: »Wo bist du noch genau?«

»In Paris. Aber das darf ich gar nicht sagen.« Kurz überlegte sie: Warum fragte er *genau?*

Doch dann wischte sie den Gedanken beiseite. Sie wurde langsam so paranoid, dass sie sogar ihren Freunden misstraute.

Linus lachte kurz. »Mehr musst du auch nicht sagen. Ähm, wann bist du denn wieder hier? Wäre gut, wenn wir bald mal persönlich sprechen können.«

»Ja, das wäre es«, sagte Laura. »Ich melde mich, sobald ich Näheres weiß.«

KAPITEL 48

HOTEL INTERCONTINENTAL PARIS LE GRAND

Als Laura am Abend endlich ins Hotel kam, fühlte sie sich wie gerädert. Die Nacht vorher kaum Schlaf, die davor auch nicht, und dann war sie den ganzen Tag in Gesprächen und Recherchen, die ihr Weltbild gründlich durcheinandergerüttelt hatten.

»Madame Jacobs«, sagte der Portier nahe der Rezeption.

»Ja.« Das war das Besondere an Luxushotels, dachte Laura, sie kannten immer jeden beim Namen. Keine Ahnung, wie sie das machten.

»Da ist ein Herr, der Sie an der Bar sprechen möchte.« Der Mann wies Richtung Bar. »Wenn Sie nicht können, kein Problem, noch hat Sie niemand gesehen.«

Laura spürte Angst in sich aufsteigen. »Wissen Sie, wer das ist?«

Vor ihrem inneren Auge ragte die Gestalt von Silence vor ihr auf.

»Von einer Firma namens Xenotech.«

Ihr Atem ging schlagartig ruhiger. Was interessant war. Denn mit dem Plan, dass Xenotech genau dort eine Serverfarm bauen wollte, wo Lauras Haus stand, hatte das ganze Desaster begonnen. Xenotech war für sie vom Saulus zum Paulus geworden. Oder, Timo würde sagen: von Darth Vader zurück zu Anakin Skywalker.

Laura hatte nicht zweimal nachgedacht. Der Mann, der dort saß, war Richard Kano, der Deutschlandchef von Xenotech. Miranda, die Europachefin, die Laura vor einigen

Tagen auch im Adlon getroffen hatte, war, soweit Laura wusste, in Investorengesprächen in London.

Kano drückte Lauras Hand. »Wie schön, dass es klappt. Was trinken Sie?«

»Mineralwasser oder Cola light«, sagte Laura, »was anderes geht nicht.«

»Bei mir genauso«, sagte Kano. Er winkte dem Kellner. »Zwei Cola light.« Er blickte Laura an. »Was zu knabbern?«

»Schadet nicht.«

Kano gab dem Kellner noch ein Zeichen.

Beide setzten sich.

»Zunächst einmal«, sagte Kano und schlug die Beine übereinander, »muss ich um Entschuldigung bitten für die Stille. Wir mussten intern einige Dinge klären, denn auch bei uns überschlagen sich die Ereignisse.«

»Wie haben Sie mich hier überhaupt gefunden?«

»War nicht so einfach, aber teilweise auch naheliegend. Wir haben Leute, die dafür sorgen, gute Leute zu finden, die nicht gefunden werden wollen.«

Die Getränke kamen, und beide nahmen einen Schluck. »Aber Sie haben sicher eine Menge Fragen.«

»Die habe ich«, sagte Laura. »Was hat Xenotech mit ICC zu tun?«

»Sie sind bei uns Aktionäre. Fünfundzwanzig Prozent von uns gehören ICC.«

»Dann hat ICC diesen Anteil von Xenotech einmal gekauft?«

»Ja, vor einigen Jahren. Damals waren wir noch deutlich kleiner, aber auch schon profitabel. Die ganze Idee von Xenotech basiert auf intelligenten Cloud-Speichern. Unser Gründer, Jared Wilson, sein Spitzname ist Free Willy, hat lange mit der Blockchain-Technologie experimentiert.«

»Treffen Sie ihn noch häufiger?«

»Ab und an, aber wie bei so vielen Gründern ist er nicht mehr so stark im Tagesgeschäft involviert. Ist auch nicht so einfach, mit ihm einen Termin zu machen, denn er schläft *variabel,* wie er das nennt.«

»Was heißt das?« Laura kannte aus der Fachpresse einige Marotten von Techvisionären. So hatte sie gelesen, dass Tesla-Gründer Elon Musk als Jugendlicher das gesamte Monster-Manual von *Advanced Dungeons & Dragons* auswendig konnte. Oder war es Timo, der ihr das begeistert erzählt hatte?

»Er geht mal abends in Bett, mal morgens. Er hat keine festen Schlafzeiten.«

»Und was ist das Besondere an den intelligenten Cloud-Speichern?«

»Jared hat herausgefunden, wann die Server für die Clouds am meisten genutzt werden. Ist so ähnlich wie damals bei Amazon: Die brauchten viele Server, um das Weihnachtsgeschäft zu managen, während sie die Server im Rest des Jahres nicht brauchten. Bei den Kunden war es umgekehrt. Die brauchten ihre Rechenkapazität im Rest des Jahres, aber weniger zur Weihnachtszeit, wenn alle Urlaub hatten. Dann hat Amazon die Cloud-Leistung vermietet, und daraus wurde Amazon Web Service. Der größte Geldbringer bei Amazon.«

»Und Jared?«

»Der hat eine Software geschrieben, einen Algorithmus für die Speichernutzung, der durch künstliche Intelligenz die Zugriffsraten der Cloud-Server analysiert und dann automatisch die Bandbreite anpasst.«

»Was heißt das?«

»Xenotech weiß durch diese Big-Data-Analyse im Vorfeld, wann jemand auf die Cloud zugreift. Oft sogar, bevor es der Nutzer selbst weiß.«

»Das heißt, sie können vorab abschätzen, wie viel Speicherplatz jemand braucht, und dementsprechend planen, ohne mit dem Kunden Rücksprache halten zu müssen.«

»Ich hätte es nicht besser sagen können, aber ja. Genau das läuft bei uns vollautomatisch.«

Laura nickte anerkennend. »Das hört sich nach Wettbewerbsvorteil an.«

»Ist es. Unser *unfairer Wettbewerbsvorteil.* Dadurch spart Xenotech viel Energie und Speicherplatz. Deswegen werden wir auch das *Google des Cloud-Computings* genannt. Aber mit Amazon Web Service haben wir eine andere Sache gemein.«

»Nämlich?«

»So, wie Amazon Web Service die einzige richtige Cashcow bei Amazon ist, während der E-Commerce-Bereich, den jeder kennt, immer gerade so schwarze Zahlen schreibt. Genauso sind wir der einzige Geldbringer in dem ganzen Portfolio von ICC.« Er senkte die Stimme. Die Getränke wurden gebracht.

»Was ist mit den anderen Investments von ICC?«

»Irgendwelcher Techkram, Blockchain und dann noch hochprofitable Firmen wie die BWG.« Er lächelte kurz.

»BWG …«, sagte Laura. »Was ist mit Fink?«

Kano zuckte die Schultern. »Dazu können wir leider nichts sagen. Wir wissen nur, dass ICC uns braucht, um Geld und Dividenden zu bekommen. Wir wissen genauso, dass wir raus- und ICC als Investor loswerden wollen.«

»Sie wollen raus?«

»Besser heute als morgen.«

Laura war schon klar gewesen, dass Xenotech nicht so

böse war, wie sie dachte, aber diese Klarheit überraschte sie doch.

»Aber ICC will sie nicht rauslassen und will die Anteile nicht verkaufen?«

»Das wollen sie allerdings nicht.«

»Weil die Geldgeber Geld sehen wollen und all die anderen Investments kein Geld bringen?«, vermutete Laura.

»Exakt.«

»Wer steckt dahinter?«, fragte Laura. »Wer ist der ursprüngliche Geldgeber, der auch ICC finanziert.«

»Qatum«, sagte Kano. »Der Staatsfonds von Qatum.«

»Wo ist denn das? Mittlerer Osten?«

»Ja, ein sehr kleines Emirat. Nahe Qatar. Sehr klein, sehr reich. Kennt kaum jemand.«

»Wie viel hat er investiert?«

»Fünfundvierzig Milliarden. Der Seniorpartner der Kanzlei von ICC, Weber und Venturas, hat fünfundvierzig Minuten mit dem Emir gesprochen. Und ihm in dieser Zeit fünfundvierzig Milliarden entlockt.«

»Eine Milliarde pro Minute?«

»*Eine Milliarde pro Minute.* Genau das habe ich auch gesagt.«

»Und jetzt ist ICC unter Druck?«

»Ja, sie sind keineswegs die treibende Kraft, als die sie sich darstellen, sondern sind selbst, wie Sie ja richtig sagen, mächtig unter Druck: Die Investitionen, die für den Qatum-Staatsfonds gekauft wurden, laufen überhaupt nicht. Man spricht davon, dass es schon einen Mord gab, um ein Exempel zu statuieren.«

Laura riss die Augen auf. »Das Beispiel mit Kashoggi!«

»Wo haben Sie das gehört?«, fragte Kano.

Laura erzählte Kano absichtlich nichts von dem mitgeschnittenen Abendessen von Arnault und den zwei Vertretern von ICC.

»Habe ich mal zufällig in irgendeinem Call mitgehört. Ich gehöre sozusagen zum Due-Diligence-Kernteam der BCI.«

Kano nickte. »Ja, angeblich ging es bei Kashoggi auch um Investitionen, die nicht gut liefen. Hier war es genauso. Angeblich ist einer der Fondsmanager von ICC enthauptet worden.« Er blickte Laura an. »Schon einmal eine Leiche gesehen? Beziehungsweise, haben Sie einen starken Magen?«

»Ich war vor Kurzem erst in der Rechtsmedizin.«

»Okay«, sagte Kano und zeigte ihr ein Foto auf seinem Smartphone. Darauf ein abgetrennter Kopf, die Augen geschlossen, das Blut bis auf ein paar warnende Spritzer entfernt. Darüber stand in Rot, wie in einem Instagram-Post: *Wer seinen Kopf nicht nutzt, braucht ihn auch nicht mehr.*

»Das ist eine klare Drohung«, sagte Laura. Bei ICC wunderte sie allerdings gar nichts mehr. Und bei den Hintermännern schon gar nicht.

»Das ist es. Und den Drahtziehern von ICC wird klar, dass ihnen Ähnliches droht, wenn die Investments weiter so schlecht laufen.«

»Wer ist dieser riesige Mann mit den ausdruckslosen Augen?«, fragte Laura. »Der, der Althaus und Fischer auf dem Gewissen hat? Was macht er für ICC?«

»Sie nennen ihn Silence. Ein ehemaliger PCM, Private Military Contracting. War bei der Fremdenlegion und dann bei der Söldnergruppe Wagner. Ist der Mann fürs Grobe, obwohl er auch sehr leise und geschickt sein kann. Und«, er trank von seiner Cola, »um Ihre Frage zu beantworten, für ICC macht er nichts.«

»Ach?«, fragte Laura. »Für wen dann?«

»Für den Staatsfonds.«

»Silence arbeitet für den Staatsfonds?«

»Ja. Und die von ICC haben genauso viel Angst vor ihm wie wir.«

»Und die Lösung ist, dass die BWG mit der BCI fusioniert, damit wieder Geld in die Kassen kommt?«

»Richtig. Die BCI ist ebenfalls im Besitz von ICC und trägt diverse Bilanzrisiken. Diese Risiken möchte man gern bei der BWG abladen, die eh schon in Schieflage ist und schon einmal vom Staat gerettet wurde. Damit aber geriete auch die BWG noch weiter in Schieflage, als sie es ohnehin schon ist. Man weiß aber, dass der Staat die BWG, wegen der Rentenzusagen, retten wird.«

»Dann ist diese Fusion zwischen BWG und BCI der letzte Strohhalm, an den sich ICC klammern kann, um am Ende doch noch Geld zu machen …«

»… und weitere Morde zu verhindern.« Kano nickte. »Sie kämpfen mit dem Mut der Verzweiflung.«

Lauras Handy piepte.

Eine SMS von Eisenstein.

Sie müssen weg aus Paris. Sofort.

KAPITEL 49

AUF DEM WEG ZUM FLUGHAFEN
CHARLES DE GAULLE, PARIS

Laura saß im Taxi zum Flughafen. Sie hatte eilig gepackt und war verschwunden.

Checken Sie nicht aus, hatte Eisenstein gesagt. *Alles, was darauf hindeutet, dass sie weg sind, müssen Sie vermeiden.*

Im Taxi telefonierte sie mit Eisenstein.

»Warum die Eile?«, fragte sie.

»Jemand hat sie gesehen«, sagte Eisenstein. »Im Circus.«

»Mittags oder abends?«

»Abends. Sogar zweimal. Es dauert jetzt nur noch Stunden, vielleicht sogar Minuten, bis jemand eins und eins zusammenzählt und rausfindet, dass Sie mehr wissen, als Sie wissen sollten.«

»Und jetzt?«

»Jetzt fahren Sie mit dem Taxi zur Abflughalle. Dann gehen Sie ganz normal ins Terminal, sodass jeder denkt, Sie würden einen normalen Flieger nehmen.«

»Und dann?«

»Dann Richtung Zoll. Ist ausgeschildert. Dort wartet ein Mann mit einer roten Schirmmütze. Er heißt Jean, spricht Englisch und sogar ein bisschen Deutsch.«

»Einer von Ihren Leuten?«

»Nicht ganz. Von Interpol. Dem folgen Sie.«

»Wohin?«

»Zu Startbahn für die Privatflugzeuge. Ihre Spur muss sich in Paris verlieren.«

Privatflugzeug, dachte Laura. *Aus so einem Flugzeug wollte Thomas Fischer sie damals hinauswerfen lassen.*

»Okay, verstanden«, sagte Laura. »Was mache ich mit dem großen Koffer? Der liegt noch in meinem Zimmer im Hotel.«

»Erst mal nichts«, sagte Eisenstein, »Kleidung können Sie neu kaufen. Leben haben Sie nur eins.«

SONNTAG

KAPITEL 50

BANKAPPARTEMENT DER BWG,
FRANKFURT AM MAIN

Laura war *stehend k. o.,* wie sie es immer nannte, ins Bett gefallen, als sie gegen Mitternacht in ihrem Bankappartement angekommen war. Zum Glück gab es dort eine Auswahl an Lotionen und sogar eine Einmalzahnbürste, sodass sie ihren Koffer, der noch im Interconti Le Grand lag, nicht allzu sehr vermisste. Dazu gekommen, irgendwelche Mitbringsel zu kaufen, war sie auch nicht. *Hat Vorteile,* dachte sie, *wenn man so gut wie gar kein Privatleben hat. Man kommt nicht zum Shopping und damit nicht zum Geldausgeben.*

Nachts fand sich Laura plötzlich in einem Labyrinth aus Spiegeln wieder. Jeder Spiegel reflektierte nicht nur ihr Abbild, sondern auch alternative Versionen von ihr. Es schien, als ob sich unendliche Versionen von Laura in einer surrealen Choreografie bewegten. Sie versuchte, den richtigen Weg zu finden, aber jeder Schritt führte sie zu einem anderen Spiegelbild, das ihr ein Zwinkern zuwarf oder ihr geheimnisvolle Zeichen gab.

Was wollten diese unterschiedlichen Teile von Laura ihr sagen?

Schließlich gelangte sie an den Rand eines glitzernden Ozeans, der inmitten einer Wüste lag. Das Wasser war so klar, dass Laura bis auf den Meeresboden sehen konnte. Fische und Unterwasserwesen schwammen harmonisch nebeneinander, und leuchtende Korallen bildeten ein farbenfrohes Unterwasserparadies.

Dann hörte sie ihren Namen.

Laura!

Laura!

Laura!

Sie war panikerfüllt aufgewacht.

Wer hatte sie gerufen?

Lag sie auf der Couch im Berliner Hauptquartier der BWG?

Nein, sie war im Bett.

In ihrem Bankappartement.

Es war sieben Uhr morgens.

Jetzt wusste sie endlich, wo sie war, während sie noch immer den wunderschönen Ozean aus dem Traum vor sich sah. Sie wünschte sich an diesen Ort zurück.

Aber sie war nun einmal hier, in der Realität.

Dann kam alles wieder wie mit einem Hammerschlag: das Treffen mit Xenotech, der Anruf von Eisenstein, die Fahrt zum Flughafen, der Sicherheitsbereich, das Privatflugzeug.

Und noch eine Sache.

Da fiel es ihr ein: Sie wollte schon seit gestern Morgen Timo angerufen haben. Sie wählte seine Nummer.

»Na, Prinzessin von Paris«, sagte er etwas säuerlich, wie sie fand.

»Nicht mehr. Bin schon wieder in Frankfurt. Aber behalt das für dich.«

»Natürlich, du bist ja wieder in geheimer Mission unterwegs, Mrs Bond. Soweit ich weiß, suchen sie eine weibliche Nachfolgerin für Daniel Craig.«

»Sehr witzig. Ist auch bald vorbei. Dann bin ich wieder bei dir.« Beides hoffte sie inständig.

»Vermisst du mich wenigstens?«

»Natürlich! Was für eine Frage!«

»Und? Warst du im Louvre?«

»Nein, natürlich nicht. In der Oper auch nicht, obwohl mein Hotel direkt um die Ecke war, und auch sonst war ich nirgends. Außer in der Bank und in einem Restaurant.«

»Hat sich ja richtig gelohnt. Dann hättest du ja einfach nach Bitterfeld fahren können.«

»Da gibt es aber nicht so schöne Hotels.«

»Wohl wahr«, sagte Timo. »Du, ich fahre gleich mit Andreas, du weißt schon, ehemaliger Kollege, zu einem Kumpel, um dem in seinem Anbau zu helfen. Kann ich dich nachher anrufen?«

»Klar.« Laura hatte ganz vergessen, dass andere Menschen auch eine Agenda hatten.

»Überleg dir schon mal, was wir am kommenden Wochenende dann Schönes machen. Entweder Kino oder Grillen, oder wir gehen mit Heike und Jörg zu …«

Den letzten Satz von Timo hörte sie nicht mehr.

Der Knall hatte alles übertönt.

KAPITEL 51

BANKAPPARTEMENT DER BWG,
FRANKFURT AM MAIN

Laura rannte zum Fenster. Sie sah Teile des Hauptquartiers der BWG. Rauch stieg auf. Menschen rannten über den Platz.

Die Luft war erfüllt von Staub und Rauch. Laura konnte die Stimmung spüren, die von Schock, Panik und Verwirrung geprägt war.

Ein Teil der Straße war mit Trümmern übersät, Glassplitter lagen überall verstreut. Ganz in der Nähe schien die Fassade zersplittert zu sein, Fenster waren zerborsten, und Rauch stieg aus den rußgeschwärzten Öffnungen empor. Menschen standen fassungslos auf dem Platz, während Sirenen von Polizei und Rettungsdiensten in der Ferne heulten. Martinshörner und Motoren waren zu hören. Dann eilten schon Rettungskräfte auf den Platz.

»Hast du in den Hörer geniest?«, fragte Timo.

»Nein, hier hat es eine Explosion gegeben«, sagte Laura. »Irgendwo bei der Bank.«

»Jetzt ist ja echt James-Bond-Stimmung bei dir angesagt«, sagte Timo.

»Mach keine Witze«, sagte Laura. »Ich schau mal, was los ist, und melde mich dann später bei dir.«

»Mach das. Und pass gut auf dich auf.« Laura wusste, dass dieser Satz ernst gemeint war.

Laura rannte nach unten. Unterwegs rief sie Linus an.

»Laura, wo bist du?«, fragte der, als er den Anruf angenommen hatte.

»In Frankfurt. Ich habe gerade den Knall gehört.«

»Ich auch. War ja genau unter uns.«

»Also in der BWG?«

»Ja. Das Gebäude wird evakuiert. Ein paar sind da immer, aber zum Glück ist es nicht rappelvoll wie an Werktagen.«

Laura kam dem Hauptquartier näher. Aus der großen Flaggschiff-Filiale im unteren Teil des Gebäudes stieg Rauch auf. Polizei und Feuerwehr waren schon am Start, Notärzte eilten mit Liegen herbei. Schaulustige gruppierten sich nahe genug, um auch ja nichts zu verpassen, aber weit genug weg, um von einer möglichen zweiten Explosion nichts abzubekommen.

Die Atmosphäre war schwer und bedrückend. Die Stille wurde nur durch das gelegentliche Weinen, die rauen Stimmen der Rettungskräfte und das Klirren von herabfallenden Trümmerteilen unterbrochen. Der Geruch von Verbranntem und Gas lag in der Luft. Riesige Staubwolken verstärkten das beklemmende Gefühl.

»Bleib am besten vor dem Hauptquartier stehen«, sagte Linus. »Wir treffen uns etwas abseits, beim Eingang zum Park, okay?«

»Okay.«

Linus und Laura standen unter einem Baum wie ein Paar, das sich zum ersten Mal trifft. Beide beobachteten das hektische Geschehen der Rettungskräfte, der Notärzte und der Polizei. Der Platz war jetzt komplett abgeriegelt worden. Selbst am Sonntag waren eine Menge Leute unterwegs gewesen.

»Schon wieder ein Anschlag«, sagte Laura. »So wie in Berlin.«

Linus nickte. »Ja, aber kein Wunder, wenn man die Presse liest.«

»Die Presse?« Laura fiel auf, dass sie seit gestern Abend in keine einzige Zeitung oder kein einziges Newsportal mehr geschaut hatte. Ein wenig kam sie sich vor wie John Wick, der in *John Wick* zwei und drei fast die ganze Zeit im gleichen Anzug durch die Gegend rannte und Tag und Nacht gejagt wurde. Laura kannte alle drei Filme davon, weil Timo sie genötigt hatte, die Filme mit ihm anzusehen. Und er hatte auch gequengelt, dass er jetzt mit ihr zusammen *John Wick* vier im Kino sehen wollte. Der Film dauerte aber über drei Stunden, und das war ihr für einen Kinofilm deutlich zu lange. Selbst *Vom Winde verweht* würde sie nicht im Kino anschauen.

»Ja, die Meldung ist raus. Ob freiwillig oder nicht.«

»Was denn genau?« Sie musste Linus die Dinge genauso aus der Nase ziehen wie bei Timo.

»Die Kündigungen. Wegen der Fusion.«

»Die Geschichte ist draußen? Ich dachte, das soll streng geheim sein.«

»Tja, BWG-Leute sind es gewohnt, Neuigkeiten aus dem *Handelsblatt* zu erfahren und erst drei Tage später vom Vorstand.«

»So geht Leadership-Communication hier«, sagte Laura, »oder wie immer man das heute nennt. Neuigkeiten nur aus dem *Handelsblatt*, dafür teure Bespaßungsevents in Namibia.«

»Ja, so nennt man das«, sagte Linus. Er zog eine Zigarette aus der Packung und zündete sie an. Offenbar war das wieder so eine Situation, in der er rauchen musste.

»In der Zentrale fliegen zweitausend Leute raus, insgesamt achttausend Leute, die meisten in Verwaltung und Backoffice. Das ganze internationale Geschäft, das leider wirklich nie viel Geld gebracht hatte, wird brutal zusammengeschrumpft. Lateinamerika, USA und Nordafrika wird komplett dichtgemacht, Asien wird zusammengeschrumpft und das meiste außerhalb Deutschlands auf ein Minimum zusammengestutzt. Kerngeschäft wird Deutschland, so wie es auch die deutsche Politik will.«

»Und wer hat das gepetzt?«

»Keine Ahnung, wahrscheinlich mal wieder jemand, der der Bank schaden will.« Linus blickte sich um. »Für heute sind Demos angesagt, gegen das Kapital und die Banken. Und dann jetzt der Anschlag. Da kann noch einiges kommen.«

Laura schaute auf ihr Handy. Zehn Anrufe in Abwesenheit, allesamt mit französischer Vorwahl. Sie steckte das Handy wieder ein. So war das wohl mit den ganz wichtigen Leuten, dachte sie. Erst wurde sie in Frankfurt vermisst und jetzt in Paris. *Missing in Action* nannte man das.

»Gibt es Verletzte in der Filiale?«, fragte Laura.

Linus zuckte die Schultern. »Ich fürchte ja. Ich kann über die Polizei mit den Einsatzkräften reden.«

»Sobald sie ansprechbar sind, sollten wir mit ihnen reden«, sagte Laura.

»Okay«, sagte Linus, »ich kümmere mich. Wir fahren dann zusammen ins Krankenhaus. Hier können wir sowieso nichts machen.«

Er drückte die Zigarette aus und prüfte die Schachtel. Sie war leer. Er zerknüllte die Packung und warf sie in einen nahen Mülleimer.

KAPITEL 52

WESTEND KLINIKUM, FRANKFURT AM MAIN

Linus und Laura saßen im Taxi, das sich einen Weg durch zahlreiche Demonstranten bannte. An einigen Stellen brannten Autoreifen und Müllcontainer, an anderen Stellen ganze Autos.

Das Licht der brennenden Barrikaden und die lodernden Flammen verliehen der Szenerie einen apokalyptischen Anblick. Der Rauch und die Hitze verstärkten das beklemmende Gefühl von Bedrohung und Chaos. Die Stadt, die normalerweise so lebendig und pulsierend war, schien nun von Dunkelheit und Gewalt verschlungen zu werden.

Vermummte Menschen rannten über die Straße. Es sah aus wie in Frankfurt vor zehn Jahren, als es wegen der Einweihung des neuen EZB-Gebäudes riesige Demos und Straßenschlachten gegeben hatte. Oder eben so wie an jedem Silvester in Berlin.

Der Fahrer hatte das Radio an, und diesmal hörte Laura aufmerksam zu, während Linus leise mit einem Kollegen telefonierte.

»Nachdem bekannt wurde, dass die krisengeschüttelte BWG mit der französischen BCI fusionieren soll, kam es in Frankfurt zu zahlreichen Demonstrationen und einem Bombenanschlag auf die Hauptfiliale der BWG in der Neuen Mainzer Straße.

Finanzkreisen zufolge soll es sich bei der Fusion vielmehr um eine Übernahme durch die BCI handeln. Zu den De-

monstrationen kam es besonders deswegen, weil die BWG kürzlich mit einem milliardenschweren Hilfspaket vom Staat gerettet wurde und nun, durch die Übernahme, noch einmal mehr als zehntausend Stellen der BWG wegfallen sollen …«

Laura schaute aus dem Fenster. Draußen Menschenzüge mit Transparenten.

Die Bonzen stopfen sich die Taschen voll, die Kleinen verlieren ihren Job.

Die BWG ist abgebrannt, für alle geht's zum Arbeitsamt.

Der letzte Spruch, dachte Laura, war sogar kreativ.

Linus hatte sein Telefonat beendet.

»Jutta Weinheim«, sagte er. »Sie war dort. Etliche sind busy. Wir können sie besuchen. Sie ist zum Glück nur leicht verletzt.«

Jutta Weinheim hatte ein Einzelzimmer, das von einem Polizisten bewacht war. Man wollte vor allem die Presse fernhalten. Linus zeigte seinen Ausweis, und danach waren beide im Zimmer. Ein Arzt war gerade bei ihr. Laut Namensschild Dr. René Fuhrmann.

Jutta Weinheim schien zu schlafen.

»Wie geht es ihr?«, fragte Laura leise.

»Thermische Verletzungen zweiten Grades am Kopf und am Rücken«, sagte Fuhrmann. »Zum Glück hat der dicke Schreibtisch und die Wand, hinter der sie gerade Kopien machte, die Explosion in ihre Richtung gedämpft. Dadurch hat sie auch keine inneren Verletzungen durch die Blastwave, sodass wir sie nicht beatmen müssen. Wir überwachen sie aber trotzdem erst mal für sechsunddreißig Stunden.«

Da war es ihr deutlich besser ergangen als Tina Winkler, dachte Laura.

Die Blastwave, von der Fuhrmann sprach, war die Bezeichnung für die Druckwelle bei einer Explosion, die oftmals schlimmere Folgen durch die Verletzung der inneren Organe verursachte als herumfliegende Teile. Besonders häufig wurden die Lungen durch die Druckwelle so schwer geschädigt, dass Opfer, die äußerlich kaum Verletzungen aufwiesen, daran starben. Laura merkte mal wieder, dass das Englische nicht nur in der Finanzwelt, sondern fast überall Einzug gehalten hatte.

»Können wir mit ihr reden?«, fragte Linus.

Da regte sich Jutta Weinheim schon und öffnete die Augen.

»Frau Weinheim, Linus Haller und Laura Jacobs von der BWG«, sagte Linus. »Dürfen wir kurz mit Ihnen sprechen?«

»Ja, warum nicht. Sie sind ja nicht von der Presse? Mit denen soll ich nämlich auf gar keinen Fall sprechen.« Sie schien vom Dialekt her aus der Gegend um Frankfurt zu kommen.

»Nein, sind wir nicht.« Beide zeigten ihre Firmenkarten.

»Dann gern. Hier ist ja sonst niemand. Meine Tochter war schon da und hat mir Wäsche gebracht. Heute Abend kommt sie noch mal mit meiner Enkelin. Bin ja froh, dass ich heil geblieben bin. Und morgen kann ich schon wieder raus.«

»Lieber übermorgen«, sagte Fuhrmann, den Frau Weinheim erst jetzt bemerkte. »Wir wollen auf Nummer sicher gehen. Schließlich muss gewährleistet sein, dass Ihre Lunge wirklich nichts abbekommen hat und wir Sie nicht doch noch beatmen müssen.«

»Jawohl, Herr Doktor«, sagte Weinheim. »Also«, wandte sie sich an Laura und Linus, »was wollen Sie wissen?«

»An was können Sie sich erinnern? Was ist bei der Explosion passiert?«

»Also, das war so«, sagte Weinheim, »ich wollte den Briefkasten aufschließen, wo ich schon mal da war. Sie wissen schon, der, wo Kunden immer von außen Briefe und Überweisungsträger reinschmeißen können. Vielleicht war da noch was von Freitag drin, dachte ich.«

Laura durchfuhr ein Schock. Wie in Berlin, dachte sie.

»Ich habe das Ding also aufgemacht, aber da klingelte mein Handy«, sprach Weinheim weiter. »Ich also schnell zu meiner Tasche, die ich schon hinterm Schreibtisch abgestellt hatte.«

»Und der Briefkasten?«

»Da steckte noch der Schlüssel drin. Ich dachte, das mache ich gleich zu Ende, wenn der Anruf vorbei ist. Dann hat es geknallt.«

Laura dachte einen Moment nach und blickte Linus an. »Die Tür vom Briefkasten«, murmelte sie.

Linus nickte. »Wie in Berlin. Das Ding hätte gleich hochgehen sollen, wenn die Tür aufgeht. Aber weil Frau Weinheim zu ihrem Handy gegangen ist, war die Tür nur einen Spaltbreit offen.«

Laura und Linus tauschten einen Blick aus. Offenbar wieder die gleiche lichtempfindliche Substanz.

»Es ist gut, dass Sie an Ihr Handy gegangen sind«, sagte Laura, »sonst wäre es vielleicht schlimmer gekommen.«

»Sagt mein Mann immer«, sagte Weinheim, »geh immer ans Telefon, es könnte sein, dass sie dir mitteilen, dass du den Hauptgewinn gezogen hast.«

Laura lächelte kurz. Aber nach Lächeln war ihr gar nicht zumute.

KAPITEL 53

WESTEND KLINIKUM, FRANKFURT AM MAIN

Draußen auf dem Gang merkte Laura, wie dringend sich Linus eine neue Zigarette wünschte. Aber er hatte keine mehr dabei, und hier im Krankenhaus war Rauchen ohnehin verboten.

»Die wäre sonst tot gewesen«, sagte Laura. »Wenn sie nicht an ihr Handy hinter dem Schreibtisch gegangen wäre, wäre sie genauso tot wie Tina Winkler in Berlin.«

»Wieder ein lichtempflindlicher Sprengstoff«, sagte Linus. »Der ist nur etwas später hochgegangen, weil die Tür nur halb offen war.« Er ballte die Fäuste. »Klare Tötungsabsicht. Das ist keine Anti-Kapitalismus-Demo mehr. Das ist Terror.«

»Linus«, sagte Laura, »wir haben ihr nicht gesagt, dass sie dem Tod gerade so von der Schippe gesprungen ist.«

»Nein«, sagte Linus, »haben wir nicht und sollten wir nicht. Unwissenheit ist ein Segen.« Er blickte sich um. »Aber eine andere Unwissenheit stört mich dafür umso mehr. Du weißt wer?«

»Fink.«

»Genau.«

Sie verließen die Station und stellten sich abseits des Eingangs zum Krankenhaus nahe dem Taxistand auf.

»Weißt du Näheres von Fink?«, fragte Linus.

»Nein, ich dachte, du wüsstest das. Wo ist er denn?«

»Krank, wie es aussieht«, sagte Linus. »Grippaler Infekt, hat er gesagt.«

»Ausgerechnet jetzt?«

»Ja, komisch, oder? Die Nachricht wird an die Medien durchgestochen, es gibt riesige Demonstrationen, auf die Flaggschiff-Filiale der BWG gibt es einen Terroranschlag. Und wer ist nicht da? Der Vorstandschef der Bank!«

»Schon komisch.« Laura schaute sich um. »Meinst du, Fink hat die Nachricht an die Medien gegeben?«

»Natürlich, wer sonst«, sagte Linus. »Hat er doch bei dir auch so gemacht. Die Sache mit der faulen Bilanz, wofür er Marc instrumentalisiert hat.«

»Sollten wir ihn mal besuchen?«

»Die Idee hatte ich auch.« Linus nickte. »Ich denke, das ist eine gute Idee. Aber nicht sofort. Wir warten, bis sich der Aufruhr in der Stadt legt. Was gibt es von dir noch Neues?«

Laura überlegte einige Sekunden, ob sie das erzählen sollte, was sie erzählen wollte, entschied sich dann aber doch dafür.

»Xenotech«, sagte sie. »Ich habe Kano getroffen.«

»Den Deutschlandchef? Von Xenotech?«

»Genau den.«

»Wo?«

»In Paris.«

»Und?«

»Xenotech wollte niemals von ICC gekauft werden. Sie waren dagegen, Teil ihres Portfolios zu sein. Nur ICC hat mit riesigen Geldmengen immer weiter Aktien gekauft, bis sie eine Position von dreiunddreißig Prozent hatten.«

Linus blies die Backen auf. »Was bei deren Börsenwert schon einen ganzen Batzen Geld darstellt.«

»Mit dem sollten wir auch sprechen«, sagte Linus. »Unbedingt. Aber erst mal Fink.«

»Vielleicht ist er wirklich krank?«

»Laura, das glaubst du doch selber nicht. Und falls doch, können wir ja Masken tragen.«

Als er Lauras entsetztes Gesicht sah, fügte er hinzu. »Ich meine FFP2-Masken, zur Virenabwehr. Keine Strumpfmasken!«

KAPITEL 54

WESTEND, FRANKFURT AM MAIN

Sören Fink bewohnte eine Penthouse-Wohnung im Westend. Neubau, Tiefgarage, Klimaanlage, wie man es von außen sehen konnte, mit großen Dachterrassen. Eine Art Gated Community für junge Aufsteiger. Laura fiel auf, dass sie gar nicht wusste, ob Fink verheiratet, liiert oder Single war.

Die Siedlung erstreckte sich über ein weitläufiges, gepflegtes Gelände und war ein beeindruckendes Beispiel für architektonische Eleganz und luxuriöses Wohnen. Der erste Eindruck war atemberaubend, als beide durch das majestätische Eingangstor traten.

Die Siedlung bestand aus einer Reihe von hochmodernen Gebäuden. Klare Linien, große Glasfenster und eine Kombination aus Stahl und Stein verliehen den Gebäuden ein zeitgemäßes und anspruchsvolles Aussehen. Der Architekt hatte mit viel Sorgfalt auf Details geachtet, um ein Gefühl von Raffinesse und Eleganz zu schaffen.

Die gepflegten Grünflächen zwischen den Gebäuden waren wie ein perfekt angelegter Park gestaltet. Es gab blühende Blumenbeete, üppige Rasenflächen und kunstvoll gestaltete Wasserspiele, die eine beruhigende Atmosphäre schufen. Die Bewohner konnten die Ruhe und Schönheit der Natur inmitten des städtischen Trubels genießen, wenn sie denn einmal Zeit dafür hatten.

Zu den Annehmlichkeiten der Siedlung gehörten, wenn Laura die Schilder richtig interpretierte, auch private

Spa-Bereiche, ein Fitnessstudio mit den neuesten Geräten, ein Infinitypool mit Panoramablick, ein exklusives Restaurant und eine elegante Lounge. Sogar einen persönlichen Concierge-Service schien es zu geben.

Laura und Linus stiegen aus dem Taxi.

»Da oben«, sagte Linus, »vierter Stock. Also los.«

Oben waren Hortensien zu sehen. Laura dachte an Hortinger, der ja oft »Die Hortensie« genannt worden war, weil unter ihm nichts wuchs … weil er alles unter sich plattmachte. Jetzt hatte ihn jemand anderes plattgemacht.

Lauras Handy klingelte. Sie schaute kurz auf die Nummer.

Verdammt, dachte sie.

Es war Eisenstein. Sie hatte seit gestern nicht mit ihm gesprochen. Sie hatte nur eine SMS geschickt, dass sie sicher in Frankfurt gelandet war.

Mit ihm konnte sie jetzt auf keinen Fall sprechen. Er hatte ihr gesagt, sie solle Abstand zu Linus halten. Und jetzt war sie hier auf einer nicht abgestimmten Aktion mit Linus unterwegs.

Sie drückte den Anruf weg.

»Wer war das?«, fragte Linus.

Dein Chef, der mir verboten hat, mit dir zu reden. Das konnte Laura auf keinen Fall sagen.

»Kollegin aus Berlin, nichts Wichtiges. Also, gehen wir.«

Sie klingelten an der Tür.

In der Gegensprechanlage die Stimme von Fink.

»Ja?«

»Linus und Laura hier«, sagte Linus, »können wir kurz rauf?«

»Klar«, sagte Fink. »Vierter Stock.«

KAPITEL 55

WESTEND, FRANKFURT AM MAIN

Fink trug eine Jeans und ein Hemd. Krank sah er nicht aus. Und auch nicht so, als ob er gerade ein riesiges Komplott schmieden würde. Aber so, dachte Laura, sahen Leute, die ein riesiges Komplott schmiedeten, ja nie aus.

Laura schaute sich kurz um. Eine helle, große Wohnung, ähnlich wie Finks Büro.

Die großzügigen Grundrisse waren lichtdurchflutet und boten einen atemberaubenden Blick auf die Umgebung. Hohe Decken, edle Materialien und maßgefertigte Einrichtungen verliehen den Innenräumen einen Hauch von Exklusivität. Jede Wohnung war, von den Armaturen, die dezent in die Wände integriert waren, mit modernster Technologie ausgestattet, von intelligenten Haushaltsgeräten bis hin zu hochwertigen Soundsystemen.

Auf der Couch einige Zeitschriften und ein iPad, unter dem großen Plasma-TV eine Xbox. Ob Fink oft zum Spielen kam? Auf der Stirnseite eine große Dachterrasse, dann noch ein kleiner Balkon mit Tisch, auf dem ein zierlicher Aschenbecher voller Kippen stand.

An einer Wand ein großes Bücherregal. Darin größtenteils Managementbücher und einige Romane und Sachbücher zur Geschichte. Laura erkannte eine Biografie von Bismarck und eine von Churchill. Darüber gut fünfzehn rote Ordner. IESE stand darauf. Offenbar die Business-School, wo Fink seinen MBA gemacht hatte.

Fink hatte Lauras Blick bemerkt.

»Die Ordner waren erst im Regal in meiner vorherigen Wohnung und jetzt hier. Reingeschaut habe ich nie wieder. Sollte ich vielleicht mal.« Fink lächelte kurz. »Wenn ich beim nächsten Umzug immer noch nicht reingeschaut habe, schmeiße ich sie weg.«

»Wie geht's?«, fragte Linus, möglichst unbekümmert.

»Gut«, sagte Fink. »Mir wurde aber nahegelegt, mich heute der Bank fernzuhalten. Es hat Morddrohungen gegeben.«

»Von wem?«, fragte Laura.

»Die Ermittler waren da nicht sehr spezifisch. Ich sollte nur hierbleiben und auf Instruktionen warten.«

Klar, dachte Laura, *Instruktionen von ICC. Sei nicht am Ort des Geschehens, wenn die Bombe hochgeht. Im wahrsten Sinne des Wortes.*

»Wollt ihr einen Kaffee?«, fragte Fink und blickte zur Küche. Dort stand eine original Bezzera-Kaffeemaschine, die Cappuccino und Espresso machen konnte. Timo lag Laura seit Monaten in der Ohren, dass er auch eine bessere Kaffeemaschine wollte. Wäre einfacher, dachte Laura, wenn Timo nicht dreißigtausend Euro verzockt hätte. Und das Gehalt von Fink kriegte er auch nicht. *Okay,* dachte Laura, *das war jetzt ein gemeiner Gedanke.*

»Warum nicht?«, fragte Laura. Linus sagte nichts.

Fink ging in die Küche.

Laura und Linus folgten ihm in den lichtdurchfluteten Raum, in dessen Mitte eine riesige Kücheninsel stand. Eine Wand war komplett aus bodentiefen Fenstern, und Laura fragte sich kurz, welcher Architekt sich in einer Küche eine derartige Platzverschwendung ausgedacht hatte. Andererseits hatte Fink in seiner riesigen Kücheninsel mehr Stauraum als Laura und Timo in ihrer gesamten Küche.

Fink öffnete einen Schrank unter der edlen Arbeitsplatte. »Kaffee schwarz?«, fragte er.

»Ja«, sagte Laura.

Auch Linus nickte.

Fink schaute nach unten in den Schrank. »Das macht es einfacher«, sagte er, »weiß nämlich nicht, ob die Milch noch gut ist.«

Fink ging in die Hocke, öffnete einen anderen Schrank.

Dann stand er wieder auf.

Laura erstarrte.

Sie sah die Waffe, die er in der Hand hielt.

Eine Glock, wenn sie nicht alles täuschte.

Sie starrte auf die Hand.

Der Finger lag am Abzug.

KAPITEL 56

WESTEND, FRANKFURT AM MAIN

Doch es war nicht Finks Hand, die die Waffe hielt. Es war die von Linus.

»Verdammt, was soll das?«, fragte Fink und hob die Hände. »Soll das ein blöder Witz sein?«

»Lass die Hände unten, das nützt dir nichts mehr«, sagte Linus.

»Seit wann sind wir beim Du?«, fragte Fink, als ob das in dieser Situation die wichtigste Frage war.

»Linus, was soll das?«, fragte Laura.

»Halt den Mund«, sagte Linus und richtete kurz die Waffe auf Laura.

»Linus, was ist los?« Laura merkte, wie alles, woran sie geglaubt hatte, komplett in sich zusammenfiel. Was tat Linus hier? Wollte er Fink festnehmen? Aber warum auf diese Art und Weise?

Die Laura, die sie einst war, die einst voller Vertrauen und Glauben an die Menschen und das Leben war, fand sich nun in einem Zustand wieder, in dem sie jegliches Vertrauen verloren hatte. Es war ein schmerzhafter Prozess, der über einen längeren Zeitraum stattgefunden hatte und von einer Reihe von Enttäuschungen und Verrat geprägt war.

Es begann mit kleinen Rissen in ihrem Vertrauen, als Menschen, denen sie nahestand, ihre Erwartungen enttäuschten. Die Worte, die sie mit Zuneigung und Unterstützung erwartet hatte, wurden zu leeren Versprechen.

Was sollte sie tun? Sich komplett isolieren? Den Glauben an die Menschheit verlieren? Gar nichts mehr machen? Oder galt nach wie vor der Grundsatz, nach dem sie ihr ganzes Leben lang gelebt hatte? Dass es zum Handeln niemals eine Alternative gab.

»Ich weiß, was du vorhast«, sagte Linus.

»Was soll ich vorhaben?«, schrie Fink. »Ich sage dir, das wird ein Nachspiel haben. Hier den City-Hai zu spielen, das wird dir böse auf die Füße fallen!« Jetzt war auch Fink zum Du übergegangen.

Fink schaute sich um. Es war ersichtlich, dass er irgendetwas suchte, um es auf Linus zu werfen. Dass er auch Angst vor der Waffe hatte und keine falsche Bewegung machen wollte.

»Es ist egal, was du sagst«, sagte Linus. »Es ist vorbei.«

Damit hob er die Waffe und drückte ab.

KAPITEL 57

WESTEND, FRANKFURT AM MAIN

Der Schuss traf Fink in die Brust. Linus schoss noch einmal. Noch ein Schuss in die Brust. Und noch ein Schuss. In den Bauch.

Blut spritzte auf sein blaues Hemd.

Fink wurde nach hinten geschleudert, direkt durch die Glastür auf den kleinen Balkon. Der Tisch fiel zu Boden, und der Aschenbecher zersplitterte.

Er fiel zwischen einigen Blumenkübeln zu Boden und blieb blutend und umgeben von Glassplittern liegen.

»Schade, dass es so enden musste«, sagte Linus. »Aber es ist noch nicht zu Ende.«

Mit diesen Worten richtete er die Waffe auf Laura.

KAPITEL 58

WESTEND, FRANKFURT AM MAIN

Laura spürte, wie die Angst ihren Magen in einen stahlharten Klammergriff nahm.

Es war nicht das erste Mal, dass eine Waffe auf sie gerichtet war.

Damals in der Filiale waren es Sandra und sie gewesen.

Doch da wollten die Bankräuber das Geld.

Hier wollte jemand kein Geld. Hier wollte jemand Lauras Leben.

Sie erinnerte sich an die Worte von Jörg, dem Jäger: *Die Waffe ist immer als geladen zu betrachten.*

Die Hand ist nur am Abzug, wenn du schießen willst.

Richte die Waffe nur auf das, auf das du auch tatsächlich schießen willst.

Linus' Waffe war geladen, er hatte damit mehrfach auf Fink geschossen, und es waren sicher mehr als drei Patronen im Magazin, das wusste Laura, auch ohne eine Waffenexpertin zu sein. Linus' Hand war am Abzug. Und er hatte die Waffe auf Fink gerichtet. Und geschossen. Und jetzt richtete er die Waffe auf Laura. Sicher auch, um auf sie zu schießen.

Laura überlegte nicht lange. Sich auf Linus zu stürzen, war zu gefährlich. Also versuchte sie es mit Worten.

»Was soll das? Bist du wahnsinnig? Warum schießt du hier um dich?« Sie erinnerte sich an den Bankraub. Wo es ihr gelungen war, die Bankräuber zu besänftigen. Würde ihr das hier genauso gelingen?

Linus ging zum Balkon, die Waffe weiter auf Laura gerichtet. »Es würde zu lange dauern, dir das zu erzählen. Glaube mir, ich tue es nicht gern. Bei dem hier schon«, er blickte zu Fink hinunter, der sich noch ein wenig bewegte, aber ansonsten blutüberströmt zu Linus' Füßen lag. »Aber bei dir bestimmt nicht.«

»Wir brauchen einen Arzt«, sagte Laura und blickte sich um.

»Ihr braucht beide nur noch den Leichenwagen«, sagte Linus.

»Du bist beim BKA«, rief Laura. »Ist das dein Job? Menschen einfach abzuknallen? Egal was Fink getan hat, in diesem Land gibt es kein Standgericht.«

»Beim BKA?«, fragte Linus. »Ja, das war mal. Jetzt habe ich andere, die für mich sorgen. Und das viel besser. Nur diese Leute verlangen leider einiges.«

In Lauras Kopf griffen einige Zahnräder ineinander, und sie merkte, wie ihr schlecht wurde.

Warum hatte sie nicht auf Eisenstein gehört? Er hatte ihr mehr oder weniger verboten, mit Linus Kontakt aufzunehmen. Und sie hatte es trotzdem getan. Aber warum sollte sie auch nicht? Sie waren gemeinsam in Liechtenstein gewesen, dann in London bei Hortinger, dann bei der BaFin in Bonn, dann in Berlin, um die Bankenrettung durch den Finanzminister einzufädeln. Linus hatte sie sofort im Krankenhaus besucht, als die Häscher von ICC versucht hatten, sie im Hotel de Rome zu vergiften. Er hatte die Sache mit Gridshark organisiert, das BKA-Tool, mit dem sie die wahren Mörder von Hortinger herausfinden konnten. Selbst Timo hatte ihn kennengelernt – und offenbar gemocht. Und auch Timo hatte mithilfe von Linus, wenn auch nicht ihm allein, seinen Kopf aus der Schlinge ziehen können. Und jetzt spielte der, Linus, gerade der, für die Gegenseite? War das vorher alles Teil des Plans gewesen?

Linus schaute auf Fink hinunter, der vergeblich versuchte, sich aufzurichten, bevor er wieder nach unten sackte.

Linus schnaubte. Dann blickte er Laura an. »Es war eine tolle Zeit mit dir. Das, was ich jetzt tue, tue ich nicht gern. Aber ich habe keine Wahl.«

»Man hat immer eine Wahl«, sagte Laura leise.

Linus richtete die Waffe auf sie.

Und drückte ab.

KAPITEL 59

WESTEND, FRANKFURT AM MAIN

Laura stand derart unter Schock, dass sie nicht wahrgenommen hatte, was sich in der letzten Zehntelsekunde ereignet hatte. Sie hatte davon gelesen, dass Zeit subjektiv war, dass sich Dinge, die gefährlich waren, langsamer ereigneten oder vom Gehirn langsamer abgespielt wurden.

Die Welt um sie herum schien sich plötzlich zu verlangsamen, als ob die Zeit in diesem Moment ihre übliche Geschwindigkeit verlor. Jeder Atemzug, jeder Schritt und jede Handlung schienen in Zeitlupe zu geschehen.

Laura beobachtete fasziniert, wie die zwei Männer vor ihr sich in Zeitlupe bewegten. Ihre Schritte wurden zu einem langsamen Tanz, ihre Gesten zu fließenden Bewegungen, und selbst der Klang ihrer Stimmen schien gedehnt und verzögert.

Der Schuss ging in die Decke. Putz rieselte herunter. Der Schalldämpfer machte den Schuss eher zu einem Sektkorken, der aus der Flasche kam, als zu einem echten Pistolenschuss.

Ein Glück, dass das hier Penthouse ist, da erwischt es oben niemanden, dachte ein Teil von Lauras Gehirn.

Sie blickte nach vorn.

Mit einem Schrei von unglaublicher letzter Anstrengung hatte sich Fink erhoben. Er griff die Hand mit der Pistole und riss sie nach oben.

Fink schwankte in die Küche, blutüberströmt, das Gesicht verzerrt, wie ein Racheengel aus einem Horrorfilm.

Er bog Linus die Hände auf den Rücken und hielt Linus mit letzter Kraft im Klammergriff. Dann hob er den Fuß, stemmte sich gegen die Küchenzeile und warf sich mit aller Kraft gegen die riesige Fensterfront der Küche. Glas knirschte und splitterte, als beide, Linus und Fink, eng umschlungen durch die Fensterfront nach unten stürzten.

Laura spähte vorsichtig durch das zersplitterte Glas nach unten, als sie den Aufschlag hörte.

Linus war auf Fink gefallen, der jetzt leblos unter ihm lag.

Er blickte nach oben.

Laura zuckte mit dem Kopf zurück.

Noch ein Schuss.

Linus hatte sofort geschossen. Er war viel gefährlicher, als sie gedacht hatte.

Beton rieselte über ihr nach unten, dort, wo der Schuss eingeschlagen war.

Sie rannte aus der Küche heraus zur Eingangstür. Die Tür war verschlossen. Aber was, wenn Linus Fink den Schlüssel wegnahm? Und zu ihr nach oben kam?

Sie atmete tief durch und schleifte alles, was ihr einfiel, vor die Wohnungstür. Den Esstisch, Stühle und eine Bronzeskulptur, bei der Laura nicht wusste, was sie darstellte, die aber teuer aussah. Schwer war sie auch, und das war gut.

Als das erledigt war, griff sie zum Handy.

Es gab nur eine Nummer, die ihr einfiel: Eisenstein.

Der ging sofort ans Telefon.

»Da sind Sie ja endlich«, sagte er. »Ich gehöre nicht zu denen, die man wegdrücken sollte.«

»Sie müssen sofort herkommen«, sagte Laura. »Ich sage Ihnen die Adresse, Bockenheimer Straße Nummer 123. Frankfurt. Mit einem Team. Rest erkläre ich später.«

Eisenstein hatte den Ernst der Lage sofort begriffen und stellte zum Glück keine dummen Fragen. »Notiert. Wir schicken ein Einsatzteam. Ist in drei Minuten da. Geht es Ihnen gut?«

»Nein, überhaupt nicht.« Sie zog durch den Mund Luft ein. »Jemand hat versucht, mich zu erschießen.« Sie merkte, wie ihr Atem rasselte. Nicht nur von der Panik, sondern auch von der Aktion, die ganzen Möbel vor die Tür zu rücken. Bevor Eisenstein etwas sagen konnte, sprach sie weiter.

»Linus. Linus Haller.«

Eisenstein sagte nichts. Aber dieses Schweigen sprach auch Bände. Er sparte es sich auch, Laura darauf hinzuweisen, dass er ihr ja explizit untersagt hatte, sich mit Linus zu treffen. *Ich habe es dir ja gleich gesagt,* waberte durch das Telefon.

»Dazu sprechen wir später«, sagte er. »Ich komme nach Frankfurt. Ich bleib so lange dran, bis die Kollegen bei Ihnen sind. War Linus vorher in seinem Büro?«

»Ich denke ja.« Laura ließ sich auf einen Stuhl in der Küchenecke sinken, die Tür mit all den Möbeln davor im Blick.

»Gut«, sagte Eisenstein, »ich sage den Kollegen Bescheid, die sollen sein Büro sperren und dort Wachposten platzieren. Ich habe die Befürchtung, dass sonst irgendwer seinen Rechner mitnimmt.«

»Sehr gut«, sagte Laura. Sie atmete noch einmal tief durch. Lauschte auf den Aufzug. Und die Treppe. Nichts zu hören.

»Ich kann«, sagte sie dann und atmete erneut tief ein, »ich kann Ihnen leider nicht sagen, wo Linus ist. Er hat mehrfach auf Sören Fink, den Chef der BWG, geschossen, und beide sind aus dem vierten Stock gefallen. Linus scheint es überlebt zu haben, denn er hat von unten noch einmal auf mich geschossen. Er ist offenbar auf Fink gefallen, der seinen Sturz gedämpft hat. Ich kann auf keinen Fall noch einmal runterschauen.«

»Das müssen Sie auch nicht. Warten Sie, bis die Kollegen da sind.«

»Okay.« Sie schaute auf den kleinen Monitor an der Tür.

Ihr Herz blieb fast stehen.

An der Tür ein großer Mann. Der Kopf fast kahl. Er trug eine Sonnenbrille, aber er sah aus wie dieser Typ, der für Stille sorgte. Linus war weg. Aber dieser Typ war da. Oder war es jemand ganz anderes?

Der Mann an der Tür hatte ein Handy am Ohr.

»Sind Sie noch da?«, fragte Eisenstein.

KAPITEL 60

WESTEND, FRANKFURT AM MAIN

»Hier ist ein Mann vor der Tür«, sagte Laura, völlig außer Atem. »Es scheint dieser große Typ zu sein. Der, der Althaus im Gefängnis … der Mann namens Sil…«

»Das ist Kollege Reinhardt vom LKA«, sagte Eisenstein. »Ich habe ihn auf der anderen Leitung. Ich sage ihm schnell, dass er mal winken soll.«

Laura schaute auf den Monitor. Der riesige Mann winkte.

»Ist der schon länger hinter mir her?«, fragte Laura.

»Wieso?«, fragte Eisenstein. »Haben Sie ihn etwa vorher schon gesehen? Dann hat er seinen Job nicht gut gemacht. Aber ja, er war an Ihnen dran. Zu Ihrer Sicherheit.«

Na toll, dachte Laura und merkte, wie ihr vor Erleichterung fast die Tränen kamen, *dann habe ich mir um die Sache ja völlig umsonst Sorgen gemacht.*

»Also«, sagte Eisenstein, »kommen Sie runter. In einer Stunde bin ich an der Hauptwache, da können wir sprechen.«

MONTAG

KAPITEL 61

POLIZEIWACHE, FRANKFURT AM MAIN

Laura genoss den starken Kaffee in der Polizeidirektion Frankfurt. Nach einer unruhigen Nacht, in der Eisenstein dafür gesorgt hatte, dass sie sicher untergebracht und bewacht war.

Eine große Wand war als Projektorfläche gestaltet, um Präsentationen und Datenvisualisierungen während der Besprechungen zu ermöglichen.

Reinhardt und ein Kollege namens Willers sortierten Akten, während ein Dritter namens Mertens telefonierte. Das Telefon war auf laut geschaltet, sie hörten den Bericht der Rechtsmedizin, am Apparat ein Kollege namens Windhorst, der gerade mit der Sektion von Sören Fink fertig war.

»Wir haben zwei verschiedene Verletzungsmuster. Durch den Sturz aus der Höhe und die Schussverletzungen im Brustkorb und Bauchraum. Der Sturz aus der Höhe hat zu einem gebrochenen Becken, einem Oberschenkelhalsbruch links und überraschenderweise zu einem Brustkorbniederbruch geführt. Den hatte ich ja auch schon vor Ort durch die Instabilität und die Krepitation, also das Knochenreiben, beim Betasten des Brustkorbes im Rahmen der Leichenschau festgestellt.«

»Warum überraschenderweise? Der ist doch aus dem vierten Stock gefallen, da ist das doch nichts Ungewöhnliches, oder?«

»Doch, in diesem Fall schon, weil er primär mit dem

Becken aufgekommen ist. Ihre Kollegen hatten ja aber vor Ort berichtet, dass noch ein zweiter Mann ebenfalls gestürzt und auf ihm gelandet sei, dieses dürfte den Brustkorbniederbruch erklären.«

»Und die Schüsse?«, fragte Mertens.

»Er hat Durchschussverletzungen am Bauch und an der Brust«, sagte Windhorst. »Das Herz wurde zwar knapp verfehlt, aber die Brustschlagader wurde zerfetzt, sodass wir sogenannte *Blutbrüste,* auch genannt Hämatothorax, beidseits haben. Blutlache auf Balkon und Boden. Ferner hat der Bauchschuss die Bauchschlagader gestreift, sodass der Bauchraum ebenfalls voll mit Blut war. Die Todesursache ist ein Polytrauma.«

»Polytrauma?«, fragte Laura.

»Polytrauma heißt, dass jede der Verletzungen für sich den Tod verursachen könnte«, sagte Windhorst. »So wie jemand, der von einem ICE überrollt wird.«

Auch Menschen, denen das passiert war, kannte Laura.

»Jeder Lokführer überfährt in seinem Leben mindestens zwei Menschen«, sagte Windhorst, »unfreiwillig natürlich. Darum hat die Bahn auch eigene Psychologen. Ist billiger.«

»Sie sollten Black Storys schreiben«, sagte Eisenstein.

»Hat Fink von dem Sturz etwas mitbekommen?«, fragte Laura leise. Immerhin hatte Fink ihr das Leben gerettet, sie hoffte, dass er nicht lange hatten leiden müssen.

»Er hat zwar noch gelebt, als er aufgeprallt ist, aber aufgrund des hohen Blutverlustes wahrscheinlich nur noch wenige Herzschläge und dürfte den Aufprall gar nicht mehr realisiert haben«, antwortete Windhorst.

»Haben Sie eine Idee, wie schwer verletzt der andere Mann durch den Sturz sein könnte?«, fragte Reinhardt.

»Der Brustkorbniederbruch deutet darauf hin, dass sein Sturz durch den Körper des Verstorbenen abgebremst wurde. Fink scheint sich wie eine Art Sprungtuch auf den anderen ausgewirkt zu haben. Wir haben am Tatort auch keine Blutspuren gefunden, die dafür sprechen, dass er schwer verletzt wurde. Selbst wenn sein Sturz offenbar abgebremst wurde, können wir natürlich nicht ausschließen, dass er innere Verletzungen erlitten hat. Ich würde Ihnen empfehlen, die Notaufnahmen der Frankfurter Kliniken abzufragen.«

»Gute Idee, das werden wir tun.«

»Was ist mit dem Kopf?«

»Fast unverletzt. Fink ist wie gesagt mit dem Beckenbereich aufgekommen.«

»Und am Tatort war sonst niemand?«, fragte Windhorst.

»Nein«, sagte Mertens, »da war nur die Leiche von Sören Fink. Von Linus keine Spur. Er hat den Sturz also überlebt. Klar, sonst hätte er kaum weglaufen können.«

Die Tür sprang auf. Eisenstein betrat den Raum, in einer Hand sein Handy, in der anderen eine schwarze Ledertasche.

»Laura, wie geht es Ihnen?«, fragte er.

»Ganz gut. Der Arzt hat mir etwas injiziert gegen den Schock. Jetzt geht es wieder.«

»Sehr gut.« Eisenstein setzte sich zu Laura an den Tisch.

»Ich hätte Sie vielleicht eher warnen müssen«, sagte Eisenstein, »aber ich habe die Sache, dass Linus nicht sauber spielt, leider auch heute erst erfahren. Ich hatte vorher so eine Ahnung, Sie wissen ja, *never assume*. Aber jetzt erst weiß ich es genau. Beziehungsweise, seit circa zwei Stunden weiß ich es genau.«

»Als Sie angerufen haben?«

»Genau. Da waren Sie, glaube ich, gerade mit Linus unterwegs.«

Laura kniff die Lippen zusammen. »War ich«, sagte sie tonlos. Sie sah noch immer die Mündung der auf sie gerichteten Waffe vor sich.

»Und wie sind Sie draufgekommen?«, fragte Laura.

Eisenstein blickte sich kurz um, so als wollte er sichergehen, dass sie niemand belauschte. Aber sie waren in einem abgetrennten Raum, die drei Kollegen waren ohnehin in alles involviert, und wer sollte sie hier sonst belauschen? Das schien auch Eisenstein so zu sehen und fing an zu erzählen. Erst leise und dann lauter, um sich gegen das Stimmgewirr durchzusetzen, bis das Telefonat mit Windhorst beendet war.

»Es begann mit einer dubiosen Mail aus dem Dark Web, die bei mir in der Inbox landete.«

»Da landen einfach so Dark-Web-Mails?«

»Na ja, in meinem Dark-Web-Account.« Eisenstein lächelte kurz. »Ich muss ja informiert sein, was die Gegenseite macht. Der Betreff der Nachricht war *Eiserne Krone.*«

»Iron Crown Capital«, sagte Laura. »ICC. Das ist doch die Abkürzung für das Konsortium. Und warum landet die bei Ihnen?«

»Vielleicht irgendein Tippfehler. Die Mail war schon etwas älter. Aus *Iron* wurde dann *Eisen,* und das ist nicht so weit weg von *Eisenstein.* Und so landete die Mail bei mir.«

»Ich verstehe nur nicht, was das mit Linus zu tun hat?«

»Hätte ich auch nicht verstanden, und ich hätte es gar nicht mit Linus in Zusammenhang gebracht, wenn nicht die sehr kurze Mail erst einmal ein Foto des Hotel de Rome enthalten hätte.«

»In dem Hortinger vergiftet wurde!«

»Ja, und Sie auch fast. Und dann stand in der Mail nur: *Blaues Hufeisen.*«

»Und?«

»Das war früher sein Deckname als Ermittler, als Linus noch fulltime beim BKA war.«

KAPITEL 62

POLIZEIWACHE, FRANKFURT AM MAIN

»Hotel de Rome und *Blaues Hufeisen*«, sagte Laura. »Dann war er damals auch schon involviert?«

Eisenstein nickte. »Ich fürchte sogar, er war auch an der Vergiftung von Hortinger beteiligt. Und hat seitdem auf der Gehaltsliste von ICC gestanden.« Er schwieg kurz. »Selbst mir ist das komplett entgangen.«

»Dann hat nicht Fink, wie Linus behauptet hat, die Nachricht mit der Bilanzmanipulation durchgestochen, sondern Linus.«

»Ja, alles, was er Fink unterstellt hat, stimmte insoweit, dass es zu hundert Prozent auf Linus zutraf. Deshalb war es nicht schwer für ihn, diese Story zu erfinden.« Eisenstein trank von seinem Kaffee. »ICC wollte Sie«, er blickte Laura an, »psychisch fertigmachen und damit, sagen wir mal, mental angeschlagen in die Hotelsuite schleusen. Je weniger achtsam Sie dort waren, desto leichter konnte man Ihnen dann den Mord an Hortinger in die Schuhe schieben.«

»Aber Linus hat mich noch im Krankenhaus besucht!«

»Ja, der Plan ging nur zum Teil auf. Hortinger war tot, aber Sie waren weiterhin am Leben, wenn auch des Mordes verdächtig. Indem er nahe an Ihnen dranblieb, schöpften Sie keinen Verdacht. Und er war näher an Ihnen dran. Ich habe den Spruch aus *Der Pate* schon zitiert …«

»O ja, mein Mann kommt auch ständig mit einem Spruch an …«

»Halte deine Freunde nahe bei dir, aber deine Feinde noch näher.« Er zeigte auf Laura.

Laura trank von ihrem Kaffee und starrte eine Weile vor sich hin. War sie nur noch von Verbrechern und Verrätern umgeben?

»Liechtenstein«, sagte sie dann. »Linus hat doch mitgeholfen, den Skandal aufzudecken.«

»Im Nachhinein macht das doch Sinn«, sagte Eisenstein. »Der Bilanzskandal sorgte dafür, dass der Aktienkurs der BWG runterging. Und ICC war *short,* wie man das so in der Bankensprache nennt. Hat auf fallende Kurse gewettet.«

»Moment«, sagte Laura, »kann es sein, dass auch Linus dafür gesorgt hat, dass es bei Ehringer aus Liechtenstein keine Obduktion gab? Obwohl nicht klar war, ob er sich umgebracht hat oder umgebracht wurde?«

»Wir haben zwei Möglichkeiten«, sagte Eisenstein. »Die erste ist: Ehringer hat sich wirklich umgebracht, weil er vor bestimmten Leuten Angst hatte.«

»Und die zweite?«

»Genau diese Leute haben ihn umgebracht, weil er zu viel wusste.«

»Beides nicht sehr beruhigend. Bei der Bilanzmanipulation war es ja so: Wann die Ad-hoc-Meldung dazu kommt, entscheidet der Vorstand. Vorher kann die Story mit Ehringer nicht erzählt werden. Selbst den Ermittlungsbehörden nicht, richtig?«

Veränderungen, die wir aus strafrechtlichen Gründen noch nicht kommunizieren können, hatte Laura selbst bei der BaFin gesagt.

»Richtig«, sagte Eisenstein. »Beziehungsweise hat die Bank entschieden, es so zu tun. Oder besser: Linus.«

»Wenn keine Story da ist, gibt es keine Obduktion. Darum wurde die Leiche irgendwann bestattet, weil es keinen Verdacht auf Fremdverschulden beziehungsweise einen nicht natürlichen Todesfall gab und weil es auch in Liechtenstein die Bestattungspflicht gibt. Perfekt, um Beweismittel zu vernichten.«

»Kremiert«, sagte Eisenstein, »und keiner ist schuld. Linus hat das durchaus gut gemacht. Wenn *gut* hier das richtige Wort ist.«

»Wir brauchen Infos über Linus«, sagte Laura. »Wie tief steckt er drin?«

»Trautmann beim BKA kann uns helfen. Den kennen Sie vielleicht?«

»Ja. War das nicht der, der uns mit Gridshark bei dem Vergiftungsfall von Hortinger geholfen hat?«

»Genau der. Aber wir müssen auch in Linus' Bank-Laufwerke reinschauen. Auch da, wo niemand reinschauen darf«, sagte Eisenstein. »Gibt es jemanden, der uns da schnell helfen kann?«

»Klar gibt es die«, sagte Laura. »Sina!«

KAPITEL 63

BWG HAUPTQUARTIER, FRANKFURT AM MAIN

Mittlerweile war das Hauptquartier der BWG nach dem Bombenanschlag wieder freigegeben. Laura musste lange mit einem Psychologen vom LKA darüber diskutieren, dass sie jetzt kein Gespräch brauchte, sondern den Fall lösen wollte. Sie staunte selbst, weil sie nur noch wenig daran dachte, wie Linus seine Waffe auf sie gerichtet hatte. Wahrscheinlich würde die Erinnerung daran über sie hereinbrechen, sobald der Stress beendet war. Ähnlich wie jemand, der nach einer stressigen Zeit endlich Urlaub hat und dann sofort krank wird.

Auch in dem Gespräch, mit dem sie Sina auf den neuesten Stand brachte, verzichtete sie auf jegliches Beiwerk. Nur die Fakten und was jetzt zu tun war. Keine Zeit für den ermordeten Fink, oder für Laura, die Linus auch hatte erschießen wollen. Für Sentimentalität war Zeit, wenn das Rätsel gelöst war.

Linus' Laptop stand noch an Ort und Stelle. Laura hatte Sina mit Eisenstein bekannt gemacht. Trautmann vom BKA war ebenfalls zugeschaltet. Die Spurensicherung war vor Ort gewesen und hatte von Linus' Laptop und Arbeitsplatz Fingerabdrücke genommen.

»Und«, fragte Laura, »was haben wir?«

»Ich werde erst einmal die ganzen Dateien aus seiner Dropbox speichern, damit er sie nicht von unterwegs löscht. Falls er das mit einigen davon nicht schon getan hat.«

»Okay, und was steht drin?«

Die drei überflogen die Dateien.

»Es scheint tatsächlich so zu sein, wie wir befürchtet haben«, sagte Laura. »Linus war von ICC in die Bank eingeschleust worden, um sowohl Bankinterna als auch strafrechtliche Dinge an ICC weiterzugeben.«

»Kompromittierendes Material«, sagte Eisenstein. »Je mehr ich über Leichen im Keller von anderen weiß, desto eher habe ich sie in der Hand.«

»Warte«, sagte Sina, »hier ist noch was. Sein Telegram-Account.«

»Auf dem Rechner?«

»Nein, das wird in seinem Handy sein. Er hat aber einige Sachen zur Sicherheit kopiert. Hier zum Beispiel«, sie zeigte auf eine Nachricht, »ist von einem Betrag die Rede, den er bekommt, *wenn er die Aufgaben wie besprochen löst.*«

»Welcher Betrag?«

»Das steht hier nicht.«

»Ist das verschlüsselt?«

»Ja, aber nicht sehr gut. Da war er nachlässig. Habe mir für Brute-Force-Passworterkennung gerade eine Menge Rechenkapazität von externen Servern dazugekauft.«

»Wer zahlt das?«, fragte Laura.

»Die Bank natürlich. Vorläufig.« Sina blickte sie an. »Aber es hilft doch der Sache.«

»Natürlich.« Laura schaute blinzelnd auf den Bildschirm. »Was haben wir denn noch? Hier …«, sagte sie plötzlich.

Schau dir die Bank an und fördere Dinge zutage, die andere nicht sehen. Dafür gibt es noch mehr Geld. Gez: Sil

»Wer ist Sil?«, fragte Sina.

»Der unheimliche Typ, der auch Althaus auf dem Gewissen hat«, sagte Laura. »*Sil* passt genau. *Sil* wie *Silence.*«

»Was noch?«

»Hier ist eine Menge«, sagte Sina. »Hier können wir … Scheiße!«

»Was ist los?«

»Er hat die Dateien entweder weggezogen oder gelöscht.« Sina schaute auf die Uhr. »Er wird sich bei dem Sturz mit Fink verletzt haben, aber er hatte wahrscheinlich doch noch genug Zeit, um einiges wegzuziehen, zu löschen …«

»Oder löschen zu lassen«, sagte Eisenstein. »Ihm war klar, dass sein Laptop in der Bank nicht mehr sicher war.«

»Dann hat er ICC schon gewarnt?«, fragte Laura, aber es war mehr eine verzweifelte Feststellung.

»Möglich«, knurrte Eisenstein. »Trautmann«, sagte er dann in Richtung des zweiten Monitors, wo Trautmann in der Videokonferenz zu sehen war, »fällt Ihnen was ein?«

»Nein, wir könnten versuchen, die Daten zu recovern.«

»Heißt?«

»Es bleiben immer noch Spuren zurück oder ein *Ghost,* wie man das in der IT nennt«, erklärte Trautmann. Bei all der Eile fiel Laura auf, dass hier zwei ehemalige Gegenspieler beieinandersaßen. Sina, die ehemalige Hackerin, und Trautmann vom BKA. »Das geht aber nur über die Server.«

Sina nickte. »Aber das geht über meine Hacker-Fähigkeiten hinaus. Da müsste man direkt an die Server ran. Und das kann nur jemand, der diese Server bereitstellt.«

In Lauras Kopf arbeitete es fieberhaft. »Jemand, der für einen großen Server oder Cloud-Anbieter arbeitet?«

Sina nickte. »Das wäre perfekt! Wenn du von dem mal eben die Handynummer hast …«

Es war als Witz gemeint, doch Laura griff in ihre Tasche. In dem Moment, als sie ihr Handy hervorzog, war es ihr eingefallen. Oder umgekehrt. Sie hatte mal gehört, dass motorische Signale manchmal noch schneller als Gedanken waren. Oft sogar vierzig Mal so schnell.

»Wie wäre es mit Richard Kano«, fragte Laura, »der Deutschlandchef von Xenotech?«

KAPITEL 64

BWG HAUPTQUARTIER, FRANKFURT AM MAIN

Kano war nicht sofort zu erreichen. Laura hinterließ auf seinem Handy eine Nachricht und schickte noch eine SMS mit der Bitte um einen sehr dringenden Rückruf hinterher.

Da klingelte schon ihr Handy.

Laura erläuterte mit knappen Worten, worum es ging.

»Ganz einwandfrei ist das nicht, was Sie da verlangen«, sagte Kano.

»Ist das, was ICC macht, einwandfrei? Und Sie wollen denen doch eins auswischen, oder?«

Kano sagte ein paar Sekunden nichts. »Da haben Sie nicht unrecht. Es gilt – auf die Gefahr hin, dass ich mich wiederhole, aber das tue ich gern – die älteste Weisheit des Krieges: *Der Feind meines Feindes ist mein Freund.* Haben Sie ein paar Minuten Geduld, ich setze meine besten Leute auf die Sache an.«

KAPITEL 65

BWG HAUPTQUARTIER, FRANKFURT AM MAIN

Es hatte einige Stunden gedauert, bis die Techniker von Xenotech alle Dateien gesichert hatten. Sina, Laura und Eisenstein hatten die Dateien ausgedruckt und dann jedem einen Stapel zum Lesen gegeben. Auch Saskia, die Assistentin von Fink, war dazugekommen. Es hatte eine Weile gedauert, sie auf den neuesten Stand zu bringen, vor allem da sie wegen Lauras Abwesenheit in Paris tatsächlich geglaubt hatte, Laura wäre zur Konkurrenz übergelaufen. Beide hatten sich verständigt, dass sie sich in Zukunft öfter treffen wollten. Frauen waren zwar in den Bankfilialen viel vertreten, aber sehr wenig in den Führungsetagen. Dort wurden sie oft als Außenseiterinnen oder als gefährdete Spezies behandelt.

Laura ließ alles, was sie über Linus wusste und was sie vorher über Linus zu wissen geglaubt hatte, vor ihrem geistigen Auge Revue passieren.

Wie den internen Mails zu entnehmen war, hatte er gehofft, nach seiner Karriere beim BKA in der BWG Karriere machen zu können und Geld zu verdienen. Er hatte sich vor einigen Jahren mit einem scheinbar sicheren geschlossenen Fonds vollkommen verzockt. Als ihm klar wurde, dass er auch bei der BWG nicht von heute auf morgen reich werden würde, wurde er vom Seniorpartner der ICC-Kanzlei angesprochen.

»Dieser Seniorpartner«, fragte Eisenstein, »wer verdammt ist das? Gehört er zu ICC? Oder dem Staatsfonds?«

»Vielleicht zu beiden?«, fragte Sina. Sie hatte die Unterlagen vor sich ausgebreitet. »Hier steht etwas Interessantes. »Der Seniorpartner und wieder dieser *Sil* …«

»Silence«, sagte Laura leise und merkte, wie die Angst in ihr hochkroch, wenn sie nur diesen Namen hörte. »Was steht denn da?«

»Silence und der Seniorpartner versprachen Linus mehr als zehn Millionen Euro, wenn die folgenden Punkte erledigt werden …«

Eisenstein war ebenfalls hellwach. »So eine Art Auftragsliste?«

Sina nickte und kniff die Lippen zusammen. »Das ist tatsächlich wie eine Liste zum Abhaken«, sagte sie. »Linus hat scheinbar die Punkte abgehakt, die er erledigt hat. Hier seht:

Hortinger weg oder tot: erledigt

Fink weg: erledigt

Fusion ermöglichen: fast erledigt.«

»Moment«, sagte Laura, »das muss er ja noch selbst ergänzt haben. Gestern oder heute … oder gerade eben? *Fink erledigt.* Das ist ja nicht lange her.«

»Er hat scheinbar noch auf die Cloud zugegriffen und wusste, dass seine Auftraggeber auch auf die Cloud zugreifen werden«, sagte Sina. »Die konnten dann den, sagen wir mal, Projektfortschritt verfolgen. Wie bei einem Projektmanagement-Tool.«

Eisenstein nickte. »Er hat ihnen in Realtime Bericht erstattet. Von dieser digitalen Art des Projektmanagements könnten wir beim BKA was lernen. Da ist das papierlose Büro noch so unrealistisch wie die papierlose Toilette.«

»Hier ist aber ein weiterer Eintrag«, sagte Sina, »und der ist weniger komisch.« Sie schaute Laura an. »*Laura weg: nicht erledigt.*«

»Keine Sorge«, sagte Eisenstein, als er Lauras Gesichtsausdruck bemerkte. Wobei sich Lauras Schock in Grenzen hielt. Linus hatte die Waffe auf sie gerichtet und abgedrückt. Er hätte sie erschossen, wenn sich nicht Fink auf ihn gestürzt und damit Laura das Leben gerettet hätte. Welchen Beweis brauchte sie da noch, dass Linus ihr wirklich nach dem Leben getrachtet hatte?

»Linus hat das Ganze noch aktualisiert, und seine Auftraggeber haben es gelesen«, sagte Laura. »Ob sie wissen, dass wir hier Zugang zu Linus' Dateien gefunden haben?«

»Wenn sie nicht ganz blöd sind, und das sind Jungs von diesem Kaliber nicht«, sagte Eisenstein, »dann haben sie es spätestens jetzt rausgefunden. Ich hoffe, Xenotech kann unseren Zugang abschirmen, sodass es nicht auffällt, dass wir auf Linus' Cloud geschaut haben.«

Dann blieb Lauras Blick auf einer anderen Telegram-Nachricht hängen.

»Hier«, sagte sie. »Eine Nachricht an Linus. Von Silence persönlich.«

»Lies vor«, sagte Sina.

Laura las mit leiser Stimme. »*Wenn nicht bald etwas passiert, brauchst du kein Geld mehr. Denn niemand muss der reichste Mensch auf dem Friedhof sein.*«

Sie dachte an das Foto, das ihr Richard Kano gezeigt hatte. Das Bild von dem Kopf. *Wer seinen Kopf nicht benutzt, der braucht ihn auch nicht mehr.*

»Von wann ist diese Nachricht?«, fragte Eisenstein.

»Von gestern.«

»Ich nehme an, das hat den sonst eher nüchternen Linus dazu, äh, motiviert, in einer Verzweiflungstat Fink zu erschießen«, sagte Sina.

»Ja«, sagte Laura, »Linus wurde klar, dass er viel zu tief

in dem Schlamassel steckte, als dass er noch jemals legal herauskommen würde. Da kam es auf einen Mord mehr oder weniger auch nicht an. Und ich, die ich zu viel wusste, sollte gleich als Nächste folgen.«

Letzteres, dachte Laura, gelang nur aufgrund der Gegenwehr von Fink nicht. Ihr wurde noch einmal klar, dass Fink, der jetzt tot war, ihr das Leben gerettet hatte. Fink, den sie für den Verräter gehalten hatte, war für Laura der Erlöser gewesen. *Vom Judas zum Jesus,* kam ihr in den Sinn.

»Eine Sache kommt mir komisch vor«, sagte Eisenstein. »Denn ich kenne Linus, und wir sehen auch an dieser Kommunikation, dass er immer up to date sein will. Dennoch …«, er blickte Sina und Laura hintereinander an, »… tut er nichts dagegen, dass wir in seinem Account herumschnüffeln. Was kann das bedeuten?«

»Wenn ein Kontrollfreak wie Linus nicht kontrolliert«, sagte Laura, die ihn ja auch schon eine Weile kannte, »dann bedeutet das nichts Gutes. Vor allem für ihn selbst.«

KAPITEL 66

BWG HAUPTQUARTIER, FRANKFURT AM MAIN

»Eines ist klar«, sagte Saskia. »Aufgrund dieses ›Amoklaufes‹ von Linus haben wir genug Munition in der Hand, um die Fusion zu verhindern.«

»Und fällt euch etwas auf?«, fragte Sina. »Es sind mal wieder drei Frauen, die dafür sorgen, dass nicht alles komplett an die Wand fährt. In der IT spricht man ja auch von einer SSL-Verschlüsselung.«

»Und was hat das mit uns zu tun?«, fragte Laura.

»Na ja, Saskia, Sina, Laura«, sagte Sina. »Was sonst.«

»Das erinnert mich an den Spruch von Margaret Thatcher«, sagte Saskia. »*Wenn du willst, dass etwas gesagt wird, gib es einem Mann. Wenn du willst, dass etwas getan wird, gib es einer Frau.*«

»Nicht falsch«, sagte Eisenstein und lächelte, »wie so einige Dinge, die Thatcher gesagt hat. Auch wenn das in Deutschland natürlich niemand hören will. Wie gehen wir vor?«

»Wir müssen mit der BaFin sprechen, mit den Abteilungsleitern für Regularien und Finanzmärkte. Laura, die kennst du doch?«

»Ja, ich habe noch E-Mails von denen. Lauer und wie die hießen. Da war ich mit … Linus.« Sie schluckte und merkte, wie schwer es ihr fiel, diesen Namen auszusprechen.

»Dann brauchen wir noch die Staatssekretäre aus dem Finanzministerium«, sagte Saskia. »Kahlert und Denning, oder wie heißen die?«

Laura nickte. »Ja, die waren auch bei der vorherigen Rettung der Bank beteiligt. Kennen sich ja damit aus.«

»Sind beides Investmentbanker gewesen?«, fragte Eisenstein.

»Ja, verdienen jetzt *nur* noch ein Zehntel ihres früheren Gehalts, aber wer als Partner bei Silverman & Cromwell rausgeht, hat eh ausgesorgt, oder er hat was falsch gemacht«, sagte Saskia. »Am besten, wir schalten uns ganz schnell mit allen zusammen.«

»Ein Problem bleibt uns aber doch«, sagte Sina. »Die BWG ist allein nicht überlebensfähig. Und noch eine teure Staatsrettung können wir der Politik wohl nicht wieder verkaufen.«

»Da hast du recht«, sagte Saskia. »Wir brauchen einen strategischen Investor.«

»Und da«, sagte Laura, »fällt mir genau eine Firma ein.«

KAPITEL 67

HAUPTQUARTIER SILVERMAN & CROMWELL,
MESSETURM, FRANKFURT AM MAIN

Der Messeturm in Frankfurt war 1991 erbaut worden. Mit einer Höhe von zweihundertsiebenundfünfzig Metern und dreiundsechzig Stockwerken gehörte er zu den höchsten Gebäuden Deutschlands und war zudem ein Wahrzeichen Frankfurts, das sich wie ein riesiger Bleistift in den Himmel erstreckte.

Das Design futuristisch und aus Glas, mit einer außergewöhnlichen Fassade aus blauen Glasfenstern, die von einer Stahlstruktur getragen wird, war dieses Gebäude schon von Weitem und auch von der A3 gut zu sehen.

Laura hatte Timo versprochen, dass sie einmal die Aussichtsplattform auf der sechsundfünfzigsten Etage besuchen würden, ebenso wie das Restaurant auf der obersten Etage, das einen spektakulären Blick auf Frankfurt bot – ebenso wie Preise, die zu der Höhe des Wolkenkratzers passten. Dazu gekommen war es leider nie.

Eisenstein, Saskia und Laura betraten den glänzenden Empfangsbereich und wurden von einer freundlichen Empfangsdame begrüßt. »Herzlich willkommen bei Silverman & Cromwell. Wie kann ich Ihnen helfen?«, fragte sie höflich.

Laura zeigte ihren Ausweis und sagte: »Wir haben einen Termin mit Herrn Denning, ein früherer Partner der Bank und jetzt Staatssekretär im Finanzministerium. 19 Uhr.«

»Verstehe. Ich werde ihn sofort anrufen und Bescheid geben, dass Sie angekommen sind«, sagte die Empfangsdame und tippte etwas auf ihrem Computer. An einem großen Monitor an der Wand, auf dem der Ton kaum hörbar eingestellt war, liefen die aktuellen Finanznachrichten.

»Dreißigster Stock«, sagte die Dame und wies auf einen Aufzug. Es war einer dieser Aufzüge, die bereits auf das passende Stockwerk programmiert waren und mit denen man auch nur in dieses eine Stockwerk fahren konnte.

Sie betraten den Konferenzraum. Der Raum war sehr modern eingerichtet, mit eleganten Ledersesseln, auf dem Tisch Kaffee und Wasser.

Eine Videokonferenz war eingerichtet mit einer Direktverbindung ins Finanzministerium. Am Tisch saßen Richard Kano und Miranda Waters von Xenotech. Daneben Michael Kahlert, der vorher Gespräche mit der BaFin in Bonn geführt hatte.

Auf dem Monitor war das Gesicht von Wilhelmi, dem Finanzminister, zu sehen.

»Ich hoffe«, sagte er, »es gibt bei der BWG ausnahmsweise mal gute Nachrichten?«, fragte er.

»Wenn mich nicht alles täuscht«, sagte Kahlert, »dann sieht es so aus.«

KAPITEL 68

BWG, RAUM DES AUFSICHTSRATS,
FRANKFURT AM MAIN

Laura, Saskia, Eisenstein und Sina schauten sich im großen Sitzungsraum des Aufsichtsrats der BWG die aktuelle Liveübertragung an.

Der Sitzungsraum sah aus, als käme er aus älteren, besseren und damit längst vergangenen Zeiten. Schwere Ledersessel, ein Eichentisch, in einer Ecke Sitzmöbel aus schwerem Leder, Glastische, auf denen sogar Aschenbecher standen. Das Vorstandscasino, in dem die *Großkopferten der Bank,* wie sie intern genannt wurden, aßen, war gleich daneben. Es war nicht ungewöhnlich, dass nach dem Essen ein Page in den Raum kam und nicht nur Espresso, sondern auch Digestifs und sogar Zigarren anbot. In einer anderen Ecke des Raumes stand sogar ein Flügel. Dietrich Birkmann, der Vorvorgänger von Hortinger, spielte Klavier und hatte hier früher öfter Gastauftritte gehabt, um den Aufsichtsrat milde zu stimmen. Passend dazu hingen Originalkupferstiche aus dem 19. Jahrhundert an der Wand, sorgfältig gerahmte Fotos von dem damals noch neuen BWG-Hochhaus und eine Kopie von Adolph von Menzels *Flötenkonzert in Sanssouci.* Laura würde irgendwann einmal fragen, ob der Klavier spielende Birkmann dieses Bild hier hatte aufhängen lassen, um zwischen sich und dem Flöte spielenden preußischen König Friedrich dem Großen eine Verbindung zu schaffen.

Die Nachrichten auf Finanz TV liefen.

»Die deutsche Börse wurde von einem Erdbeben überrascht. Wir berichten live aus Frankfurt. In einer ›Dawn Raid‹-artigen Übernahme hat der Techkonzern Xenotech die Mehrheit an der BWG übernommen.«

Dawn Raid, dachte Laura, *Morgenangriff.* So nannte man es in der Finanzbranche, wenn eine Firma eine andere übernahm, und zwar so schnell, dass das fast niemand mitbekam. Sie lauschte weiter auf den Nachrichtensprecher.

»Short Seller, die weiterhin auf einen fallenden Kurs der Aktie gewettet hatten, wurden von der Übernahme kalt erwischt und mussten sich sofort mit Aktien der BWG eindecken, um ihren Verpflichtungen nachzukommen. Diverse kleine Hedgefonds sind dadurch pleitegegangen. Vorbörslich stieg der Kurs der BWG um fünfundzwanzig Prozent. Die Aktien von Xenotech gaben acht Prozent nach. Marktmeinung *zufolge fragen sich Analysten, was Xenotech mit der Teilübernahme einer Bank bezweckt, die nicht in das Kerngeschäft des Cloud-Computing passt und dazu noch hochgradig defizitär ist. Ein Sprecher von Xenotech sprach von strategischen Weichenstellungen, um im Bereich der Zahlungsdienste wachsen zu können. Gerry Windheim von Wild Trader sagte, die Übernahme erinnere ihn an die Übernahme der Dresdner Bank durch die Allianz im Jahr 2001. ›Um Bankprodukte zu verkaufen, braucht man, wie die Allianz damals, keine Bank übernehmen. Und um Zahlungsdienste anzubieten‹, so Windheim, ›braucht man, wie heute Xenotech, ebenfalls keine Bank übernehmen. Schon gar nicht eine, die bei der Automatisierung von Prozessen so weit hinterherhinkt wie die BWG.‹*

›Der Gewinner der Fusion ist die BWG‹, titelte die britische Financial Times.

Was die BWG angeht, sind damit zwar die Stellenstreichungen nicht vom Tisch, aber die Renten der Angestellten sind nun nicht mehr Spekulationsmasse für die Zockereien von anderen Banken. Denn Insiderkreisen zufolge war genau dies beabsichtigt, wäre es zur Fusion mit der BCI gekommen. Thierry Arnault, Vorstandschef der BCI, war für einen Kommentar nicht zu erreichen, Mitarbeitern der BCI zufolge wurde er seit gestern nicht mehr in der Bank gesehen. Ein Sprecher der BCI ließ verlauten, die BCI sei sehr gut aufgestellt und werde entweder allein oder mit Kooperationspartnern ihre prägende Rolle in der Konsolidierung des europäischen Bankensektors spielen.

Jochen Melling, Vorsitzender des Gesamtbetriebsrats der BWG, sagte, man begrüße die starken Schultern von Xenotech, werde sich aber den Restrukturierungsplan sehr genau anschauen. ›Hier in Deutschland funktioniert amerikanisches Hire und Fire nicht‹, sagte er, ›das werden wir Xenotech in den ersten Verhandlungen sehr klar signalisieren.‹

Saskia Wendler, kommissarische Vorstandsvorsitzende der BWG, sagte, sie freue sich auf die Zukunft gemeinsam mit Xenotech, und kündigte eine Digitalstrategie 2.0 an. Aus Frankfurt berichtete …«

Laura und Sina schauten Saskia an, die kurz rot geworden war.

»Digitalstrategie 2.0?«, fragte Laura. »Ein besseres Wort ist dir nicht eingefallen?«

»Kam von den Beratern von ECC«, sagte Saskia. »Können wir immer noch ändern.«

»Das stimmt«, sagte Sina und grinste. »Wenn die Strategie nicht funktioniert, kannst du nächstes Jahr daraus immer noch *Digitalstrategie 3.0* machen.«

»Und ein Jahr später *4.0*«, sagte Laura.

»Lieber nicht«, sagte Saskia, »die Commerzbank hatte erst *Commerzbank 3.0* und dann, als das nicht funktioniert hat, *Commerzbank 4.0.*«

»Und dann?«

»Dann sind Aufsichtsratschef und Vorstandschef rausgeflogen.«

KAPITEL 69

RECHTSMEDIZIN, FRANKFURT AM MAIN

Laura stand vor dem stählernen Obduktionstisch. Auf einem dieser Tische hatte auch Fink gelegen, wie ihr die Rechtsmedizin gesagt hatte. Jetzt lagen zwei weitere Leichen auf der Stahlfläche.

Laura dachte noch einmal an die Pressemitteilung, die heute Morgen im Radio und in den Morgennachrichten lief.

»Die BWG kommt nicht zur Ruhe. Nachdem die Fusion mit der BCI abgesagt wurde und ein Investor, bei dem es sich nicht um eine Bank handelt, einen Großteil der BWG-Aktien übernommen hatte, steht diesmal das Hauptquartier der BWG im Vordergrund.«

Laura ließ ihren Blick über die beiden Leichen schweifen. Einen der beiden Menschen kannte sie. Sie hatte mit ihm gearbeitet, sie hatte sich gut mit ihm verstanden. Und sie hatte ihn komplett falsch eingeschätzt. Sie hatte ihn unterschätzt und wäre jetzt tot, wenn nicht die Person sie gerettet hätte, die einen Tag zuvor auch auf diesem Tisch gelegen hatte.

Die Stimme des Nachrichtensprechers sprach weiter in ihrem Kopf.

»Nach dem Bombenanschlag auf die Flaggschiff-Filiale der BWG in der Neuen Mainzer Straße machten Spaziergänger und Jogger am frühen Morgen auf den Treppen zum Hauptquartier der BWG einen grausigen Fund. Dort waren zwei Leichen abgelegt. Ermittlerkreisen zufolge stehen diese

beiden in engem Zusammenhang mit den Skandalen, von denen die BWG in den letzten Wochen wiederholt durchgeschüttelt wurde und angesichts deren sich mancher fragt, ob er es hier noch mit einer seriösen Bank oder eher mit einem Finanzthriller zu tun hat. Bayerns Wirtschaftsminister Friedhelm Huber, der sich von seinem hessischen Kollegen Walter Gerber wegen des Wirecard-Skandals einige Häme anhören musste, hatte vorgestern gekontert, dass Frankfurt und die BWG in Sachen Finanzskandalen der Stadt München und Wirecard in nichts nachstünden. Internationale Zeitungen verglichen die BWG-Skandale bereits mit den Geschehnissen der Vatikanbank und dem mysteriösen Tod des Bankiers Gottes, Roberto Calvi, der in den 1980er-Jahren in London tot unter der Blackfriars Bridge aufgehängt gefunden wurde. Die Ermittlungsbehörden betonten, dass Ermittlungen in alle Richtungen liefen und die Namen der Toten streng geheim seien. Beide seien aber mittlerweile eindeutig identifiziert und befinden sich zur Stunde in der Rechtsmedizin Frankfurt.«

Ja, dachte Laura, sie wusste, wer die beiden waren.

Der eine war Linus.

Der andere war André de Tyrenne, ein Deutschfranzose, der früher Seniorpartner bei der Kanzlei Weber und Venturas gewesen war. Mittlerweile arbeitete er auf eigene Rechnung, durfte aber noch das Netzwerk seiner riesigen Kanzlei nutzen. Einer seiner größten Kunden war der Staatsfonds von Qatum. Er war Aufsichtsratschef des Investmentkonsortiums, das Insider unter dem Namen *ICC, Iron Crown Capital,* kannten.

Sie hörte wieder die Stimme des Nachrichtensprechers.

»Laut Augenzeugen gab es an jeder der Leichen ein Detail, welches wir in Abstimmung mit den Ermittlungsbehör-

den nicht nennen wollen, auch deswegen nicht, um kein Täterwissen zu verbreiten und die Ermittlungen nicht zu gefährden. Zur Stunde findet eine Krisensitzung des hessischen Wirtschaftsministeriums mit Vertretern des BKA und der Bundesbank und BaFin statt. Die nächsten Nachrichten um …«

Direkt vor dem Hauptquartier abgelegt, dachte Laura. *Nur eine Person, die sehr selbstsicher ist, würde hier Leichen einfach ablegen.*

Sie schaute auf die Leichen.

Auf die Details, die der Nachrichtensprecher nicht erwähnen wollte. Oder durfte.

Der Mund.

Und die Finger.

Beiden Leichen wurde posthum der Mund zugenäht.

Und der Zeigefinger an den Mund genäht.

Das Zeichen für Stille.

Silence.

Jetzt waren beide für immer still. Und konnten keine Geheimnisse mehr verraten.

Aber Silence war noch am Leben.

KAPITEL 70

BLANKENFELDE-MAHLOW, BEI BERLIN

Alles hatte geendet, wie es angefangen hatte.

In der Siedlung gab es wieder ein Grillfest. Diesmal mit einem neuen Bürgermeister, da der alte nicht mehr lebte. Auch das fiel Laura auf: Alle, die in ihrem Umfeld waren, starben. Und vielleicht wäre sie ohne den Polizeischutz, den sie noch eine Weile haben sollte, selbst nicht mehr am Leben.

Timo hatte sich über die lahmarschigen Fachkräfte am Grill aufgeregt.

Am Grill, sagte er, war die Nachfrage immer viel größer als das Angebot. *Und die Fachkräfte am Grill,* hatte er gesagt, *sahen auch so aus, als hätten sie selbst schon zwei Stunden auf dem Grill gelegen. Der einzige Vorteil von denen ist, dass sie mit einem Sauerstoffgehalt von unter fünf Prozent leben können.*

Laura hatte lachen müssen.

Jörg hatte noch hinzugefügt, dass man an Grillbuden sozusagen Asyl von der Sauferei beantragen konnte. Je länger man dort stand und auf die verkohlten Würstchen wartete, desto mehr Zeit hatte der Körper, den Alkohol abzubauen, ohne dass gleich neuer Alkohol nachgekippt wurde.

Sie ging ins Wohnzimmer. Timo kam gerade vom Briefkasten. Er hatte einige Briefe in der Hand.

Er hatte überhaupt nichts zu ihrer Audiobotschaft gesagt. Warum hatte er darauf nicht reagiert? Sie schaute in ihr Handy. Auf die gesendeten Nachrichten. Da war nichts. Dann sah sie eine Nachricht in der Ausgangsbox, die aber noch nicht gesendet war. Dort hing die Botschaft. Die Audiodatei war zu groß gewesen und hatte das E-Mail-Postfach gar nicht verlassen. So ein Mist, dachte sie.

»Wie geht's?«, fragte sie, da ihr nichts Besseres einfiel. Was sollte sie jetzt machen? Timo die Nachricht erneut schicken? Ihm das Ganze einfach mündlich sagen? Und wann? Später? Oder jetzt?

»Geht so«, sagte er. »Ein wenig merke ich den Alkohol schon noch.«

Sie überlegte sich, wie sie Timo von der Schwangerschaft erzählen sollte.

Schatz, ich bin schwanger. Zu banal.

Timo, ich habe großartige Neuigkeiten. Nein, dann dachte er womöglich, dass er eine zweite Hilti bekäme.

Timo, wir sind bald zu dritt. Nein, dann dachte er am Ende, dass ein Kollege von der Bank bei ihnen einzog, damit Laura noch mehr arbeiten konnte.

Timo, das mit dem Kater ist ab jetzt kein Problem mehr für mich. Denn ab sofort ist Alkohol für mich tabu. Nein, zu belehrend.

In dem Moment zog Timo einen der Briefe hervor.

»Schau mal«, sagte er. »Ein Brief von der Bank.«

In Lauras Kopf rotierte es. *Brief von der Bank ... Damit hatte alles angefangen. Und dann die Sache in der Koppenstraße. Und bei der BWG in Frankfurt. Die Explosion, die Kollegin, die tot war. Die andere, die nur leicht verletzt war, weil sie Glück gehabt hatte.*

»Ich mache ihn mal auf«, sagte Timo und nahm diesmal sogar den Brieföffner anstatt den Finger, wie sonst immer.

»Nein«, schrie Laura.

EPILOG

Timo hatte den Brief schon geöffnet und sah Laura erstaunt an.

Lauras Herz klopfte bis zur Schädeldecke.

»Was ist denn los mit dir?«, fragte Timo.

»Du kannst doch nicht einfach so einen Brief öffnen«, sagte Laura.

»Was soll ich denn mit einem Brief sonst machen? Soll ich ihn über Wasserdampf öffnen, so wie früher in den Detektivfilmen?«

»Nein, ich dachte nur … Egal«, murmelte sie.

Timo überflog den Brief. Erst starrte er ungläubig auf den Brief, dann fing er an, breit zu lächeln.

»Laura, das ist super«, rief er.

»Was denn?«, fragte Laura.

»Die Bank hat sich entschieden, allen in der Siedlung ihre Häuser zu einem wirklich guten Preis anzubieten.«

»Das heißt?«

»Wir können das Haus kaufen!« Er umarmte sie. »Das ist wie im *Herrn der Ringe*. Der erste Schritt zu einer neuen Reise!«

Laura lächelte. Sie würde ihm sagen, dass sie diese Reise zu dritt antraten.

Eine junge Frau stellt sich gegen das System

VEIT ETZOLD

DIE FILIALE

THRILLER

Laura Jacobs kann es kaum glauben, als sie den Brief ihres Arbeitgebers öffnet: Eben noch hat sie bei einem Banküberfall auf ihre Filiale ein Blutbad verhindert – jetzt hält sie die Kündigung für den Mietvertrag ihres Zuhauses in der Hand! Die Bank, der neben Lauras Haus eine ganze Reihe von Immobilien in Berlin gehört, will die Grundstücke an einen Investor verkaufen. Lediglich Lauras früherer Chef hält zu ihr und stellt sich gegen das Geschäft. Doch als er sich plötzlich für den Mord an einer Prostituierten verantworten muss, wird Laura klar, dass sie es mit etwas weitaus Schlimmerem als einem gierigen Immobilienhai zu tun hat …

Band 1 der großen Thriller-Reihe um Laura Jacobs!

Eine Bankerin unter Mordverdacht

VEIT ETZOLD

DIE ZENTRALE

ALLEIN GEGEN DAS SYSTEM

THRILLER

Für die junge Bankerin Laura Jakobs scheint sich alles zum Besten zu wenden: Ihr Arbeitgeber versetzt sie auf ein Spezialprojekt in die Zentrale der Bank, was einer beachtlichen Beförderung gleichkommt. Doch je tiefer Laura in das Projekt eintaucht, desto tiefer werden auch die Abgründe der Finanzwelt, die sich vor ihr auftun. Erneut stößt sie dabei auf jenen unheimlichen Investor, der sie beinahe um ihr Haus gebracht hätte. Laura muss feststellen, dass ihr Gegner keineswegs aufgegeben hat – er hat längst einen neuen Plan für sie. Einen Plan, der einen Mord beinhaltet. Und sämtliche Indizien deuten auf Laura als Täterin …

Die Laura-Jacobs-Reihe geht weiter –
Band 2 von Bestsellerautor Veit Etzold!

LESEPROBE:

VEIT ETZOLD

DIE ZENTRALE

Entweder du stehst auf der Gästeliste
oder auf der Speisekarte.

Charles Territo

PERSONENLISTE

Laura Jacobs, Wertpapierberaterin in der BWG Bank Berlin

Timo Jacobs, Handwerksmeister und Ehemann von Laura

Dr. Heinrich Hortinger, Vorstandschef der BWG Bank AG

Thomas Fischer, früherer Regionalvorstand der Region Ost, BWG Bank AG

Tom Harding, Filialleiter bei der BWG Bank und direkter Chef von Laura

Sören Fink, Leiter Konzernstrategie, BWG Bank AG

Linus Haller, Ermittler Bundeskriminalamt (BKA)

Sina Ramirez, Ex-Hackerin und IT-Expertin der BWG Bank AG

Jürgen Ehringer, Leiter BWG Bank Liechtenstein

Clemens Weber, Vice President im Bereich Global Markets beim Investmentbanking der BWG Bank AG

Frank Deckhard, Hauptkommissar, LKA Berlin

Sophie, Hauptkommissarin und Deckards Freundin

Juliane und Robert, neue Nachbarn von Laura und Timo, Seniorpartner einer unbekannten Kanzlei

Silence, Mann, der für »Stille« sorgt

PROLOG

Tun Sie, was zu tun ist«, sagte der riesige Mann und gab ihm die Waffe. »Sie ist geladen. Drei Projektile.«

Er hatte lange auf den Mann gewartet. Hatte die Wand angestarrt, all die Risse an der Decke, und gewusst, dass er irgendwann kommen würde. Er hielt eine Hand mit der anderen umklammert. Die Hand zitterte trotzdem.

Er war am Ende. Er war im Gefängnis. Wer das Tor durchschritt, der musste die Kontrolle über sein Leben abgeben. Jetzt war der Staat am Zug. Er zerlegte im Gefängnis die Zeit der Insassen und bestimmte exakt, was und wann es innerhalb dieser Zeiteinheiten passierte. Er hatte ein Zugangsbündel mit siebzehn Dingen bekommen, darunter Teller, Besteck, Schüssel, Einwegrasierer, Rasierschaum, Pinsel mit wenigen weichen Borsten, Bettlaken, Handtuch, Zahnbürste, Zahncreme, Shampoo und noch ein paar andere Sachen für die Neun-Quadratmeter-Zelle, die auf ihn wartete. Name, Vorname, Datum und Uhrzeit wurden festgehalten, und dann öffnete sich die Stahltür. Ab der Minute wurde die Haftzeit gezählt. Er war allein. Der Anwalt hatte ihn besucht. Und der Mann. Sonst niemand.

Er war am Ende. Aber nicht ganz am Ende.

Er hatte versagt. Und jetzt musste er es zu Ende bringen.

Darum war der Mann bei ihm gewesen und hatte ihm die Waffe gegeben. Nicht nur die Waffe.

Es war der riesige Mann mit den ausdruckslosen Augen. Nur er brachte es fertig, hier eine Waffe hereinzubringen.

Die Waffe war eine Sig Sauer. Sie war schwer und irgendwie warm. Komisch, dachte er, dass Metall warm sein konnte.

»Tun Sie, was zu tun ist.« Das waren die letzten Worte des Mannes. Die letzten Worte, die der Mann zu ihm gesagt hatte. Und vielleicht die letzten Worte, die er jemals hören würde.

Dann war es wieder still. So still, wie es hier immer war. Ab und an gedämpfte Gespräche, manchmal Geschrei, irgendwo, oder das Klirren von Schlüsseln.

Und das Ticken. Das Ticken der Uhr, die über der Tür des kleinen Besuchsraumes hing. Es gab kleine Räume, große Räume und auch sogenannte Familienzimmer, wo Paare sogar intim werden konnten. Sein Besuchsraum war klein. Und intim würde er allenfalls mit der Waffe werden.

Die Waffe ist geladen, hatte ihm der Mann gesagt. Drei Projektile. Er fragte sich, wofür die anderen zwei Projektile sein sollten. Glaubten die, er würde danebenschießen? Oder glaubten sie, er würde gar nicht schießen? Er lud die Waffe durch. Das Geräusch des Einrastens war tief und satt. Die Patrone war im Lauf. Neun Millimeter Luger.

Er hatte keine andere Wahl. Er hatte etwas versprochen und nicht geliefert. Er hatte sich ein riesiges Vermögen erhofft und war hier gelandet. Er wollte siegen und er hatte verloren. Die größte Niederlage, dachte er, ist der Tod.

Er schaute zu der Uhr, die so klang, als würde sie seit Anbeginn der Zeit ticken. So wie hier alles einen Rhythmus hatte. Aufstehen, Frühstück, Gang nach draußen, Arbeiten in der Werkstatt, Mittagessen. Dazwischen Leere. Er hatte sich einmal mit Meditation beschäftigt. *Was,* fragte der Zen-Meister damals, *ist diese Leere zwischen den Atemzügen? Zwischen Ausatmen und Einatmen?* Er hatte es nicht gewusst, und es hatte ihn nicht interessiert, weil man mit dieser *Leere* kein Geld verdienen konnte. Jetzt aber war die Leere da. Die Leere und das Ticken der Uhr. Zu jeder vollen Stunde gab sie einen synthetischen Gongschlag von sich. Ihn störte das Ticken und ihn störte der Gong. Der große Zeiger bewegte sich auf die Zwölf. Der kleine Zeiger auf die Sieben. Noch nicht einmal eine Minute.

»Tun Sie, was Sie tun müssen.«

Die Worte hallten in seinem Kopf. Sei gut zu deinem Körper, hatte ihm sein Personal Trainer einmal gesagt, du wirst ihn nicht lebend verlassen.

Er saß in diesem Raum. Und würde ihn nicht lebend verlassen.

Er war in seinem Körper. Und würde ihn nicht lebend verlassen.

Er hatte sich auf diesen Stuhl gesetzt. Und würde nie wieder aufstehen.

Er stellte sein Smartphone vor sich auf. Die SIM-Karte hatten die Ermittler längst herausgenommen. Und WLAN gab es hier natürlich keins. Dafür konnte er sich die Fotos anschauen. Bilder von seinen Eltern, die nicht mehr lebten. Von seiner Ex-Frau, von der er nicht mehr wusste, wo sie war. Von seiner Tochter und der schrecklichen Nachricht, die er eben bekommen hatte. Die Bilder waren alt, doch auf dem Smartphone waren sie zeitlos. Digital, nicht verblichen, ohne Knicke. Es schien eine andere Zeit gewesen zu sein. Aber nicht allzu anders. Schon damals hatte er dem Geld, dem Erfolg und der Karriere alles untergeordnet. Seine Eltern, seine Frau, seine Tochter, sein Leben. Doch jetzt war es das erste Mal, dass es ihm leidtat.

Er schaute abwechselnd von einem Bild zum anderen,

dachte daran, wann er die Bilder gemacht hatte. Die von seinen Eltern hatte er aus einem Fotoalbum abfotografiert, das von seiner Frau und seiner Tochter hatte er gemacht, als das erste iPhone gerade auf den Markt kam. Es war eine andere Welt in einer anderen Zeit.

Vielleicht, dachte er, würde er sie wiedersehen. Und vielleicht würden sie ihm verzeihen?

Die Uhr tickte. Richtung sieben Uhr. Gnadenlos, ein Schritt nach dem anderen.

Als er in die Gesichter seiner Frau und seiner Tochter schaute, wusste er nicht, ob in ihnen so etwas wie Vorwurf oder Genugtuung lag. Doch er wusste, dass auch sie wussten – oder wissen mussten –, dass es für ihn keinen anderen Ausweg gab.

Wenn er es nicht tat, dann taten es die anderen für ihn.

In dem Moment hielt er sich die Waffe an den Kopf, schloss die Augen und drückte ab.

Die Uhr über der Tür schlug sieben, und er hörte den ersten Schlag.

SONNTAG

KAPITEL 1

BLANKENFELDE-MAHLOW, BEI BERLIN

Rolf Wennig, der Bürgermeister von Blankenfelde-Mahlow, war beim letzten Part seiner Rede angekommen. Wennig war etwas untersetzt, mit schütterem schwarz-grauem Haar, einer nicht entspiegelten Brille und einem Anzug, der eher zu einem Sparkassen-Azubi gepasst hätte. »… danken wir besonders Laura Jacobs, der es gelungen ist, den Verkauf dieser Grundstücke zu verhindern. Sie alle werden weiter hier Ihre Heimat haben. Laura Jacobs, es ist mir eine große Ehre, Ihnen die Ehrenbürgerschaft von Blankenfelde-Mahlow zu überreichen.« Er zupfte kurz an seinem Hemd, was er auch schon während der Rede gemacht hatte, so als wollte er das Hemd am liebsten ausziehen. Laura fragte sich, ob Wennig als Kind unter Atemnot gelitten hatte. Dann gab er Laura eine Urkunde in die Hand. Blitze von Pressefotografen zischten. Laura und der Bürgermeister posierten auf der Bühne, die jeweils rechte Hand zum Handschlag verbunden, während sie mit den linken Händen die Urkunde hielten. Wieder Blitzgewitter.

»Wir stoßen an auf Ihr Wohl.« Rolf Wennig erhob sein Glas mit Rotkäppchen-Sekt und prostete Laura zu, die neben ihm auf der kleinen Bühne stand und der das Ganze sichtlich unangenehm war. Zu Ehren von Laura war ein kleines Ortsfest ausgerichtet worden, es gab Würstchen, Kuchen, Bier, Saft und Kaffee und einige Spielstände für Kinder. Vorher hatte sogar eine kleine Band gespielt. Einige Klassiker der *Neuen Deutschen Welle*, die mittlerweile auch vierzig Jahre alt war und eigentlich *Alte Deutsche Welle* heißen sollte, zudem einige Popklassiker aus dem Osten, die Laura nicht kannte. Der Geruch von Grillkohlen lag in der Luft.

Laura lächelte und winkte in die Menge. Sie sah Timo, ihren Mann, Jörg und Heike, die Buchhändlerin, und ihre neuen Nachbarn, die sie noch gar nicht kannte. Sandra, ihre frühere Nachbarin und Kollegin in der Bank, war mit ihrem Freund weggezogen, nachdem ein Junkie sie in ihrem Haus belästigt und ihre Katze erschlagen hatte.

»Wenn ich schon einmal hier bin«, sagte Wennig und rückte seine Brille nach oben, »dann können Sie ein paar Fragen stellen.« Er wandte sich an die Zuschauer. Wennig wurde im Volksmund auch »Wenig« genannt, weil in der Gemeindekasse das Geld immer knapp war und seine Kämmerer sich ständig irgendetwas ausdenken mussten, um doch noch heil das Ende des Monats zu erreichen. Wahrscheinlich war das vor Jahrzehnten schon ähnlich gewesen, als die Gemeinde die Grundstücke, auf denen auch Lauras Haus stand, an die BWG Bank verkauft hatte.

»Gehören die Siedlungen noch der Bank?«, fragte eine rothaarige Frau in der ersten Reihe.

»Nein«, antwortete Wennig, »sie gehören wieder der Gemeinde.«

Das war Laura neu, und sie hörte genau hin. Sie erinnerte sich an den Brief, den sie vor einigen Wochen von der Bank bekommen hatte. Etwas von *strategischer Verkauf* stand darin, *bis 30. November, bedauern sehr, dass Sie Ihre Häuser und Wohnungen verlassen müssen.* So falsch das Wort »bedauern« auch war, denn es kam meist von denen, die gar nichts bedauerten, weil sie das, was sie scheinbar bedauerten, selbst herbeigeführt hatten, sosehr war das Ganze nun Geschichte. Sie würden alle in den Häusern bleiben. Und das war die gute Nachricht.

»Hat die Gemeinde die Grundstücke zurückgekauft?«, fragte ein alter Herr mit Rollator, Bart und einer beigen Weste mit vier Taschen an der Brust.

»Dazu kann ich mich nicht äußern«, erklärte Wennig, »aber Sie können sicher sein, dass sich niemand mehr Sorgen um diese Grundstücke und Häuser machen muss. Auch das Unternehmen …«, er schaute auf seinen Zettel, als habe er den Namen noch immer nicht parat, »… Xenotech möchte, falls Sie hier doch investieren wollen, alles in Absprache mit der Gemeinde und damit ganz besonders mit Ihnen, den Bürgerinnen und Bürgern, gestalten.« Wennig setzte nun endgültig den Sprachduktus von Sonntagsrede, Absichtserklärung und evangelischer Predigt auf. »Denn Sie alle *sind* die Gemeinde.«

Laura ging zurück zu Timo, Jörg und Heike. Ihr stand gleich ein kurzes Gespräch mit Wennig im Rathaus bevor, sie wollte sich aber zunächst noch unters Volk mischen. Ihrem Mann Timo hatten sich ein Mann und eine Frau angeschlossen. Die Frau hatte rotbraune Haare, trug eine weiße Bluse und Jeans, der Mann trug einen blauen Anzug von Daniel Hechter, hatte die Haare kurz rasiert und einen genauso gestutzten Bart. Beide sahen sehr nach Business aus.

»Das sind Juliane und Robert«, sagte Timo, »unsere neuen Nachbarn. Sie wohnen seit Mittwoch in dem Haus, in dem Sandra gewohnt hat.«

Sandra arbeitete noch in der Bank, würde aber bald in den Mutterschutz gehen. Sie war schwanger, worüber in der eher konservativen Siedlung oft getuschelt wurde, denn Ralf und Sandra waren noch nicht verheiratet. Sandra war dabei gewesen, als die drei Junkies die Filiale überfallen hatten. Einer war auf *Cold Turkey,* brauchte also dringend Stoff, und hatte zudem eine scharfe Waffe dabei. Am Ende war es Laura gewesen, die die Situation gerettet hatte, da Sandra zusammengebrochen war. Dafür hatte Sandra jetzt bald ein Kind. Das erinnerte Laura daran, dass sie ihr Kinder-Thema auch noch nicht geklärt hatte. Timo war es relativ egal, er war zwar nicht unbedingt erpicht auf die Arbeit, die Kosten und die schlaflosen Nächte, die ein Kind nun einmal mit sich brachte, wollte sich dem Vorhaben aber nicht entgegenstellen, falls es wirklich Lauras Wunsch war. Lauras Problem war, dass sie es selbst nicht wusste. Sie schob dann immer ihren stressigen Job vor und die Delegation in die Frankfurter Zentrale, die unmittelbar bevorstand. Aber vielleicht bot ihr die Lage auch eine Möglichkeit, diese Entscheidung mit hektischer Aktivität so lange vor sich herzuschieben, bis die biologische Uhr ihr die Entscheidung endgültig abgenommen hatte. Wäre da nicht der alte Spruch, den sie mal in irgendeinem Motivationsbuch gelesen hatte: *Es ist besser, zu bereuen, etwas getan zu haben, als etwas nicht getan zu haben.*

»Ah, angenehm«, sagte Laura und schüttelte Juliane und Robert die Hand. »Wir hatten gesehen, dass neue Leute eingezogen sind, aber es war so viel los, dass wir noch gar nicht dazu gekommen sind, Hallo zu sagen.«

»Die Retterin der Gemeinde«, sagte Juliane, »da haben Sie sicher viel anderes zu tun. Wir sind auch gestern erst endgültig angekommen. So ein Umzug ist ja leider in der Regel nicht so schnell zu Ende, wie man hofft.«

»Wem sagen Sie das«, meinte Laura. Sie hörte in einiger

Entfernung einen Kinderchor schief singen, was sie an irgendeinen Loriot-Film erinnerte.

»Ich weiß ja leider, wie der Immobilienmarkt tickt«, fügte Juliane dann hinzu.

»Sind Sie da unterwegs?«, fragte Laura.

»Ja, als Maklerin.«

»Interessant.« So richtig interessant fand Laura das nicht. Makler waren nicht viel anders als Banker. Nur dass sie für noch weniger Arbeit noch mehr Provision bekamen.

»Sagt mal«, sagte Juliane dann, »wollen wir nicht *Du* sagen? Jetzt, wo wir Nachbarn sind?«

»Klar«, sagte Timo, »warum nicht. Wir können mal zusammen grillen.«

Was kommt noch?, dachte Laura. *Zeigt er denen als Nächstes unser Haus?*

»Wir grillen gern«, sagte Juliane. »Kommt doch Freitag gleich zu uns.«

»Laura, das geht, oder?«, fragte Timo begeistert.

»Ja«, nickte Laura, »das sollte gehen.« Begeistert war sie nicht. Die erste Arbeitswoche auf einer Delegationsstelle galt als sehr stressig, und sie hätte den Freitag gern freigehabt. Auch irgendetwas anderes gefiel ihr nicht an dieser sehr schnellen Kontaktaufnahme. So als würde man jemanden mit Liebe ertränken. Ein Teil des Gehirns von ihr war misstrauisch, aber sie wusste nicht, warum.

Sie schaute nach vorn und sah Wennig, der ihr ein Zeichen gab.

»Entschuldigt mich«, sagte Laura, »ich muss kurz zum Bürgermeister.«

KAPITEL 2

RATHAUS BLANKENFELDE-MAHLOW

Laura und Wennig hatten das kleine Rathaus der Gemeinde betreten. Vor dem Gebäude stand eine Weltkugel aus Metall, so als wäre Xenotech hier längst eingefallen. In jedem Fall hätte dem Unternehmen, das Datenüberwachung und -analyse anbot, die Weltkugel sicherlich gefallen.

Sie durchschritten einen dunklen Flur. Linoleumböden, links gekachelte Toiletten und einige zerknitterte Aushänge.

»Es war mir wichtig, noch kurz mit Ihnen zu sprechen, Frau Jacobs«, erklärte Wennig.

Laura nahm ihm gegenüber Platz. Wennig saß auf dem Sessel, von dem aus er als Bürgermeister immer seine Weihnachts- und Neujahrsansprachen hielt, die dann ins Internet gestreamt wurden. Dahinter die typische Behördendekoration: eine Pinnwand, eine hässliche Topfpflanze, eine weiße Heizung und auch hier Linoleumfußböden. Bei den Weihnachtsansprachen kam noch ein Tannenkranz mit klobigen roten Kerzen dazu. Wobei einige Etagen der BWG-Filialen nicht besser aussahen, egal ob zu Weihnachten oder sonst.

»Ich freue mich sehr über die Ehre«, sagte Laura. »Ich habe für unser Haus gekämpft und damit auch für die Häuser der anderen.« Sie machte eine kurze Pause. »Darf ich Sie etwas fragen?«

»Natürlich.« Wennig putzte seine Brille an seiner Krawatte, auf der, wie Laura erst jetzt sah, tatsächlich kleine Snoopys abgebildet waren.

»Hat die Gemeinde die Grundstücke wirklich von der BWG Bank zurückgekauft?«

Wennig nickte. »Der politische Druck, auch in den Medien, war groß, und die Bank konnte es sich, allein wegen der sonstigen Skandale, in die die BWG verwickelt war, nicht leisten, hier weiter auf stur zu stellen.«

»Aber die Gemeinde konnte es sich leisten, die Grundstücke einfach so zurückzukaufen?«

Die Frage gefiel Wennig nicht. Er zupfte wieder an seinem Hemd und grinste unsicher. »Wo ein Wille ist, da ist ein Weg.«

Laura war von diesem Spruch aus der Mottenkiste der Motivationstrainings nicht überzeugt. Fehlte nur noch die alte Leier von Rom, das auch nicht an einem Tag erbaut wurde.

»Aber der Preis war doch sicher nicht so hoch wie der, den Xenotech für die Grundstücke geboten hat?«

Wennig rutschte auf seinem Stuhl hin und her. »Nun ja, über die tatsächliche Höhe kann ich mich natürlich nicht äußern. Aber der Preis war in der Tat etwas geringer. Dafür hat die Bank ein Reputationsrisiko weniger, und das ist ja heutzutage gerade bei Banken und gerade für die BWG viel wert.« Er rieb die Fingerspitzen aneinander.

Laura glaubte ihm die Sache mit der Reputation sofort. Das war sicher einer der Gründe, warum sie nach Frankfurt delegiert worden war. Die Bank war angezählt und hatte bestimmt weitere Leichen im Keller. Dennoch fragte sie sich, ob eine Gemeinde wie ihre und ein Bürgermeister, der für klamme Finanzen bekannt ist, *Wennig* steht halt für *Wenig*, mal eben so das Geld hatte, um eine große Fläche zurückzukaufen.

Laura ließ nicht locker. »Herr Wennig, mich interessiert das trotzdem: Wo hat denn die Gemeinde so schnell das Geld her? Hier gibt es keine großen Industriecluster, wie man das so nennt. Kein BioNTech wie in Mainz.« *Und erst mal auch kein Xenotech,* dachte sie. Als sie sein erstauntes Gesicht sah, fügte Laura hinzu: »Als Bankerin interessiert mich so etwas natürlich.«

»Natürlich …« Wennig setzte seine Brille umständlich mit beiden Händen wieder auf, als würde er sich ein Fernglas vor die Augen halten. »Nun ja, mal eben so haben wir das Geld nicht. Aber Gemeinden können sich verschulden. Und das sollte es allen Bürgerinnen und Bürgern wert sein.«

»Ganz normal über Kommunalanleihen?«

»Nein, das hätte nicht so schnell geklappt. Die BWG musste wegen ihrer angespannten finanziellen Situation zügig verkaufen, weil sie das Geld braucht und die Einnahmen aus dem Verkauf bereits bilanziell gebucht hat. Müsste die Bank das verschieben, wäre wohl eine Ad-hoc-Meldung, oder wie man das nennt, fällig gewesen. Das hätte zu einer Abschreibung geführt, und der Aktienkurs wäre noch mehr gefallen.«

Laura schaute mitleidig drein. Der Aktienkurs der BWG war bei elf. In guten Zeiten war er mal bei fast hundert gewesen. »Ja, als Aktieninvestment ist die Bank keine Freude gewesen. Der Kurs ist auf dem Zehn-Jahres-Tief.« Sie schaute nach draußen. Vor dem Fenster sah sie die Weltkugel. »Also ein privater Geldgeber? Für die Grundstücke?« Sie fixierte Wennig.

Der hatte wohl nicht erwartet, dass er hier so gründlich

ausgefragt wurde, und legte noch einmal ein Bein über das andere, während er intensiver an seinem Hemd zupfte. *Wenn er so weitermacht,* dachte Laura, *ist bald das Hemd kaputt, und er hat aus seinen Beinen eine Schraube gedreht.*

»Sagen wir mal so«, sagte er. »Wir stecken noch immer in einer Niedrigzinsphase. Da ist zu viel Bargeld oft ein Problem. Ihnen als Bankerin muss ich ja nichts von Strafzinsen erzählen.«

»Nein.« Laura lächelte.

»Man sollte es nicht glauben, manche haben das Problem, dass sie zu viel Geld haben.«

Da gehört diese Gemeinde aber nicht dazu, dachte Laura.

»Wir haben hier«, fuhr Wennig fort, »eine Institution, die zu viel Bargeld hat und das gern zu attraktiven, aber nicht zu hohen Zinsen an zahlungskräftige öffentliche Schuldner verleiht. Und zwar schnell. So etwas brauchten wir. Und Sie alle in der Siedlung doch auch, oder nicht?«

»Natürlich.« Dem konnte Laura kaum widersprechen.

»Nun mal zu etwas Spannendem!« Wennig beugte sich vor. »Erzählen *Sie* mir mal etwas. Bei dem Banküberfall, wie haben Sie das gemacht? Wie kriegt man das hin, dass man in einer solchen Situation so cool bleibt? Sich vorzunehmen, cool zu sein, das ist einfach. Aber es dann im Ernstfall wirklich sein, das ist etwas ganz anderes.«

Allerdings. Bemerkenswert im Übrigen, wie Sie meiner Frage ausweichen, dachte Laura.

Er beugte sich noch weiter nach vorn.

»Wie haben Sie das gemacht?«

KAPITEL 3

RATHAUS BLANKENFELDE-MAHLOW

Laura verließ das Rathaus und ging an der Weltkugel vorbei. Ein kühler Wind wehte, und man merkte, dass, Gartenfest hin oder her, tatsächlich der Herbst nahte. Sie hörte die Musik von dem Fest und das Zwitschern der Vögel.

Sie hatte dem Bürgermeister von dem Banküberfall erzählt. Doch tatsächlich hallten die Worte von Wennig in ihrem Kopf wider.

Eine Institution, die zu viel Bargeld hat und das gern zu attraktiven, aber nicht zu hohen Zinsen an zahlungskräftige öffentliche Schuldner verleiht. Und zwar schnell. Wer könnte das sein?

Ihr Handy klingelte. Es war Marc. Marc hatte ihr in Frankfurt bei der Aufklärung einiger Geheimnisse rund um Xenotech geholfen. Er war früher selbst bei der BWG gewesen. Im Derivatehandel und später bei den Alternativen Anlageprodukten. Dann war er gefeuert worden. Laura hatte ihn vor einigen Wochen bei LinkedIn entdeckt und einfach kontaktiert.

Sie nahm den Anruf an.

»Hallo, Marc.«

»Hallo, Laura. Bist du schon in Frankfurt?«

»Woher weißt du von Frankfurt?«

»Man hört so einiges.«

»Von wem?«

»Irgendwem.«

»Irgendwer redet wohl gern. Also, woher weißt du das?«

»Ich kenne noch eine aus dem Büro von Hortinger.« Hortinger war der Vorstandschef der BWG. Er selbst hatte Laura nach Frankfurt delegiert, und sie würde ihn sicher nächste Woche sehen. »Abgesehen davon wären die bescheuert, wenn die dich für so was nicht nehmen. Bei all den Leichen, die die Bank im Keller hat.«

»Welche Leichen denn noch?«

»Es kommt wohl eine neue Klagewelle gegen die Bank wegen Falschberatung«, sagte Marc. »Da wollen sie diesmal proaktiv sein, bevor die Hütte lichterloh brennt und alles zu spät ist.«

»Da bin ich ja mal gespannt, was auf mich zukommt.«

Eine Sache, die auf sie zukam, kannte Laura allerdings schon. Oder besser: Sie hatte sich gerade eben im Büro des Bürgermeisters dafür entschieden: Herauszufinden, wer der großzügige Geldgeber war, der der Gemeinde mal eben so schnell Geld geliehen hatte.

»Ab wann bist du dort?«, fragte Marc.

»In Frankfurt? Ab Dienstag. Muss aber erst mal schauen, was so alles anliegt.«

»Dann sollten wir uns sehen.«

»Ja, sollten wir. Ich sag Bescheid, wenn ich angekommen bin.«

»Noch eine Sache«, meinte Marc, »in Frankfurt musst du höllisch aufpassen.«

»Ist es da so kriminell?«

»Ich meine nicht die Straßen. Ich meine die Zentrale der BWG. Das ist Sozialdarwinismus pur. Alles, was du dort rausfindest …«

Laura beendete den Satz. »… kann gegen einen verwendet werden?«

»Exakt. Dann gilt der YoYo-Effekt.«

»Aber nicht der vom Abnehmen?«

»Nein: You're on your own. Du bist allein auf dich selbst gestellt.«

KAPITEL 4

BLANKENFELDE-MAHLOW, BEI BERLIN

Timo verzog das Gesicht, denn er hatte einige Bier getrunken, was ihm nachmittags normalerweise nicht gut bekam. Fröhlich war er davon jedenfalls nicht geworden, eher übellaunig.

»Morgen geht's los nach Frankfurt?«, fragte er und mümmelte einen Apfel.

»Nein, Dienstag«, sagte Laura, »habe ich doch gesagt.«

»Ist auch egal. Ich muss morgen weg und bin dann erst Dienstagnachmittag wieder zurück. Bin in Leipzig auf Montage, und zurückfahren lohnt sich nicht.«

»Das hast du mir gar nicht erzählt.«

»Doch, hab ich«, sagte Timo, fast ein wenig trotzig. »Außerdem: Wenn du die Woche über weg sein darfst, darf ich das wohl auch.«

»So weit ist Leipzig ja nun nicht«, sagte Laura.

»Ja, aber hin und zurück mit dem Auto ist doch zu weit, um täglich zu pendeln. Außerdem kriegen wir ein schönes Hotel am Bahnhof. Die Leute lassen sich Handwerker endlich mal was kosten. Kein Wunder bei diesem Mangel.« Er kaute weiter seinen Apfel. »Außerdem bist du auch im Hotel, oder?«

Laura wollte keinen Streit anfangen. Sie hatte Timo kennengelernt, als sie noch mit einer Freundin in einer Wohngemeinschaft wohnte. Der Grund war eine Katze, die sie mit der Mitbewohnerin zusammen besaß. Die Katze, Morpheus, war in der Lage, die Klospülung zu betätigen, und warf gerne Waschlappen und Ähnliches in die Toilette. Als das Klo einmal verstopft war, musste ein Handwerker im Notdienst anrücken. Und das war Timo gewesen. Morpheus, die Katze, hatte sie zusammengebracht. Nun war Morpheus schon seit einiger Zeit tot und hatte ein kleines Grab im Garten des Hauses.

Laura liebte Timo und er sie, doch was Timo nicht liebte, war Lauras Karriere. Wenn es nach ihm ginge, würde sie einfach in der Filiale bleiben und ansonsten das Leben genießen.

Laura schaute sich um. »Nutzt du den 3-D-Drucker gar nicht mehr?«

»Ab und zu«, antwortete Timo. Er hatte die Eigenart, sich seltsame technische Produkte sowie allen möglichen anderen Kram wie Webcams, Darth-Vader-Figuren oder Computerspiele zu kaufen. »Ich hab damit ein paar Warhammer-Figuren gedruckt, dann aber gemerkt, dass das Drucken genauso teuer ist, wie wenn man die Figuren im Laden kauft.«

»Immerhin musst du sie dann nicht zusammenbauen, oder?«

»Das stimmt, aber den Drucker mit den richtigen Daten füttern macht auch Arbeit.« Timo gähnte. Er schien die Biere in seinem Kopf zu spüren. »Wie war's beim Bürgermeister?«

»Ganz nett. Irgendeiner hat der Gemeinde Geld geliehen, damit sie die Siedlungen zurückkaufen können, aber Wennig kann nicht sagen, wer.«

»Na, hoffen wir, dass der ominöse Partner sein Geld nicht zu bald zurückwill.« Timo streckte sich und warf lässig das Apfelgehäuse in den Müll.

»Was ich mit dir besprechen wollte«, sagte Laura. »Ich

bin nächstes Wochenende wieder hier. Willst du am Wochenende danach nach Frankfurt kommen?«

»Ich soll nach Frankfurt?« Timo fragte in einem Ton, als ob Laura ihn aufgefordert hätte, nach Nordkorea zu gehen.

»Ja, warum nicht? Ich habe da eine schöne Wohnung. Wird dir auch gefallen.«

»Bankfurt«, sagte Timo abschätzig. »Was gibt es da schon für mich? Das ist doch nur für Banker!«

»Warst du mal da?«

»Ich war mal in Sossenheim auf Montage. Das ist ja in der Nähe.«

»Na ja. Sind das nicht die mit *Schwester S* gewesen? Sabrina Setlur?«

»Nein, das war Rödelheim. Aber du kriegst doch sowieso alles von der Bank bezahlt mit der Pendelei. Ich nicht. Dann kannst du auch nach Berlin kommen.«

Das war typisch Timo. Ihm passte es nicht, dass Laura pendelte und in der Woche weg war, während er es völlig okay fand, wenn er einmal auf Montage war.

»Das hatten wir anders geplant. Schau dir doch Frankfurt erst mal an.«

»Okay, aber kommendes Wochenende bist du hier.« Und er fügte noch hinzu: »Und solltest du auch.«

»Warum?«

»Hast du selbst gehört: Wir sind immerhin bei unseren neuen Nachbarn eingeladen. Juliane und Robert.«

»Wieso *immerhin?*«

»Na, ist doch schön, oder?«

»Ja, klar.« Was sollte Laura sonst sagen? »Freitag, stimmt's?«

»Freitagabend, genau. Das klappt doch bei dir?«

»Ja, wenn ich den richtigen Flieger nehme.« Laura

merkte, dass sie sich ärgerte, wie wichtig Timo der Termin bei den neuen Nachbarn war. Und mit Juliane hatte er ein bisschen zu viel herumgeschäkert.

»Ich pack meine Sachen«, sagte Timo, »ich muss morgen ganz früh los.«

Laura blickte ihm hinterher. Das letzte Mal, als Laura ein paar Tage weg war, hatte sich Timo im Trading versucht. Hatte mit Optionen, Währungen und Kryptos spekuliert. Und dabei dreißigtausend Euro verzockt.

Was, fragte sie sich, würde er diesmal machen, während sie nicht da war?